La espina del gato

YOLANDA REGIDOR

La espina del gato

NOVELA|**Berenice**

© Yolanda Regidor, 2017
© Editorial Berenice, S.L., 2017

www.editorialberenice.com

Primera edición: marzo de 2017
Colección Novela

Director editorial: Javier Ortega

Impresión y encuadernación: CPI BLACK PRINT
ISBN: 978-84-16750-31-3
Depósito legal: CO-94-2017

Hecho e impreso en España / *Made and printed in Spain*

Al numen de esta novela:
Buenaventura Sánchez, mi abuelo.

«Las cosas podían haber sucedido de cualquier otra
manera y, sin embargo, sucedieron así».
Miguel Delibes, *El camino*.

I

Siempre hay un estornino rezagado. Siempre. Ese que estropea la figura que se desplaza, titilante, sobre el fondo azul cielo. Qué color tan variable, azul cielo; su apellido no concreta nada; y sin embargo, el cielo es siempre el mismo: el que veo ahora con ruido de motores de fondo era ese que veía, tumbada sobre el prado, sin más sonido que el de los cencerros de las vacas, y también es el mismo que aquel del que caían bombas. Este cielo. Precisamente este cielo era.

Al final me ha sido inevitable estar aquí. Después de tantos años, quién me iba a decir que tendría que tragarme mis tontunas y volver a pisar esta ciudad, la mía, que ya no lo es desde hace trece lustros. Se dice pronto. Pero han pasado lentos; los lustros, digo. Han transcurrido mansos como el agua distendida después de los rabiones. Y en el fondo, confiaba en que acabasen mis días de esa forma, y que la muerte me llegase inesperadamente sin tener la oportunidad de volver a plantearme la idea de contar mi historia, de cumplir eso que fue, de alguna manera, como un pacto de quita y espera con la parte de mí que quería morir, una prórroga que me concedí para escribirlo mientras aguardaba algo. Pero no lo hice. Y suponía que ya nada, porque creí que el tiempo de la espera había pasado; que ya no había nada que esperar, que no hacía falta. Eso es lo que debe pasarle exactamente al estornino. Cree estar en el árbol definitivo y, de repente, le sorprende una nueva desbandada de sus compañeros de viaje. Otra vez, tras la barahúnda, el dolor de extender las alas cansadas.

Mi nieto es informático. Mucho más listo y bastante mejor persona que sus padres. Trabaja para una empresa internacional que se dedica a encontrar a gente. «Cualquier individuo, vivo o muerto —dijo—, siempre que cuente con una fotografía». No dudé de sus palabras. Le indiqué con la mano que me aguardase un momento, y se quedó, paciente, tomando el último sorbo de café. Busqué, entre los miles de libros atesorados por mi esposo, un ejemplar de *Las últimas banderas*, de Ángel María de Lera. No me costó dar con él. Sabía perfectamente dónde estaba y lo que contenía entre sus páginas, desde 1969.

—Encuentra a este. Al más alto —le dije en un tono entre la súplica y el reto. Cogió la fotografía sin apartar la vista de mí, sorprendido por una avidez que no esperaba y, quizá, por un brillo en los ojos que no conocía.

—¿La niña eres tú?

—Sí.

—¿Dónde estáis? Me suena esa fachada, esa calle.

—Es la Gran Vía de Madrid. Esto era el Teatro Fontalba, que en esos años se llamó el Popular.

—Joder, claro... El Stradivarius de Gran Vía. Y al lado, justo a vuestra espalda, es donde ahora hay un Starbucks.

II

Sonrío. Sonrío acordándome de esa tarde cálida de primavera en el jardín de casa, con mi querido nieto. Ha pasado muy poco tiempo. Tan solo hace unos meses que mi idea sobre el Madrid de hoy era muy distinta. Había creído a pies juntillas todas las quejas sobre el estrés, la contaminación y la mala vida que parecía ofrecer esta ciudad. Lo exageré incluso, ahora lo sé, en la esperanza de que mi determinación de no volver estuviese más que justificada, hacerla cada vez más firme. Hasta el final de mis días. Pero resulta que hay pájaros. Y resulta que hace un día claro y que desde aquí, desde el balcón de este inmueble en Marqués de Villamagna, puedo observar la misma ciudad de entonces. Decido al instante que no volveré a creer a la gente que ve mi infancia en blanco y negro. Sin reproches, es lo normal; pero no los creeré más. Porque, en este momento, vuelvo a ver el color de aquellos días y a escuchar el mismo sonido de aquellas noches.

Suena una sirena.

Sé que no es el primer recuerdo que tengo. Nadie se acuerda de su primer recuerdo; pero basta que uno, cualquiera, aflore a tu mente cuando te haces esa pregunta por primera vez, para que sea considerado, de por vida, lo primero que guardaste en tu memoria. Y a mí me brota no una imagen, sino un ruido: el ruido de aquel día; y entonces, todas las vivencias anteriores y posteriores se reorganizan respecto a ese momento, como si justo ahí comenzara a ser consciente de la vida, de tener que hacerme cargo de ella inevitablemente tras oír el pistoletazo de salida.

Sin embargo, el sonido no es el de un disparo, sino el de una sirena, una alarma distinta a la que yo estaba ya, desgraciadamente, acostumbrada. Fue un aullido grave que, rápidamente, subió el tono y se extendió hasta el infinito, como se extienden las cosas en la infancia; como se estira el miedo del indefenso, del ignorante, del que nada sabe de hasta dónde pueden llegar sus males. Y tan solo hace falta que ese sentimiento de terror se sostenga con intensidad durante unos minutos, para que sea imposible ya salir indemne. A mí, por ejemplo, se me clavó una espina. Aún la siento. Acabo de notarla justo en la palma de mi mano, que sigue crispada después de aferrarse al barandal mientras pasaba la ambulancia.

Entro y cierro los batientes de la balconada. Me doy la vuelta. Es el salón. Los muebles son otros, pero yo lo decoro de nuevo en mi cabeza a la moda del treinta y siete. Y luego se suceden las imágenes de la misma estancia al estilo fané del treinta y ocho y, finalmente, a la rigurosa usanza del treinta y nueve.

Tres años de vida tuvo el monstruo. Yo lo vi nacer. Se llamaba guerra y tenía forma de pulpo sin cabeza. Sí, para mí la guerra tuvo siempre esa forma. Ahora no recuerdo bien el porqué; supongo que la idea animalizada de la contienda la saqué de algún *TBO* de la época. Fuera como fuese, era una imagen acertada: algo sin cerebro, sin ojos, pero con muchos tentáculos dando palos de ciego, todos ellos imprevisibles, devastando lo que pillaba; algo sin causa pero con miles de diferentes consecuencias.

Y aunque todo pendía de lo que aguantase aquella bestia, yo tenía por cierto que sus días estaban contados, pues mi madre lo decía continuamente; cuando acabe la guerra haremos esto, o cuando la guerra termine, lo otro. Y todo el mundo sabía que eso sucedería, pero no se sabía cuándo. La esperanza de que fuese pronto y la certidumbre de que la noticia de su final sería inesperada, como una sorpresa, una maravillosa sorpresa para brindar con champán, era lo que hacía a todos «tirar pa'lante», como decía mi abuelo.

Yo era demasiado pequeña como para tomar en serio algo emocionante que llenó Madrid de movimiento, entusiasmo y música a principios de aquel tórrido verano. Durante un tiempo aún conservé la vida de una niña que jugaba. Jugaba; sencillamente jugaba. Sin embargo, pronto ese simple proceso se hizo complejo, pues tenía que olvidar para jugar porque jugando olvidaba. Hay algo terrible en una niña que se plantea eso, algo aciago y definitivo. Debía dejar al lado una molestia, un peso, algo que me oprimía el alma y que mi madre, a pesar de su fingido optimismo y su alegría de mentira, no era capaz de evitarme, pues el motivo era precisamente la pena que sentía por ella, que ya no reía, que la veía, tras su careta, llorar amargamente. Y es que la mayor desdicha de un niño es ver la tristeza de su madre, sentir sus heridas, aun sin saber de razones; porque, cuando creces, olvidas que de pequeño puedes oler el miedo y oír los pensamientos, todavía sin entenderlos. Es por eso que yo recuerdo, mucho más que sus palabras, las sensaciones que de ella emanaban y, sobre todo, la terrible idea de gravedad que se desprendía de ese afán de fingir para mí. Y en esa incomodidad confusa pasé unos meses, hasta que se me clavó la espina. Entonces ya sí comprendí la causa de sus heridas y el motivo de sus miedos, pues empezaron a ser los míos. Y debido a aquello, y como las cosas siempre pueden empeorar, comenzó a pasarme algo extraño. Me quedaba en un estado inconsciente durante un rato, que podía variar entre unos pocos minutos o unas cuantas horas, algo raro para lo que, todavía hoy, no se tiene más que el vago diagnóstico de «alferecía». Y así podría haber quedado si a don Pascual, un médico de niños con fama de eminente doctor, no se le hubiese ocurrido, muy convenientemente para él, pronunciar las palabras: «posible epilepsia». Así que, cuando ocurría, mamá no reparaba en peligros ni gastos y me llevaba a su consulta. La última vez no le cobró.

—Bueno, doña Elena, no debe usted preocuparse en exceso. El sistema nervioso de los críos es un misterio. Seguramente, en cuanto termine todo este barullo, a su hija se le pasen todos los males. No obstante, hace bien en traerla para descartar cosas más graves.

Don Pascual miraba a mi madre de una manera que hacía que yo deseara con toda mi alma que volviese mi padre de la guerra, esa maldita guerra.

—¿Qué sabe de su marido? ¿Sigue defendiendo Santander?

Y después de responderle mi madre que sí, o que eso esperaba, se enfrascaron en una conversación sobre batallas, generales, muertos, fusilamientos,... esas cosas de las que, por cotidianas, se hablaba con un poco más de afectación cada día. Yo estaba inquieta; así que me dediqué a jugar con un tintero de base abombada que había sobre la mesa. Él miraba a mi madre, pero de reojo no me quitaba la vista a mí. Consciente de estarle fastidiando, seguía dando ligeros golpecitos en el tintero de metal, que balanceaba peligrosamente. «A ver cuánto aguanta antes de reñirme», pensaba. Hacer aquello fue muy poco inteligente por mi parte, pero era solo una niña y ya se sabe: los niños, aunque posean entendimiento, tienen poco juicio y no pueden evitar hacer lo que les sale de las tripas. Y lo que a mí me salía era incomodar hasta la cólera a aquel petimetre. Así, llegó un momento en el que ya era él o yo; su objetivo o el mío; seguir la conversación con mi madre o interrumpirla de una vez. No me quedó otra que empujar más fuerte.

El eminente doctor de niños aguantó, pero el tintero no. Ocurrió en un abrir y cerrar de ojos; sin embargo, al río negro lo vi deslizarse lentamente; fue anegando unos papeles de esos que parecían importantes y acabó precipitándose hasta la alfombra de terciopelo roja que teníamos a nuestros pies; un chorrito, una gota, otra, otra más… Todavía puedo verlo con claridad. Todavía, a veces, sigue lloviendo tinta en mis pesadillas.

Mi madre había estado tan absorta en la charla, que aquello le cayó absolutamente por sorpresa. Se ahogó en un «Dios mío, ¿qué has hecho?», y luego se deshizo en súplicas de perdón mientras se afanaba por recomponer todo aquel desastre. En su desconcierto, sacó un pañuelo que llevaba en el bolso; uno que le había regalado mi padre las navidades pasadas, y quiso limpiar aquello de una manera absurda. Supongo que fueron los nervios, pero luego habría de llorar por ese pañuelo. Y yo también.

Don Pascual me clavó su mirada un segundo, se incorporó sin mucho sobresalto y rodeó la mesa para tranquilizar a mi madre.

—Serénese, doña Elena. No pasa nada. Son cosas que suceden y yo estoy acostumbrado. Hágase cargo de la cantidad de niños que pasan por aquí. Hace tiempo que debí deshacerme de ese chisme; el tapón nunca cerró bien.

—Sí, pero fíjese... Ha sido culpa mía. Estaba distraída y mire ahora... esto no va a salir así como así... —admitía ella cada vez más azorada.

Don Pascual salió un momento de la habitación y llamó a una tal Clara que, según él, se encargaría de todo. Por un momento pensé que sería un hada madrina, pero resultó ser la criada. Mi madre le preguntaba una y otra vez qué podía hacer para compensar todo aquel cataclismo, porque no podía comprarle otra alfombra en esos momentos, ni recuperar los documentos, pero si había algo que ella pudiese hacer, lo que fuera, ella… ella podría preguntar algún remedio en la tintorería y volver esa tarde, ella podría intentar… ella…

—Chsss... No va usted a hacer nada de eso, pero sí me gustaría que viniese esta tarde— dijo él. Yo hubiese preferido, a toro pasado eso sí, que don Pascual, montado en cólera, nos hubiese echado de su consulta; ya me entendería yo fuera con mi madre; pero lejos de hacer eso, el eminente y sí, ahora debo reconocerlo, vistoso doctor, se acercó a mamá, demasiado, y la silenció con una tierna sonrisa—. ¿Le gustaría tomar un café conmigo? Podríamos seguir hablando sobre… Detesto tener que dejar una conversación con una persona inteligente y, por desgracia, ahora debo atender a otros pacientes que esperan.

Ante el estupor de mi madre, que no se atrevía a contestar, don Pascual se puso un poco nervioso, quizá pensando que ella podía tomar aquello como una proposición indecente dado el estado civil de mamá, y se apresuró a aclarar que por supuesto sería en algún lugar público. Tartamudeó algo sobre si le gustaba el Café Recoletos o si era muy esnob para su gusto... o yo qué sé, porque dejé de oírle. Empezaron a zumbarme los oídos y, poco después, sentí una presión en la garganta, como si uno de aquellos tentáculos de la guerra quisiera estrangularme, esa maldita guerra, que tenía la culpa de lo del tintero y de que mi padre no estuviese allí.

No sé si era un acto consciente o inconsciente; tal vez era yo la que aguantaba la respiración. Quizá contenía el aire con la idea de dejar de existir, pues a mi edad yo ya sabía que los muertos, al menos los que morían por la guerra, dejaban de respirar. Por eso se sabía que habían muerto, o por eso se morían. Sí, yo no creo que tuviese ninguna rara enfermedad en mi cerebro; si acaso era la espina, que se me estaba enconando. A veces me desmayaba, pero aquel día, allí, en la consulta del médico de niños, cuando la cara iba a estallarme del calor y la presión, rompí a llorar. Mi madre, aún aturdida por la intensidad de los acontecimientos, se acercó a consolarme, y él aprovechó la situación para hacerse el bueno conmigo y de paso acercarse a mamá. «Venga, no ha sido nada», me decía a mí acariciándome la cabeza. «Se ha asustado, la pobre», le susurraba a ella con gesto comprensivo. Era listo, muy listo; pero mi padre lo era más. La guerra acabaría, papá no iba a tardar en volver y entonces, brindaríamos con champán. Mamá me pondría el vestido de flores rosas, mi favorito, el que me hizo con los patrones y la ayuda de Luisa, nuestra vecina, que «tiene unas manos que si tuviese gusto se habría hecho rica».

—Dale dos centímetros más —dijo mi madre con la voz que pone siempre cuando juega conmigo a las princesas— que luego, cuando menos te lo esperas, dan el estirón y todo les queda pequeño.

—Sí, y sobre todo porque no sabemos cuándo ni cómo acabaremos... si es que salimos vivas de esta —replicó Luisa mirándola de reojo por encima de los lentes. Quizá era la primera vez que yo veía esa expresión, ese gesto sibilino de la gente que disfruta tajando cualquier atisbo de alegría ajena, pues desde entonces pude identificarlo e identificar, con él, a las malas personas.

Mi madre bajó de nuevo la vista a la pieza de tela estampada con flores rosas que tenía en el regazo, siguió cosiendo y respondió ya con el tono de siempre, en voz muy baja: «Sí, sobre todo por eso». Y ese susurro continuó repitiéndose en mi cabeza como si sus palabras cayesen y cayesen a un pozo sin fondo. Vi cómo su rostro se apagaba y la sala y mi mundo entero se oscurecía por la falta de su luz. Todo quedaba en silencio; un silencio que también era oscuro. Es entonces, mientras me acompaña esa tiniebla, cuando nuestra vecina Luisa se convierte en «la Luisa», y yo odio a la Luisa, esa mujer sin gusto. Ha entristecido a mi madre, Dios sabe por qué de tal forma, pero a mí no me importan las razones; yo he de vengar el quebranto.

—Luisa, y a ti ¿por qué no te gustan las cosas?

—¿Qué cosas?

—Las cosas, todas. No te gustan las cosas porque no tienes gusto —dije con el tono de las princesas—. Si lo tuvieras, serías rica. Pero no lo tienes.

Mi madre, con la boca abierta, no daba crédito a lo que acababa de escuchar, y la Luisa, que empezó a iluminar de nuevo la estancia con el arrebol de sus mejillas, me preguntó, con deje contenido, que quién me había dicho eso. Mi madre se apresuró a contestar por mí:

—Son cosas de niños, mujer. Ya sabes, oyen cosas en la calle y luego las repiten como loros.

La Luisa bajó la cara y dio la última puntada. Rompió el hilo con los dientes, dejó la aguja en el acerico, dobló la falda del vestido a medio hacer y lo dejó encima de la mesa. Se quitó los lentes y los metió en el bolsillo de su delantal. «Vale por hoy. Tengo que hacer la cena», dijo sacudiéndose los hilos que se le habían quedado pegados a la falda. Recogió su costurero y fue hacia la puerta. Mi madre la siguió de forma teatral, sonreía forzadamente y en menos de diez segundos quiso invitarla a un café antes de que se fuera, le preguntó si su hijo saldría en el desfile «que con lo guapo que es, luciría un montón», se ofreció para tenderle la colada y le dio las buenas noches, el hasta mañana, el que duermas bien y el que descanses.

Mamá me echó una buena bronca. Me aleccionó sobre las cosas que se dicen en casa, que, por lo visto, debían quedar en casa, y me hizo prometer que nunca jamás diría a nadie de fuera lo que hablaba conmigo, o a otras personas lo que oyese en casa cuando ella hablase con otra gente, o a la persona de la que dijeran algo lo que oyese en la calle a alguien… en fin, que me estuviera calladita y ya está.

Al día siguiente la Luisa no apareció por casa, y mi madre ni se atrevió a preguntar. Me dijo que, por mi culpa, quizá no volviese, y que entonces yo habría perdido un vestido y ella una amiga.

Pero volvió. Y mientras cosían, hablaban de esto o de lo otro, pero mamá no utilizó ya nunca más la voz de las princesas ni la Luisa volvió a mirarme.

Cuando terminaron aquella prenda, y más para compensar que para celebrarlo, mi madre sacó dos copitas y apuró lo poco que quedaba en la botella de anís. «Porque sea el primero de muchos», dijo invitándola a brindar. La Luisa no dijo nada, solo esbozó una mueca por sonrisa y bebió su anís.

Una vez que el vestido estuvo planchado, mi madre me lo colocó, me peinó, me puso unos calcetines de ganchillo muy blancos, un platillo en las manos con galletas de vainilla y llamó a la puerta de su casa.

—Luciría más si no estuviera tan flaca —dijo la Luisa mirando el vestido y haciéndome girar sin miramientos—. Le ha quedado demasiado grande.

—Pero mujer, en los tiempos que corren ¿qué niño va con su talla?

En ningún momento me miró a mí. Solo miraba su obra, lo que debíamos considerar importante, lo que debíamos agradecer. Y lo hicimos; ella, en cambio, no dio las gracias por las galletas, ni tampoco hubo más vestidos. Mi madre había desperdiciado el anís que le quedaba con una tonta que no tenía el más mínimo gusto. Pero no importaba, porque aquello no había sido una celebración como Dios manda. La gran celebración sería con champán el día que por fin terminase la guerra. Y para ese evento, yo tenía mi vestido de flores rosas. No podía quedar mucho ya, y además, con los dos centímetros más que le habían dado, el que yo me lo pusiese ese día era seguro. Era el vestido más bonito del mundo, aunque lo hubiese hecho esa babieca.

Me harían tirabuzones en el pelo y mamá me colocaría un gran lazo, haciendo juego. Ella se daría un poco de colorete en la cara con esa bola tan suave que guarda en el primer cajón de la cómoda, el único que tiene llave, y se recogería la melena en un moño dejándose una onda a un lado de la frente, tal y como le gustaba verla a papá porque «le resaltan los preciosos ojos color avellana». Se calzaría los zapatos de tacón de los domingos, y yo los míos de charol blanco. Me quedan ya algo pequeños, pero no tengo otros que me vayan con el vestido. (Lo digo con el tono de princesa). Entonces iremos a buscarle a la estación, y mi madre estará tan nerviosa como en Navidad, cuando le dieron un permiso a mi padre y pudo volver del frente y estar con nosotros durante tres gélidos días.

La tarde es muy fría, pero entre la gente no se está mal, al menos de momento. Mamá hace todo lo que puede por aproximarnos a las vías. Cuando ya es imposible llegar más cerca, nos paramos, y aunque ella sabe que aún no ha llegado el tren, intenta localizarlo entre el tumulto; lo hace con unos movimientos de cabeza que a mí me parecen muy graciosos. Me río, y mi madre me pregunta de qué. Se lo digo y ella sonríe de verdad. «¿A que parezco un búho?» dice. Yo no sé o no recuerdo qué hacen los búhos, pero intuyo que ahora no es el momento de preguntar.

Mi madre, que me ha tenido agarrada la mano desde que salimos de casa, la aprieta ahora con más fuerza. Tengo ganas de que me suelte, pero sé que no es el momento de soltarse.

Yo no veo nada, solo el abrigo negro de una señora enorme que hay delante de mí y que huele mal. Me gustaría ser alta como mamá, y poder ver, librarme de aquel abrigo apestoso. Quisiera que mamá me aupase, pero comprendo que no es el momento de pedírselo. Además, ya peso mucho para eso. Aguanto sin decir nada durante siglos.

De repente, la mano de mamá empieza a moverse, suda, me aprieta y me suelta un poco, vuelve a apretar. Entonces yo entiendo que ya está cerca el momento. Ahora sí; llega el convoy. La miro, está haciendo el búho de nuevo. Me río y se lo digo, pero esta vez no me hace caso, y tampoco sonríe.

La gente se agolpa, los de detrás quieren pasar hacia delante; gritan nombres: «¡Manuel, hijo, estamos aquí!» y cosas parecidas. Mi madre, entonces, sin que yo se lo pida, me coge en sus brazos, supongo que para que no me pisen. Se hace la luz para mí. Me he librado del abrigo negro, que cada vez lo tenía más pegado a mi nariz. Puedo respirar aire fresco y ver.

Veo mucha gente, muchísima gente. Los soldados van saliendo de los vagones; miran a un lado, al otro, y de pronto sonríen, se cruzan un macuto grande de color claro, se quitan la gorra y corren a abrazar a alguien. Todos hacen lo mismo. Pienso que quizá tengan órdenes de hacerlo así.

Por fin aparece mi padre. Mi madre le llama todo lo fuerte que puede: «Juan, Juan, estoy aquí». Yo, contagiada por aquel clamor, también grito: «¡Yo también estoy aquí!». Entonces, mi padre nos ve y cumple con su obligación: sonríe, se cruza aquel saco y corre a abrazarnos apretando la gorra fuertemente con su mano. «No llores, mujer. ¿No ves que estás haciendo llorar a la niña también?» Pero yo no lloro por eso. Yo he visto a mi madre llorar de verdad; sabía que esta vez era de felicidad y los niños de mi edad no lloran de felicidad; es solo que alguien me ha dado un tirón del lazo que llevaba en el pelo y, además, se lo ha llevado. Papá me dice que qué grande estoy, que me ve muy cambiada; que me estoy haciendo mayor en poco tiempo. No se ha visto él.

Nos vamos a casa.

Es Navidad y mi padre, en el saco, me trae golosinas, un cuento de hadas y unos muñequitos de madera que ha hecho él mismo para mí en los ratos de aburrimiento. A mi madre le trae un pañuelo para el cuello; es blanco, con un bordado precioso de mariposas en el mismo tono; se lo ha comprado a una viejita en no sé qué pueblo. Ella promete llevarlo siempre, puesto o en el bolso.

Es Navidad; le han regalado turrón, mazapán y dos botellas de licor, que saca también del petate. Mamá ha preparado la comida favorita de papá: soldaditos de Pavía y ha conseguido, no sabe cómo, caracoles. El abuelo ha traído pan de Viena de la panadería de su barrio, que ahora solo lo hace en contadísimas ocasiones, y los dos entonamos villancicos, pero pronto dice que ya está bien de patochadas religiosas y se pone a dar vueltas a la manivela de su organillo porque esta noche no es noche de encender la radio. Entonces mi padre me saca a bailar. Todo es luminoso durante unas horas que quiero eternas. Todos ríen en ese instante que deseo congelar. Porque sé que no durará, que al final siempre hay que irse a dormir, que las películas se acaban, que los caramelos se consumen y que la leña se gasta.

Ya no queda turrón ni licor. Quizá por eso la abuela no puede evitar echarse a llorar y maldice la guerra. Mamá también llora, y el abuelo, con el puño en alto, se pone a insultar a varios generales, a una «mula» y una «yegua» que por lo visto van a echar a perder el país. Y los días que restan son más bien tristes, porque de manera continua flota en el ambiente la proximidad de la marcha.

De nuevo se va. La espina sigue ahí.

Pero eso no ocurriría «cuando la guerra termine». Cuando acabase, esperaríamos a mi padre en la estación. No sería Navidad; no tendría que llevar abrigo y sería posible lucir mi vestido. Yo no perdería mi lazo rosa; nos iríamos a casa muy contentos y le contaría a mi padre el accidente del tintero en la consulta del médico de niños. También le avisaría de que tuviese cuidado con la Luisa porque no tiene ningún gusto. Él se reiría a carcajadas, porque él siempre se ríe a carcajadas por lo que digo, aunque ni yo ni mi madre entendamos por qué, aunque las dos acabemos riendo también con él; y después de comer su plato preferido, bailaríamos sin miedo a que acabase la música, y brindaríamos con champán. Y así serían todos los días de mi vida.

III

Habían pasado solo unos meses desde la primera vez que nos refugiamos de los ataques aéreos cuando mi madre, por fin, me licenció. Me enseñó ella a leer y a escribir antes de ir a la escuela, ya que era maestra; pero una falta mínima en un dictado siempre retrasaba el gran día. Aunque yo le había oído decir que había aprendido a pasos agigantados, jamás me lo hubiese hecho saber; sin embargo, a veces, se contradecía cuando, sin reparar en mi presencia o, tal vez, sin ser plenamente consciente de mi entendimiento, le contaba a mi padre: «Es muy lista, Juan. A veces creo que demasiado. Se fija en todo y todo lo recuerda. Lo malo es que también lo pregunta todo y todo lo habla». Cuando recuerdo esas últimas palabras no me reconozco en la niña que fui; me doy cuenta de cuántas personas diferentes podemos ser a lo largo de la vida. «Lo pregunta todo y todo lo habla». Algún tiempo después no hizo falta preguntar más. Era inútil cuestionar las cosas, y era en vano pronunciar palabras que resultaban ya impedidas.

El Grupo Escolar donde trabajaba mi madre y en el que yo estuve escolarizada durante poco tiempo, se llamaba Ricardo Fuente y estaba en la calle Toledo. Desde muy pequeña me gustaba meterme en su aula y dibujar con los lápices de colores que tenían aquellos niños tan mayores y que mamá no me dejaba llevar a casa porque eran propiedad del Ministerio. Por entonces no iba aún con regularidad porque no tenía la edad, y aunque mi padre me hubiese llevado a un parvulario, decía mi abuela que eso era «de cagones» y yo no lo necesitaba porque no era ninguna pobre huérfana. Así que me dejaban en casa con ella, que siempre estaba discutiendo con el abuelo porque desde que frecuentaba el Café Madrid y se juntaba con quien se juntaba no había vuelto a misa, y le insultaba llamándole masón, que no debía ser muy grave porque él se reía.

«Menudo momento para mudaros, con la que está cayendo»; repetía ella una y otra vez en el verano del treinta y seis. Hasta entonces habíamos vivido en su casa. Era el cuarto piso de un edificio muy bonito en el centro de Madrid, en lo que ya por entonces llamaban la Gran Vía; estaba cerca del edificio de Telefónica, en el cual trabajaba mi abuelo; «Fíjate, fíjate cómo rasca el cielo», y me hacía sentir tan grande como él por el privilegio de entrar allí cada vez que quería.

Recuerdo que a veces me iba a buscar a media tarde. Me compraba unos caramelos de miel en la dulcería de abajo, en la que la mujer que atendía y mi abuelo parecían tener un santo y seña. Ella decía: «Crecen como la mala hierba», y él contestaba: «Es que es lo único que tienen que hacer». La señora sonreía mientras le daba el cambio, se despedían cordialmente y después me llevaba al rascacielos o íbamos dando un paseo hasta una horchatería de la calle de Alcalá, donde le conocían mucho y todo el mundo era muy amable con él y conmigo. Ocupábamos una de aquellas mesas de mármol; pedía un café con aguardiente y para mí una horchata o una limonada, lo que yo quisiese. A su gesto, se acercaba la cigarrera y él le compraba un cigarro puro que ya traía en la mano. Luego, siempre se arrimaba algún señor con periódico y acababa sentándose con nosotros; y mientras ellos hablaban de política o de cosas que yo no entendía, me dedicaba a observar, a través de los grandes ventanales, a la gente que pasaba por la calle. Elegía a alguna persona que estuviese parada y fijaba mi vista en ella, sin un solo pestañeo, con la intención de que me mirase a mí y así comprobar el quimérico poder de mis ojos. Cuando empezaban a dolerme y lagrimear, mi abuelo apuraba su café y se despedía porque la fumarada de ese sitio no podía ser muy buena para una niña. Él no sabía de la magia de aquella niebla ni de su capacidad para revelar al genio del humo. Sí; un día, entre los grandes ventiladores colgados del techo, se me apareció y me dio tiempo a pedirle tres deseos. Se trataba de un juego de té de porcelana para jugar a las casitas. Venía metido en una preciosa cesta de mimbre y llevaba un mantel de cuadros rojos y blancos. Yo lo había visto, días atrás, en un escaparate de camino a la horchatería y me había pegado al cristal. Le dije a mi abuelo que me gustaba mucho y que si creía que mi madre me lo compraría. Él contestó que resultaba muy caro porque lo vendían todo por separado: los cachivaches, la cesta y el mantel. Iba a decirle que me conformaba con lo que él llamaba «cachivaches», pero al final no lo hice porque ya era una niña terca y sabía que echaría tanto de menos la cesta y el mantel que acabaría aborreciendo las tazas. Sin embargo, no dejaba de plantearme aquella posibilidad mutilada cada vez que pasábamos por delante. Hasta que un día se me apareció el genio de humo y se lo pedí con todas mis fuerzas. Le rogué los tres elementos, uno por cada deseo a que tenía derecho. Cuando volvíamos a casa y pasamos por allí, el juego de té ya no estaba en el escaparate. Llegué a casa con ganas de llorar y maldiciendo a la niña que se lo habría llevado todo; ya no me quedaba ni siquiera la esperanza de «algún día», «cuando tenga un real y muchas perras», «si te portas bien quizá los Reyes Magos»... pero cuando entré en el comedor de mi abuela había un paquete encima de la mesa. Ella me dijo que era para mí, que lo habían traído unos pajaritos volando. Era, por supuesto, el maravilloso juego de té de parte de mis maravillosos abuelos.

Desde entonces, cada vez que iba a la horchatería, buscaba al genio entre el humazo, y aunque me pareció verlo alguna vez de pasada, ya nunca más se hizo nítido como aquella tarde y no tuve ocasión de darle las gracias.

Así, de esa manera, creí yo que todo lo que deseara con mucha fuerza se cumpliría, genio o hada mediante, claro está, y no siempre estaban.

Mi madre, tan castellana ella, me requisó el juego de té, lo puso a buen recaudo y solo me lo dejaba ver de vez en cuando, pero no jugar con él. «Cuando seas un poco más mayor, que si no, cuando lo puedas apreciar ya no te quedará una tacita viva». Después de todo, tuve que seguir jugando con los cacharritos de lata de siempre.

La casa de mis abuelos era grande; tenía los techos muy altos, puertas de madera pintadas en blanco y cuatro balconcillos que se asomaban a la Gran Vía. Me gustaba agarrar los barrotes y observar la calle desde lo alto, hasta que me veía mi abuela y me quitaba de allí porque «solo Dios sabe cómo se sostiene un balcón sin caerse». Decía también mi abuela que ya solo la gente de Madrid-Madrid podía permitirse vivir allí; así que yo creía que nos cambiábamos de casa y barrio por mamá, que no era de Madrid-Madrid.

Mi madre nació en un pueblo de Ávila, El Barquillo. A mí me hacía gracia ese nombre, por lo del dulce, y mi padre, para chincharla, decía que sí, que era por eso, porque era un pueblo tan pequeño y hueco como un barquillo, pero que, eso sí, de ahí había salido la pueblerina más dulce del mundo. Entonces, mi madre se defendía: «Pues haberte casado con una madrileña, que yo no quedaba para vestir santos. De sobra sabes que no me faltaban pretendientes». Mamá era guapa, pero mi padre siempre decía que no se había casado con ella por eso, sino porque era muy lista, y que así, con un poco de la manta de arriba y un poco de la manta de abajo, era seguro que sus hijos serían inteligentes, cultos y por ende, buenas personas.

Me gustaba que mi madre me contase cómo se habían conocido. Coincidieron en la misma clase en La Normal, mientras estudiaban magisterio. Mi padre se sentaba detrás de mi madre y según decía, era un suplicio, pues él no paraba de fumar. Ella había llegado a Madrid para continuar estudios de Secundaria. Sus padres, que tenían solo dos hijos porque los tres primeros se habían malogrado —dos antes de nacer y el otro ya nacido—, se dejaron convencer por el maestro del pueblo, que decía que esa niña debía estudiar algo, que no se podía perder aquel talento. Así que, aunque hubiesen preferido que estudiara el varón, aprovecharon la suerte de tener en Madrid a la tía Enriqueta, que se había ido de joven a servir a la capital y había hecho muy buen matrimonio con un militar de fortuna; sin embargo, tuvo muy mala suerte la pobre y quedó viuda cuando la guerra de África.

La tía Queti —que así la llamaba su difunto marido y así quiso que la siguieran llamando— estuvo encantada de tener a alguien con quien compartir sus horas y los enormes metros cuadrados de su piso vacío, y se puede decir que fue ella quien le pagó los estudios, pues nunca quería aceptar el poco dinero y la comida que le mandaban mis abuelos. Por entonces no imaginó lo que lloraría después, cuando mamá la abandonó para casarse, así, sin esperárselo, tan deprisa. «Más me valía haber ingresado en las Salesas cuando murió mi Ramiro», se lamentaba no sin reproche, sonándose los mocos. Y aunque, tal vez, no fue de la manera ideal, mi madre estuvo encantada de liberarse de aquella atmósfera añeja y del carácter obsequioso de la tía. Cuánto tuvo que envidiar mi madre a las señoritas de La Residencia de Fortuny y su aparente autonomía.

A mi padre le gustaba observar la nuca de mi madre, que por entonces la llevaba siempre al descubierto porque se recogía el pelo para que no le molestase al escribir. Le gustaba también cómo se echaba la chaqueta por encima de los hombros, sin meter los brazos en las mangas, y cómo la mantenía allí, sin ningún esfuerzo, con total naturalidad mientras hablaba con sus compañeras. Yo también hacía eso, y mi padre decía que me parecía tanto a ella que dentro de nada tendría que partirle la cara a algún muchacho.

El caso es que, mirada tras mirada en los pasillos, clase tras clase, cigarro tras cigarro, un día, mi madre, dándose la vuelta en su pupitre, se atrevió a decirle que por favor no fumase más, que la estaba molestando. Él le espetó, sin miramientos, que si fumaba tanto era porque ella le ponía nervioso, que estaba perdidamente enamorado y no sabía cómo decírselo, y que si aceptaba dar una vuelta en su compañía, dejaría de fumar. Mi madre, tras las dos semanas de insistencia masculina establecidas por su grupo de amigas, aceptó, y mi padre, pronto tuvo que reconocer que aquella tímida pueblerina le daba mil vueltas.

Por supuesto no dejó el tabaco, y cuando mamá le decía que había faltado a su palabra, él aseguraba que solo se comprometió a no fumar dentro del aula y que eso lo había cumplido.

Cuando terminaron de estudiar magisterio, mi madre, ya como esposa, se despidió de la tía Queti, que «se deshacía en lágrimas» y se instalaron en casa de mis abuelos. Se pusieron a preparar un examen que hasta entonces había sido obligatorio para ejercer y que solo aprobó mi madre; y aunque en la primavera del año siguiente, el nuevo gobierno lo había sustituido por un cursillo del Plan Profesional —que decían mis padres que era el método más perfecto que existía para enseñar—, mi padre no lo hizo. Él, que por lo visto siempre quiso ser maestro para hacer lo contrario de lo que habían hecho los suyos, abandonó la vocación pues estaba ya metido de lleno en la FETE, el sindicato de maestros de UGT, desde donde podía hacer más por la educación. Y es que además no pudo esperarse, pues mis padres casi se habían tenido que casar por otro sindicato: el de las prisas. Esto último solo lo oí cuando le pedí a mi padre su versión de los hechos; y entre sus risas y los reproches de mi madre, no entendí nada.

Gracias a las excelentes calificaciones de mamá y a que mi padre cayó bien en el Ministerio, a ella le concedieron una plaza en un Grupo Escolar no demasiado lejos de donde vivían los abuelos. Ahora solo necesitaban ahorrar para poder vivir independientes, porque «el casao, casa quiere, y en Madrid». El Barquillo nunca fue una opción.

Yo había ido una vez a El Barquillo. Era Semana Santa, y mi padre consideró que la niña debía conocer sus raíces por parte de madre. «Tú lo que quieres es librarte de las procesiones»; dijo ella. Pero accedió y nos fuimos.

No olvidé llevarme mi muñeco favorito, Federico: un pepón de cabeza de biscuit que me habían traído los Reyes Magos. No me gustaba mucho el nombre, pero decía papá que venía ya bautizado y que no era yo quién para cambiarle el nombre que los Santísimos Reyes Magos de Oriente, Occidente, Poniente o Levante hubiesen elegido para él. Se reía, estaba claro que no se lo tomaba en serio; pero a mí me quedaba la duda y jamás me atreví a hacer ese desaire a «Sus Majestades».

Lo llevé, durante todo el interminable trayecto en autobús, encima del regazo, colocando y recolocando su gorrito blanco de lana. Tiraba de la cinta de raso azul que bordeaba el cuello de su chaquetilla de punto y se deshacía la lazada. Mi madre lo ataba una y otra vez, con una paciencia infinita. Era rubio, con los ojos azules, tenía las mejillas rosadas y dos dientes de conejo le asomaban por la boca un poco abierta. Estaba loca por llegar y enseñárselo a mis primas, porque decía mi madre que yo tenía primas y que las tenía que querer porque la familia es la familia y punto, y que no me pusiera tonta si me pedían jugar con mi Federico. Ojalá me hubiese dejado llevarme también a Lola, a Rita, y a los gemelos Marcelino y Domingo.

«Cuando seas mayor tendrás tu propia maleta. Entonces podrás llevar lo que quieras», prometía.

Por entonces yo no podía saber cuánto se puede odiar una maleta que conservas toda la vida, con qué fuerza llegas a amar aquello de lo que quieres deshacerte desesperadamente. He traído a Madrid mi maleta, mi pequeña maleta de cartón, la única que he considerado mía en todo este tiempo. No lleva ropa, ni útiles de aseo. Lleva exactamente las cosas que llevaba en el treinta y nueve: mis cosas. Las otras, las de la Samsonite, son solo atrezo. Esta última la he puesto, con dificultad, encima de la cama y la deshago despacio. Lo que saco de ahí no son las habituales prendas caras de la viuda de un prestigioso abogado de Salamanca; son vestidos comprados pensando en otro: en quien se sentaba de niño a su lado en este mismo suelo. Aquí no puedo ver a mi esposo de otra forma que siendo niño. Aquí no puedo ver al otro sin sentirme mujer.

Vuelvo a las maletas de mi madre y a la dignidad que conservaban aun encima de aquella mula que las transportaba hacia El Barquillo, pues el correo ni siquiera llegaba hasta allí.

Mi abuela nos recibió como solo sabemos hacer las mujeres cuando somos abuelas: con sonrisas y lágrimas, no alternas, sino ambas a la vez. Luego conocí a mi tía Fermina y sus tres hijos, mis primos: dos niñas y un niño. Mi abuelo y su hijo —hermano de mi madre, marido de Fermina y padre de mis primos— estaban trabajando en el campo, cerca de las eras. Mandaron a un muchacho a dar aviso de nuestra llegada.

Pronto me di cuenta de que aquello era muy diferente a Madrid. Las construcciones eran de una o, como mucho, de dos plantas, y yo no entendía muy bien para qué tenían balcones. Se extendían a lo largo de su única calle de tierra, de la que emergían rocas que los carros tenían que sortear cuando pasaban. No había horchatería y mucho menos cine.

La entrada de la casa de mi abuela era amplia, con el suelo empedrado con las lanchas autóctonas. Había sacos de alubias y garbanzos apoyados en la pared derecha del pasillo; al otro lado, cajas de patatas y manzanas, y al final, cerca de la cocina, colgaban del techo chorizos, trapos, bacalao, cebollas, tocino, pimientos, cacerolas... Allí había una pequeña puerta por la que se salía a un huerto y un corralito con gallinero. Era la primera vez que yo veía un gallo vivo. Mis primas me miraban como si fuera un bicho raro, y poco a poco se quitaron de encima la timidez que les había provocado mi vestido, mis tirabuzones y mi Federico, y empezaron a sentirse importantes.

Mis abuelos, mis tíos y mis primos vivían juntos en aquella casa, a pesar de que mi abuela tenía otra un poco más abajo que «le tocó de su madre cuando partieron». Mi abuela y mi tía habían estado limpiando y soleando esa otra vivienda para alojarnos en ella. Nos dieron la llave, la más grande que había visto yo nunca, para que fuésemos a dormir allí cada noche, y podíamos elegir entre hacer nuestras necesidades en un enorme orinal o salir al corral.

Casi toda la gente vestía de negro, incluso mis primas. Cuando le pregunté a mi madre por qué, me contestó que porque estaban en el campo y el negro era el color más sufrido. Así que, según yo lo entendí, en el campo se sufría.

De los vestidos que llevaba, mi madre solo me puso los dos más oscuros. Ni siquiera llegó a estrenarme el de cuadros escoceses que mi abuela había mandado hacerme a medida en El Corte Inglés, una tienda nueva de la calle Preciados que le gustaba mucho. Creo que jamás tuvo la intención de estrenármelo allí, y que lo estropease no era precisamente la razón, sino estar, de nuevo, inmersa en ese espíritu de abnegación castellana, donde el sacrificio es la norma y la ostentación un blanco seguro de peligrosas envidias.

Durante aquellos días no fue mi madre, sino una mujer con un extraño rictus neutro; sin embargo, yo no paraba de sonreír a orillas del río donde tiramos un millón de piedras mi primo y yo mientras sus hermanas jugaban con mi Federico, ese río al que prometí volver en verano para bañarme; ni dejé de dar las «muchas gracias, señor» a Cesáreo, el de la tienda, cuando «nos fiaba» los pirulís de caramelo; y cómo no ser feliz sintiéndome la nieta más querida durante el paseo en burro que daba el abuelo a «su madrileña», o sea a mí. Aquella casa con su zaguán lleno de comida; los besos sonoros, el calor y el olor de mi abuela cuando me abrazaba; esos olores a embutido y a humo, a leña y laurel,... esas cosas quedaron en mi memoria como salpicones, bonitos salpicones de colores que nada tenían que ver con el sufrimiento del que hablaba mi madre. Yo las recordaría en Madrid, meses más tarde, como algo muy especial.

IV

—Hola.

—Hola, Niña —me contestó, reconociéndome a través del teléfono. Y yo volví a oír su voz. Esa voz que había anhelado durante tantos años y que, por fin, me hablaba de nuevo; en un tono triste, sí, pero con ese tipo de cadencia suave que deja adivinar una sonrisa; la serena felicidad de descargo del alma.

—Hola —volví a repetir sin aire; con el dolor de expulsar el último hálito de la inspiración que, con tanta ansiedad, había hecho mientras esperaba a que descolgase. Escucharle, oír cómo me llamaba por mi nombre, Niña, hizo que mis pulmones se vaciasen de golpe. Niña: el nombre que él me puso, así, ya ves, tan genérico y tan propio para mí, el único en el que me he reconocido verdaderamente. Hola; no pude decir más. Confié en él, en su don de gentes, en su donaire, en ese descaro tan elegante que poseía desde pequeño, desde aquel día que me arropó en el metro.

—¿Cómo está mi Niña?

—Emocionada. No voy a engañarte. A estas alturas y estas edades sería ridículo decirte otra cosa.

De repente fui consciente del paso del tiempo para la voz. La voz se casca con la edad. Creo que yo habría distinguido la suya entre millones, independientemente de su entonación o su sonoridad, porque no la oía con los tímpanos cansados de mis años. Sin embargo, me preguntaba si él estaría notando la vejez de mi timbre, y si era así, tal vez estuviese creando una imagen de cómo sería ahora mi rostro, mi pelo, mi cuerpo... haciéndose una idea de lo que iba a encontrarse después de más de treinta años.

—Sigues teniendo la misma fortaleza—dijo—. Se nota. Se te nota en la voz… en lo que dices… en cómo lo dices.

—Según mi nieto, tú también eres un hombre fuerte. Le dejaste impresionado.

—Un chico estupendo, tu nieto.

—Sí, lo es. No dudó un momento en llevar a cabo mi encargo.

—Me dijo lo de su abuelo. Lo siento, lo siento de veras. Sabes que, a pesar de todo, siempre le aprecié.

—Lo sé, lo sé. No te preocupes; no tienes que explicarme tus sentimientos al respecto. Los entiendo mejor de lo que crees.

—Nunca he dejado de amarte.

Lo soltó de esa manera, a bocajarro. Aunque yo era muy consciente de su impulsividad, jamás me habría esperado algo así, dicho así, en el minuto uno de la llamada. Me quedé en silencio. No porque no tuviera nada que decir, sino porque, de hacerlo, hubiese tenido que gritarlo. Dios… cómo podía volver a sentir aquello; cómo mi corazón podía, después de toda una vida, volver a desbocarse como el de una adolescente.

Él salvó, con palabras líquidas, aquel silencio henchido de palabras sólidas. Me habló un poco de su vida actual, de lo que había sido de su existencia desde la última vez que nos vimos, allí, en Salamanca, en aquel otoño de 1969. Cosas que yo ya sabía. Mi nieto me había puesto un poco al corriente de los aspectos básicos: no se había casado, no tenía hijos, vivía solo en una pequeña aldea de las Rías Altas, en Galicia, donde la gente parecía apreciarle, y en la que, desde que se jubiló, había fijado su residencia con intención definitiva. También me contó que hablaron de otras cosas; cosas que ambos tenían en común, pues él, como mi nieto, también se había dedicado a encontrar gente. Con la llegada de la democracia, empezó a recibir peticiones de personas que querían encontrar a los suyos en el extranjero, o a los ya extranjeros, repatriados, que habían perdido la pista de sus familiares. Aquello acabó convirtiéndose en una fundación y él, al frente, en toda una celebridad para aquellas víctimas. Y sin embargo…

qué lejos me caía a mí todo eso, qué tupido antifaz había llevado a lo largo de tanto tiempo como para que aquello ni siquiera me hubiese llamado la atención.

—¿Sabes? —me dijo—. Durante años abrí personalmente toda la correspondencia que recibía. Mantuve hasta hace poco aquel apartado de correos en Barcelona. Nunca me di por vencido. De alguna forma, sabía que este día llegaría —le oí suspirar—. Ha tardado, eso sí.

Recordé nuestro último adiós. Volví a sentir ese dolor punzante, asfixiante, de aquel momento. Siempre había sido así: en sus dos despedidas. En ambas el dolor fue tan intenso que quise morir. Pensé, ahora, que quizá estaba cometiendo un error con esto; que tal vez, me estaba exponiendo a otro adiós, esta vez definitivo.

—Quiero verte —le dije.

—Niña, en estos momentos solo la muerte podría impedir que fuese a buscarte.

Aquella mañana también había ido a buscarme. Llovía en Salamanca. Dios, cómo llovía. Yo tenía cuarenta años y miraba por la ventana con mi corazón hecho migas, con la angustia del mundo instalada en mi garganta. El agua resbalaba por la piedra franca de los edificios, y yo deseaba con toda mi alma que se deshiciesen, que se vinieran abajo como castillos de arena, todos, el mío también; que me dejase a la intemperie, sola, sin nada ni nadie que perder. Porque él iba a venir a buscarme. Y no podía irme con él.

El cielo y mi vida se desplomaban. Cómo llovía aquella mañana. Llovía. Llovía. Qué fuerte es el hilo de agua. La lluvia ata los recuerdos, los fija en tu cabeza. «Cómo llovía cuando…», «Cuánto llovía donde…». Los hace inmortales; porque nunca ha dejado de llover. Ni siquiera en el desierto. Llueve en todas partes. No es posible huir de la lluvia como no es posible deshacerse de los recuerdos trabados a ella. Vayas al lugar que vayas, algún día lloverá.

«¡Con la que está cayendo!»; repetía mi abuela de Madrid una y otra vez mientras envolvía una vajilla, pieza por pieza, con papel de *El Heraldo*.

Mi abuela hablaba y hablaba sin parar. Mi padre decía

que yo era igual de parlanchina, que había salido a ella en eso. No sé si se equivocaba o fue la guerra la que transformó mi cadena de genomas. Ella era de esas personas que enlazan un tema con otro de una forma tan natural que, en realidad, parece que estuviesen pensando en alto. Podía pasar de contarte una historia de reinas, al relato más triste del mundo sobre un niño al que había pillado un tren y le había dejado sin piernas; o de una anécdota divertida de su niñez, al cuento más espantoso sobre la venganza divina. Mamá le decía: «No le cuente usted esas cosas, que luego se sueña». Pero a mí no me impresionaba en absoluto lo que ella relataba, porque lo hacía siempre de la misma manera: de memoria, como un rezo o un poema, con las mismas palabras, con idéntica entonación, acentuando siempre los mismos hechos. Eran como fábulas aprendidas de sus padres, demasiado lejanas en el tiempo como para que doliesen, o tal vez, como yo acababa intuyendo: probablemente inciertas; pues no entendía cómo, aunque me lo contaba siempre de esa forma tan intensa, una vez acabada la narración podía seguir con su vida y su tarea, sin más.

Recuerdo una de las últimas que me contó poco antes de mudarnos. Habíamos ido a la verbena de San Antonio. Mi abuela era especialmente devota del «Guindero», como llamaban al santo, y aquella fiesta era celebración obligada.

—Yo no necesitaba pedir novio al Guindero porque era muy buena moza —parloteaba coqueta— pero por entonces lo hacíamos todas las majas.

La tradición mandaba que, para encontrar novio, había que encender una vela al santo y besar su reliquia. Luego te ibas a la pila bautismal y echabas allí dentro trece alfileres. Entonces, debías meter la mano en la pila, apretar la palma sobre el fondo, y si salía algún alfiler clavado o pegado a la piel, encontrarías un buen marido. Si no era así, tampoco pasaba nada, pues se volvía a intentar... hasta que se le cogía el tranquillo.

—Sí —reía mi abuelo—. La vi haciendo esa tontería dos o tres veces cuando ya teníamos amores de tapadillo.

—Bien sabía yo que no eras tú el que me convenía. ¿Por dónde íbamos, hija? Ah, sí, por los alfileres. Y además, el Guindero, que se llama así por la historia de las guindas, que ya te contaré otro día, sirve también para encontrar lo que se te haya perdido; incluso niños, que el otro día leí en los casos del *ABC*...

—Ja, ja, ja —reía mi abuelo—. Cuando lo cuenten en el Heraldo de Madrid lo creeré.

—¡Pues yo veo el *ABC* por aquí de vez en cuando!

—Hay que enterarse de lo que dice el contrario, saber con quién te estás jugando los cuartos— replicaba él con su sonrisa de «medio lao».

—Tú juégate los cuartos, que vas a acabar como el gallo de Morón.

Y siguió relatando cómo Goya, el pintor, había decorado toda la cúpula y estaba sepultado en la ermita, pero sin cabeza, porque cuando murió, dejó dicho que quería que su cráneo acabase a los pies de su amada, que era la duquesa de Alba. Y así se hizo, que por muy macabro que fuese, los deseos de los muertos había que respetarlos, que si no, se levantan para pedirte cuentas; y más considerando que Francisco de Goya, que en gloria esté, era sordo, y era de todos bien sabido cómo se las gastaban los sordos.

No sé por qué, las historias que me contó en aquella verbena sí que me inquietaron. Mi madre dijo que seguramente era debido al traguito de vino dulce que me dio mi abuelo para que pasasen mejor los barquillos, «que tiene usted unas cosas...». El caso es que aquella noche el señor del puesto de los chicharrones vendía guindas, un carro lleno de guindas. Un fraile se echaba la capucha hacia atrás y resultaba que no tenía cabeza. Era Goya, muy enfadado, que se paseaba por la plaza de la verbena, pero nadie se asustaba, y hasta una señora bailaba con él, que al final resultó ser su novia, la duquesa esa, que tenía alfileres clavados en las manos. Yo me perdía de mis padres y mis abuelos, y entre el tumulto, rezaba a San Antonio para que me encontrasen. Pero no me encontraban, y entonces empecé a gritar: ¡Mamá! ¡Mamá!

Mamá se despertó y corrió a mi lado. «Es solo un mal sueño», me consolaba meciéndome entre sus brazos. Apareció mi padre en pijama. «Desde luego, tu padre tiene unas cosas...»; le dijo mamá.

Embalar es de lo más tedioso y desesperante para una niña. A esa edad no se entiende bien que las cosas requieren su tiempo y su cuidado. Durante los dos días interminables que duró el empaque, yo anduve de aquí para allá en la casa, trasladando mis juguetes de una caja a otra. Temía que al final se quedaran allí, como si me fuese tan lejos que nunca pudiera volver a esa casa. Y es que mi abuela, cada vez que salía el tema de nuestro traslado, me cogía, me abrazaba y decía: «Ay, Dios mío, cómo te voy a extrañar. Esta casa no va a ser la misma sin ti».

«Madre, no nos vamos a Rusia»; le recordaba su hijo. «Solo nos mudamos a Chamberí».

«Nuestro nuevo hogar» —como le gustaba llamarlo a mamá— estaba simplemente en otro barrio; en la calle de Robledillo, en Ríos Rosas; un segundo piso de un pequeño edificio de tres plantas contando con el bajo, en el que se situaba la pequeña librería-papelería del señor Joaquín; en la primera planta estaba la Luisa, en la segunda nosotros, y en la azotea Pulgarcito y Rataplán, dos gatos que le había regalado un señor a Chencho, el hijo de la Luisa. Esta no quería tenerlos en su casa, así que él les preparó una caja con lanas viejas de su madre y los instaló allí arriba. Iba todos los días a echarles de comer las sobras, y si no las conseguía en su casa, venía a la nuestra a preguntar si teníamos algún desperdicio para sus gatos. A veces había, y entonces mi madre le daba, pero cuando no, enseguida salía mi padre y le pasaba un poco de leche.

—Toma, hombre, algo es algo; que no dar de comer a un gato es como negarle el pan a un madrileño hambriento.

—Ya— decía mi madre—. También a los de Madrid los llaman ballenatos y no por eso tenemos una ballena en la azotea.

Mi madre estaba un poco enfadada con aquellos michos porque le habían rasgado una sábana bordada de su ajuar que había puesto a secar en las cuerdas de la solana, donde las dos vecinas tendían la ropa.

—Doña Elena, de verdad que siento lo de su sábana —se disculpaba Chencho—. Es que los gatos chicos son así, les gusta trepar; pero en cuanto crezcan un poco ya verá usted que no habrá problema.

Chencho era un año y medio mayor que yo, y era un niño educado, inteligente y sensible. No se parecía a su madre. A su padre solo le veía algunos domingos, porque trabajaba en no sé qué cosa, en no sé qué pueblo, y cuando venía siempre le llevaba al fútbol. A Chencho no le gustaba mucho el fútbol, pero iba porque su padre creía que sí. Me lo dijo un día mientras echábamos de comer a los gatos en el tejado.

—¿Te gustan? —me preguntó la primera vez que subí—. Son mejores que los perros. Pueden ver en la oscuridad, son más rápidos y siempre caen de pie.

Yo había ascendido tímidamente las escaleras desde mi casa hasta la azotea porque le había oído subir. Me asomé por la puerta que daba a la terraza, y allí estaba él sentado en el suelo, rodeando a uno de ellos con sus piernas huesudas y jugando con el otro. Tenía una sonrisa tierna y las manos ensangrentadas. Me acerqué a él despacio; desconfiaba de su reacción, porque yo ya sabía que los niños eran raros: a veces no les importaba que estuvieses a su lado y otras te decían niñata y te largaban con viento fresco. Además yo no tenía mucha experiencia en el trato con niños. Solo había jugado con mi primo, y ese no contaba porque era mi primo y «la familia era la familia y punto».

—Son preciosos— le dije intentando acariciar a uno de ellos.

—Ten cuidado si no quieres tener los brazos como yo. Ahora están jugando y cuando están así, no tienen piedad; sacan las uñas y te echan la zarpa al primer descuido. Luego, cuando estén más tranquilos puedes tocarlos. Hacen un ruido muy raro cuando se ponen mimosos, ya lo verás.

Conocí el ronroneo esa misma tarde y lo disfruté después cada día. Chencho jugaba con los dos por igual y los acariciaba a ambos indistintamente, para que no tuviesen celos; pero yo no podía evitar que me gustase más Pulgarcito, simple y llanamente porque era gris, y Rataplán era blanco y negro. También me gustaban más los elefantes que las vacas.

—¿Has estado alguna vez en el circo? —me preguntó un día.

—No, pero voy a veces a la Casa de las Fieras del Retiro.

Se quejó, con un retintín impropio para su edad, de que no iba mucho por allí debido a que su madre se pasaba el día cosiendo para señoritingas que vivían unas calles más allá, esas que sí tenían tiempo para pasear con sus hijos, comprarles barquillos y sentarse con ellos en la terraza de un café a tomarse una leche merengada. Y me advirtió contra los niños del barrio, porque eran unos brutos; jugaban a los chinos y al que perdía le daban diez correazos en la mano; y una vez vio cómo arrancaban la cabeza a un pájaro que no podía volar; y que cuando aquel señor le regaló los gatos tuvo que tener cuidado de que ellos no se enterasen, pues probablemente hubiesen tenido un triste final.

Pero Chencho no estaba solo; además de los gatos, también tenía un hermano mayor, que se había «incorporado como recluta al Regimiento de Artillería Pesada n° cuatro en Medina del Campo». Adoraba a su hermano. Cuántas veces me enseñó aquella fotografía suya; una idéntica a otra que tenía enmarcada su madre en su salita, encima de la consola. Posaba muy serio, con un uniforme y una gorra con un borlón hacia delante, coloreado en rojo. En la de Chencho, podía leerse una dedicatoria escrita al bies, sobre el traje: «Para mi hermano, con cariño. Lucas». Cuando recibía carta suya, me la leía, aunque yo entendía más bien poco de lo que contaba; pero sí me acuerdo de una cosa que le escribió una vez. Relataba que ejercía de escolta de no sé qué capitán y habían estado de cacería a caballo. Yo le pregunté qué era una cacería y Chencho me explicó que se mataban animales como perdices, ciervos, jabalíes..., se sacaban fotografías con los animales muertos y luego, si eran muy grandes, colgaban sus cabezas en las paredes de las casas, como trofeos. No entendí por qué se sentía tan orgulloso de su hermano, con lo que le gustaban a él los animales. Se lo conté a mi madre, y me dijo que yo no lo comprendía porque aún no tenía hermanos ni héroes. Sin embargo, en poco tiempo tendría los hermanos y los héroes más auténticos: los que surgen de la necesidad de pertenecer, del instinto de supervivencia y del miedo al desamparo.

Al padre de Chencho no llegué a conocerle; y respecto a su hermano, justo cuando iba a venir a Madrid unos días de permiso, se declaró la guerra y le cogió en el otro lado. Los primeros días, su madre lloró sin consuelo. Decía que por ser su hijo de Madrid podía tener una desdicha.

—Gracias a Dios no está comprometido con ningún sindicato, y no será porque sus amigos no insistieran —se consolaba la Luisa contándoselo a mi madre mientras tendían la ropa en la azotea—. Lo que son las cosas y las vueltas que puede dar la vida.

Yo sujetaba el cesto de las pinzas para ir pasándoselas a mi madre. Los gatos jugueteaban mordiendo y arañando mis zapatos.

—Niña, estate atenta. A estos dos hijos nuestros algún día les va a dar una insolación.

—Lo que nos faltaba ya, tener más disgustos de los que tenemos —gruñía la Luisa.

—Ya le he dicho yo a la mía que no suba a la hora de la siesta, pero no hay quien pueda con ella. Es testaruda, como mi suegro.

Entonces reían las dos. Y así, colada tras colada, en poco tiempo y durante poco tiempo, surgió entre ellas algo parecido a la amistad. Supongo que la razón de aquello estuvo en los propósitos de buena vecindad y, más tarde, en la colaboración necesaria que acarrean los malos tiempos y el temor al desabrigo. Pero eso, que en algunos casos une para siempre, en otros no hace más que resaltar, sacar a la luz, el sentimiento malversado.

Nuestro nuevo barrio era alegre y aunque no era tan

elegante como la Gran Vía, enseguida me acostumbré. Salvo la sensación de vértigo en los balcones de mi abuela, no eché de menos nada, en parte gracias a Chencho y sus gatos y en parte a que se daba la circunstancia de que íbamos al centro casi todos los días. Mi madre estaba de vacaciones, pero mi padre tenía que ir al sindicato por las mañanas; así que, para que no me extrañasen tanto mis abuelos, que se habían «quedado como sordos desde que se fue la niña», me hacía acompañarle. Cogíamos el tranvía y me dejaba en la que había sido mi casa hasta entonces.

—¿A que los bartolillos del centro son más ricos? ¿A que te gusta más la horchata que tomas conmigo? —me preguntaba mi abuelo.

—Pobrecita— se lamentaba mi abuela—. Lo que tendrá que estar echando en falta los caramelos de miel de Cándida. ¿Te acuerdas de cuando ibas con tu abuelo al rascacielos?

¡Cómo no me iba a acordar! Y es que decía mi padre que mis abuelos eran unos exagerados, que solo hacía quince días que nos habíamos ido.

Mi madre estaba radiante a pesar de que acababa agotada todos los días por el trabajo de la mudanza y por el calor que estaba haciendo ya; que «no sé qué va a ser de nosotros a partir de la segunda quincena de julio». En poco tiempo, mis padres se gastaron los pequeños ahorros, conseguidos gracias a esos sueldos de maestro que la República había dignificado. Compraron algunos muebles, no muchos, y una radio grande, preciosa. Era de madera de raíz, se llamaba Ariane y era la de mejor calidad al mejor precio: las ciento sesenta pesetas mejor gastadas de la casa, según papá. La estrenamos enseguida, pero yo me desilusioné pronto, pues esperaba que esta, por más bonita, fuese más divertida que la de mi abuelo, y lo cierto es que no fue así y además, el semblante con que mis padres la escuchaban cambió por completo en una semana.

Un día de esos que mi padre me dejaba con la abuela y él se iba al sindicato, salí con el abuelo con la intención de dar un tranquilo paseo y ver las carteleras de los cines por si ponían alguna infantil para el domingo. Vimos un montón de gente que llevaba sábanas con cosas escritas y que gritaba algo cerca del rascacielos. De repente, aquellas personas comenzaron a correr, cada una en una dirección, y a meterse en los portales de los edificios. Mi abuelo me arrinconó sobre la puerta de una perfumería y preguntó a un guardia de asalto qué era lo que pasaba.

—Mis compañeros, que no les queda otra que repartir leña.

—Y estos de hoy ¿de qué palo van?

—¡Y qué más da! Cuando no son de uno son del otro.

Y mientras ellos hablaban de madera, un grupo de gente corría calle abajo, perseguidos por los guardias que ya no se andaban con porras y habían sacado sus pistolas. Así que tuvimos que irnos a casa sin saber qué películas estaban poniendo.

Cuando llegamos, mi abuela, que al oír el alboroto de la calle se había atrevido a salir al balcón y lo había visto todo, le echó una tremenda repasata a mi abuelo.

—¿Y si tuvieses que haber salido corriendo? Pues estás tú bueno del corazón, ¡como para coger a la niña y salir pitando! Desde luego, tienes cada cosa que tiembla el misterio.

Mi abuelo tenía una dolencia del corazón. Por eso yo le preguntaba de vez en cuando que si le seguía doliendo su dolencia. Él me contestaba que era un órgano muy traicionero porque no dolía, y cuando te querías dar cuenta estabas criando malvas. Pero eso es solo la parte médica del asunto; pues el corazón sí duele, y con ese dolor te avisa de que te estás muriendo por dentro, de que si persistes en tu negativa a darle gusto, igual da que no quieras o no puedas, te dejará lisiado. Y es que ese daño va matando tejidos que son irrecuperables.

V

Mis padres habían solicitado el teléfono para «nuestro nuevo hogar», y a pesar de la cuña de mi abuelo en la Telefónica, tal vez tardase un tiempo.

El señor Joaquín, el librero, salió a curiosear mientras descargaban los baúles y las cajas del camión que mi padre había alquilado para la mudanza.

—¿Son ustedes los nuevos del segundo? —preguntó frotándose las manos y, sin dar apenas tiempo a contestar, continuó—. ¡Vaya, vaya! Ya me habían dicho que son ustedes un matrimonio con una niña. Es que he estado enfermo; nada serio, una operación de vientre, pero claro, no he estado por aquí. Dejé al cargo de la tienda a mi sobrina, creo que la han conocido. ¿Son ustedes maestros, no es así? Yo también quise serlo, pero un cura y su vara me quitaron las intenciones. Dejé el colegio, pero no vea si me dio pena. Por eso monté una librería, para desquitarme, y aunque, como ve usted, es una pequeña papelería de barrio, no me va mal, porque pongo los precios más baratos que en el centro ¿sabe usted?, y aunque está un poco escondida, la gente corre la voz. ¿Y de dónde son ustedes, si no es indiscreción preguntar?

Así, mi padre le explicó que éramos «de aquí, de Madrid», (no le dijo que mi madre no era de Madrid-Madrid), que habíamos estado viviendo en el centro, pero que el «casado casa quiere» y que, después de mucho mirar, se habían decidido por aquel piso. Le contó que a mi madre le había gustado porque tenía mucha luz y un buen baño particular, que se ve cada cosa por ahí... Además el lavadero solo lo tenía que compartir con otra vecina más, y eso era bueno.

—Sí, ya es raro un edificio tan pequeño, ahora que se construyen como mínimo para veinte o treinta familias; pero es que esta casa era única, de una familia sola, ¿sabe usted? y quedó medianera entre estos edificios de los lados. Yo no vivo aquí, ya me gustaría, ya, pero mi mujer es del barrio de Argüelles y no la trae usted aquí ni a punta de pistola, ya sabe cómo son. Y tú, bonita —dijo dirigiéndose a mí—, ¿ya sabes las letras?

—Sí.

—Pues cuando aprendas a leer, ya te regalaré yo algún cuento, que los tengo bien bonitos.

—Ya sé leer perfectamente. ¿Tiene usted los cuentos de La Estrella?

—¡Claro que tengo los Estrellitas!

Los Estrellitas eran unos cuentos muy pequeñitos, de Ediciones La Estrella, que costaban treinta céntimos y que yo estaba coleccionando porque mi abuelo me compraba uno cada dos semanas.

—Y mi padre me enseña palabras de francés. Y mi abuelo dice que al año que viene me enseñará a hablar en esperanto, y...

—¿Esperanto? Eso es como el Morse, ¿no?

—No lo sé.

Me cayó bien el señor Joaquín. Siguió hablando con papá. Le contó que tenía dos hijos que estaban en colonias de vacaciones en Alicante. Hablaron, sin prisas, de cómo había cambiado la educación en poco tiempo y la atención que recibían los niños en los grupos escolares.

—Ahora hay fe en la ciencia —decía mi padre con verdadera devoción—. De la oscuridad de un confesionario solo puede salir oscuridad en la mente. Las nuevas escuelas tienen espacios iluminados, higiénicos, con jardines... incluso algunos con piscina.

—Y lo más importante, amigo, cantinas para paliar el hambre y roperos para vestir a los niños necesitados. Que eso es lo primero, ¿no le parece?

—Así es, compañero —afirmaba mi padre, cada vez más animado con la charla—. Si eso deja de ser un inconveniente y los niños pueden estudiar, el progreso está asegurado; muchos de los problemas de este país se solucionarán solos, porque la cultura desplaza a la barbarie. Ya lo decía la buena de Conchita Arenal: *Abrid escuelas y se cerrarán cárceles.*

Mi madre llamó a mi padre desde el balcón. Necesitaba ayuda y a él se le había olvidado lo que estaba haciendo.

—Esa es mi mujer. Es maestra en un Grupo Escolar de la calle Toledo. Cae un poco lejos, pero si tiene buenos precios puede recomendarlo para comprarle a usted material.

—Muchas gracias. Y ya sabe, aquí estamos para cualquier cosa que necesite— dijo el librero.

Así pues, mi padre, aprovechó la ocasión y el ofrecimiento para pedirle por favor «si tiene usted y es tan amable, el número de teléfono; para dárselo a los familiares hasta que nos lo instalen a nosotros, por si alguna urgencia, Dios no lo quiera».

Mi padre decía que no creía en Dios, pero luego se le escapaban frases como esa, o decía que Dios había hecho mucho daño a la Humanidad. Pero, ¿cómo era posible eso si no existía? Así que a mí, como siempre, me quedaba la duda; una duda más que razonable cuando me hallaba rodeada de cinco clases de personas, a saber: gente que creía y era buena, como mi madre o mi abuela; gente que aseguraba creer y era mala, como el cura de la vara del señor Joaquín; gente incrédula y bondadosa, como mi abuelo; gente honesta que quería afirmarse en la no creencia, como mi padre; y por último, gente descreída e infame, como aquellos chicos que vi, poco tiempo después, haciendo una pira con las figuras de la Virgen y los santos de una iglesia cercana a mi nuevo barrio.

Y todas estas premisas, aun en mi inconsciencia de niña, fueron ya para siempre resumidas en dos, como los mandamientos. Uno: la religión rara vez sirve para que la gente sea mejor, y dos —y esta era extensible a todos los aspectos de la vida— : No te fíes de lo que dice la gente acerca de lo que cree o lo que no cree.

Me viene ahora a la memoria un comentario de mi abuelo que debió llamarme la atención. Fue en la

Horchatería de la calle Alcalá, uno de esos días en los que nos sentábamos y aparecía algún señor con reloj de bolsillo que se acomodaba con nosotros para comentar las noticias del periódico. Dijo que él había sido un gran defensor del voto femenino, pero que —y aquí se reía— se arrepintió cuando su mujer le dijo a quién había votado en las elecciones, y sobre todo, cuando vio a «rebaños enteros» de monjas de clausura salir de los conventos para votar. «Fue un error, don Cosme, un tremendo error».

Bien; el caso es que el señor Joaquín le dio el número de teléfono «faltaría más» y se despidió con un apretón de manos a mi padre y con un pellizco en la mejilla a mí. Lo del cuento que me iba a regalar tendría que esperar.

Mi padre pagó a los del camión, que ya llevaban un rato esperando, y subimos a casa.

—Se te va el santo al cielo —le recriminó mi madre.

—Te gustará el librero. Todo un camarada, ya verás.

Dentro de muy poco, esa palabra, «camarada», se escucharía por todas partes. Al principio creía que los camaradas eran los que iban vestidos con monos azules, gorras como la que llevaba el hermano de Chencho y un fusil. Pero después me di cuenta de que llamaban así a mi padre, que iba al sindicato con su chaqueta, a mi madre con sus vestidos estampados e incluso a mi abuelo, que vestía, como siempre, su traje y su reloj de bolsillo; aunque, eso sí, no volví a verle con sombrero. Cuando le pregunté si lo había perdido, me explicó, con fastidio, que no, que solo le había dado unos días de vacaciones porque estaba harto de tener que enseñar el carné del partido y demostrar que no era ningún «carca». «No me importa ahora que hace calor, pero si llega a ser invierno, les dan dos duros, que digo yo que qué tendrá que ver cómo le guste a uno vestir»; refunfuñaba molesto. «La corbata no me la quito ni aunque amenacen con ahorcarme con ella». Y yo le entendía, claro, porque aunque mi abuela se pasara el día riñéndole, por masón, se casó con él porque vestía muy bien y porque era el mejor bailando el chotis, pero sobre todo porque vestía muy bien. Y él lo llevaba a gala.

De todas formas, «los más camaradas» eran los del

mono azul y el fusil. Sobre todo las mozas. Era la primera vez que las muchachas se atrevían a vestir de aquella forma, y cuando Chencho y yo vimos, desde la azotea, pasar un grupo de ellas, armando jaleo, pensamos que irían a alguna fiesta disfrazadas de hombre. Luego, cuando las encontraba por ahí, cuando ya era lo normal, me parecían guapísimas, porque era una modernidad, un estilo nuevo de esas chicas mayores —pero no tanto como mi madre— a las que queremos parecernos cuando somos niñas. Me gustaba llamar su atención y les gritaba: ¡Salud, camaradas! Ellas me miraban, se reían y levantaban su puño con mucho respeto «¡Salud!». Mamá me reñía para que no lo hiciese porque no le gustaba ese tono en una cría, pero mi padre le decía que me dejase, que no era nada malo. Y un día se enfadaron. Ella reprendió a papá porque «digas lo que digas, hacer eso no es de señoritas» y mi padre replicó que él no quería que yo fuese una señoritinga, ni una beata como la abuela. La cosa se calentó y terminaron echándose en cara la paleta procedencia de mi madre y la excesiva amistad de mi padre con no sé qué buscona del sindicato, que decía mamá que a lo mejor a él le hubiese ido mejor con 'esa' porque era muy liberal.

En fin, que después de dos interminables días en los que no se hablaron, acabaron dejándome una tarde en casa de los abuelos y yéndose ellos solos al cine. Me lo tomé como un castigo por haber provocado aquello. Después, satisfechos de su venganza, volvieron reconciliados, besándose y haciéndose carantoñas. Yo, por si acaso, no volví a saludar a las milicianas delante de mamá hasta una ocasión, mucho después, cuando ya había pasado el verano, hacía frío y mi padre se había ido de nuevo, dejándome allí, con la espina clavada. Volvíamos de la consulta de don Pascual, de que le dijese a mi madre por segunda vez que lo mío no era nada. Por la calle Génova había un desfile de manifestantes, entre los que se encontraba un grupo de chicas con una pancarta del «Batallón femenino Rosa Luxemburgo» del radio de Chamberí. Algunas iban ataviadas con el uniforme de miliciana y otras con vestidos floreados, pero incluso las que llevaban el mono azul, lo

lucía cada cual a su manera: unas con cinturón, otras sin
él; unas llevaban gorra cuartelera, otras no querían estropear su peinado... Una de las chicas reconoció a mi madre
y la llamó por su nombre. «¡Elenita!», gritó agitando la
mano y después, mientras pasaba a su lado, andando muy
derecha, elevó el puño y exclamó dignamente: «¡Salud,
camarada!». Mi madre, perdiendo su habitual compostura, le devolvió el gesto alzando su mano, bien cerrada,
con un fervor que yo desconocía, como con rabia. Supe
que no estaba enfadada solo porque sonreía con los ojos,
muy abiertos y brillantes. Viendo aquello, aproveché yo
también para saludar a su amiga a la manera moderna,
aunque me quedó un poco a destiempo. Mamá, por un
instante, había olvidado la presencia de mi abuela, que
nos acompañaba en esa ocasión, pero recuperó su recato
enseguida: «Ay, fue mi compañera en La Normal. Hace
siglos que no la veía. Tan loca como siempre. Era de esperar encontrarla así».

Mi madre quitó el envoltorio de periódico a las cosas que
quedaban en la última caja, «la más importante» según
mi padre. Allí estaban sus títulos de maestros, expedidos
por el Ministro de Instrucción Pública, y un retrato de un
señor muy elegantemente vestido, con barba, gafas redondas de pasta y sombrero. Debajo figuraba su nombre en
letras rotuladas a mano; o tal vez, era una serigrafía de su
firma: Fernando de los Ríos.

—Bueno, ya está —suspiró mi madre satisfecha, aunque le duró poco esa sensación—. Este rincón está un
poco desolado, ¿no te parece?

Mi padre estaba absorto leyendo el periódico en el
sillón nuevo, tapizado a rayas, que mi madre se empeñó
en comprar para él y solo para él.

—¿No te parece, Juan? —insistió mi madre.

—Perdona, ¿qué habías dicho? —preguntó sin dejar
de mirar el diario.

—Que el domingo iremos al Rastro.

—No sé en qué va a acabar esto, Elena. Ha muerto el

compañero herido esta mañana en la refriega con los de la CNT, y hay más heridos —se lamentaba mi padre preocupado.

Chascaba la lengua y meneaba la cabeza hacia los lados lentamente «así no, así no vamos a ninguna parte».

Mi abuela, que no había estado conforme con nuestra marcha en ningún momento, tenía demasiado a menudo argumentos para decirles a mis padres que no debían haberse mudado «con la que estaba cayendo». Y es que casi todos los días había alguna mala noticia que, según ella, nos pasaba cerca. «No sé qué hacéis aquí»; decía como si regañase a unos niños. «Dice tu padre que hoy ha habido explosiones en Bravo Murillo, y hace dos días en Chamartín. Las cosas están muy feas. Deberíais venir a casa, al menos, hasta que pase el verano. ¿Qué más os da?».

Pero no les daba igual, ni mucho menos. Las cosas se pusieron después bastante peor y nunca volvimos a dormir en su casa. En cambio, ellos sí tuvieron que venirse a la nuestra cuando quedó comprobado que su querida Gran Vía no era ningún fortín.

Un día subió el librero, y le dijo a mi madre que tenía una llamada de su suegro, que preguntaba si estaba mi padre en casa. Mi madre se quitó el delantal a toda velocidad y bajó las escaleras. Esa debía ser la «urgencia, que Dios no lo quiera» a la que se había referido papá aquel día en la puerta de la librería. Dios lo había querido y allí estaba la urgencia. Aquello no podía ser bueno. Seguí a mi madre corriendo por las escaleras. El pobre señor Joaquín también intentaba seguirla escaleras abajo sujetándose con la mano la parte derecha del vientre.

—Pase por ahí, doña Elena —le dijo el librero, indicándole una puerta que había en la entrada del portal del edificio, siempre cerrada, y que yo descubrí aquel día que era de acceso al local de la librería.

Mi madre cogió el teléfono.

—No, no está aquí —jadeó—. ¿En Cuatro Caminos?

—Perdone —dijo el librero, que se había quedado allí, frente a ella, esperando a ver qué había pasado—. Si es por lo del tiroteo de Cuatro Caminos pierda cuidado. El que ha muerto ha sido un sindical de la CNT. Me lo acaba de decir un cliente.

Ella transmitió a mi abuelo lo que acababa de decir el señor Joaquín, ese bendito librero, y todos se fueron tranquilizando. Todos menos yo, que me dio un ataque de llanto que solo se me pasó con un *TBO* que mi madre insistió en pagar.

—Yo se lo regalo, doña Elena. ¡Si son diez céntimos!

—No, no, ¡estaría bueno! Usted ya hace bastante, que Dios se lo pague.

En las viñetas de la portada había un pescador en un islote. Cada vez que picaba un pez, tiraba de la caña y con el impulso se le soltaba del anzuelo y caía de nuevo al agua por detrás. Así que, enfadado, se tiraba al mar, lo cazaba a mano y el pez acababa en la sartén. Me encantaba esa historieta. Pero mi madre decía que por muy gracioso que resultase, «siempre valía más maña que fuerza».

Mi padre llegó bastante alterado aquella noche; tanto que decidió coger una semana de vacaciones. Solo otra vez le vi tan trastornado y fue algunos días después, tras una madrugada agitada en la que se oyeron a lo lejos unos golpes que yo aún no identificaba y que, por desgracia, llegué a conocer muy bien. Eran cañonazos y explosiones. Sonaron durante bastante tiempo, de tal manera que, como había amanecido ya, aunque era temprano, no pude volver a conciliar el sueño por más que lo intentara mi madre. Desde mi cama oí a mi padre salir de casa. Volvió al rato, cuando mamá ya se había dado por vencida y me estaba preparando el desayuno. Se oyó un fuerte portazo que nos sobresaltó a las dos.

—Elena, ponme un café, que me voy al sindicato. ¡No me lo puedo creer! —gritaba mi padre desfigurado mientras sintonizaba nuestra preciosa nueva radio llamada Ariane.

—¿Qué ocurre?

—¿Sabes lo que eran los cañonazos? Pues nada más y nada menos que han asaltado a los sublevados del Cuartel de la Montaña. Por lo visto, anoche han avisado a la gente de los sindicatos para rodear el Cuartel. ¡Y a mí no, me cago en todo! ¿Por qué no me lo han comunicado? ¡Les dejé el número del librero!

—El señor Joaquín no está en la librería por las noches, Juan —dijo mi madre poniéndole delante la taza de café y acercándole el azucarero.

—Aun así, deberían habérmelo hecho saber de una forma o de otra. Parece que uno no pinta nada en ningún sitio. ¿Qué se han pensado, que no sería capaz de coger un fusil? Pues mucho mejor que algunos que se las dan tanto de republicanos, ¡y sobre todo mucho mejor que los críos que me han dicho que han ido! ¡Críos, Elena! ¡Han ido algunos críos de las Juventudes, de quince años, no más!

Mi padre puso la radio bastante alta, para no perderse nada de lo que dijesen. Efectivamente estaban hablando sobre el cuartel. Aquello debía ser importante.

Apuró el café de un solo trago y se marchó enseguida. Mamá dejó puesta la radio. El señor locutor decía que «los valientes y entregados camaradas habían hecho suyo el Cuartel de la Montaña. A pesar de la falta de armas, algunos bravos muchachos, entrando por una ventana, se habían hecho con los pertrechos necesarios. Su arrojo sin igual había copado al enemigo y el general Fanjul había tenido que rendirse».

Se oyó alboroto en la calle. Rápidamente nos asomamos al balcón. «Tú no, que estás en camisón»; me dijo mi madre. Pero me colé y pude ver a chicos camaradas, con mono azul, fusil y, algunos, con un casco en la cabeza. Iban de pie, subidos a un camión, y la gente con el puño en alto les llamaba valientes y los aplaudían. Dos mujeres de la edad de mi abuela, con los capazos de la compra en la mano, les vitoreaban a pleno pulmón. Una de ellas les tiró una bolsa «¡para que almorcéis, guapos!».

—¡No le deje usted a su marido sin el churro, mujer! —dijo uno de ellos, y los demás rieron a carcajadas.

—¡Ese no dirá nada, que acabar con el fascismo bien vale unos churros! —gritó ella muy fuerte, para que la oyeran los mozos.

Ojalá acabar con el fascismo hubiera sido tan sencillo; ojalá solo hubiese habido una noche de tormenta.

VI

La tía Queti nos dejó. Nadie sabía que estaba delicada de salud, salvo la vecina que vino a casa a darle a mi madre la noticia de su muerte. La tía y esa señora habían vivido toda la vida puerta con puerta en un elegante edificio del barrio de Salamanca, ayudándose y consolándose mutuamente; y es que la susodicha, también viuda, tenía un hijo ingrato que no iba nunca a verla. Mi padre las llamaba Imperio Argentina y Estrellita Castro, porque eran igual de copleras, pero me había advertido que yo no podía hacerlo.

—He tenido una vida desgraciada, Elenita —lloraba Estrellita Castro—. Primero mi Ernesto y ahora mi amiga del alma. ¡Qué sola me he quedado, hija, qué sola! ¿Qué voy a hacer yo en ese vecindario, rodeada de «estiraos» que me miran como a un trasto viejo que no le corresponde estar ahí?

Mi madre le preguntó cómo había sido y le contó que la tía Queti se fatigaba cada vez más, que por eso ya apenas salía de casa. Ella era quien le hacía las compras. Cuando iba mi madre a verla, le hablaba de cosas de la calle como si lo hubiese vivido, pero en realidad era lo que la vecina le contaba o lo que oía por la radio, pues no quería que mi madre se sintiera en la obligación de hacerse cargo por haberla tenido como a una hija, y menos precisamente ahora que se habían independizado por fin.

—Debió usted decírmelo —se lamentaba mi madre—. ¿Cómo no noté nada?

—Y esta mañana sucedió la desgracia. ¡Dios mío! Esos canallas, miserables, que no tienen otro nombre... —sollozaba la pobre mujer limpiándose la nariz con un pañuelo ya muy arrugado—. Entraron armados en el edificio y retuvieron contra la pared al pobre de Sebastián, que no dejaba de dar voces diciendo que él era el portero y que quiénes se creían ellos para entrar así en una casa decente. Fueron registrando piso por piso, buscando armas, decían, para evitar el paqueo.

La noche anterior yo había tenido la oportunidad de enterarme del significado de aquella palabra, pues no se hablaba de otra cosa, ni en mi casa, ni en la radio, por la que se daban noticias de un Madrid convertido en un campo de batalla debido a los fascistas que, escondidos en las azoteas o desde cualquier balcón, estaban sembrando el pánico disparando a gente que pasaba por la calle.

«Es horrible, Elena», decía mi padre mientras buscaba algo, impaciente, entre las páginas del periódico. «No sabes lo que hay por ahí. Tienes que ir corriendo cada vez que quieres cruzar una calle. Los disparos son indiscriminados, hay muertos de los dos bandos. La gente sigue pidiendo armas en Sol, ¡y es que éstos les están azuzando!»; golpeó el diario con el dorso de la mano, provocando un chasquido que ya conocía bien, pues eso era lo que hacían los hombres de la familia cuando no les gustaba algo de lo que leían en el papel: lo castigaban con un guantazo. «¡Pero, hombre, esto no puede ser así, debe haber organización!», continuó mi padre. «El Gobierno cambiando de hora en hora… qué desbarajuste. Me han pedido los documentos seis veces desde la Casa del Pueblo hasta aquí. Seis veces, Elena, ¿te lo puedes creer? Gracias al carné de la FETE no me registraban. Hay nerviosismo general, nada que ver con la animación que vimos en las terrazas hace dos días. Ya sabía yo que la cosa no iba acabar con la toma del cuartel». Miró a mamá, que le escuchaba con atención y angustia, y entonces intentó suavizar la cosa. «No creo que esto se salga de madre, pero la gente está preocupada. Es normal». Y luego, fingiendo un buen humor que no la convenció, comentó que no había mal que por bien no viniese, porque no sé qué periódico de los carcas, ahora era del Mundo Obrero y el ABC había pasado a ser republicano. «Así que el abuelo estará que no cabe en el traje».

A mi madre no le hizo gracia, pues no cambió ni una pizca la oscura expresión de su rostro; pero a mí sí, porque me imaginé al abuelo en calzones diciéndole a mi abuela que no cabía en la chaqueta. Mi padre, sonriente, me preguntó que de qué me reía yo. Se lo conté. «Sí»; se mofaba mi padre. «Y la abuela le diría —y aquí ponía una voz chillona imitando a su madre-: ¡Desde luego, Cosme, no tienes enmienda! Mira cómo te estás poniendo, seguro que es de comer suizos en el Café Madrid. ¡Masón, que eres un masón!». Yo me tronchaba de risa y mi padre continuaba burlándose con aquella voz de pito y los brazos en jarra: «Que ya sabes que el médico te los ha prohibido, y tú como si nada, como si tuvieses ahora veinte años. Cualquier día te va a pasar algo, y yo voy a tener que llevarme una cebolla al entierro porque no lo voy a sentir».

La radio estuvo casi todo el día encendida. Yo jugaba con los gemelos Marcelino y Domingo, que desde la mudanza los tenía muy abandonados. Los cogí solo porque mi madre no me había dejado subir a jugar con los gatos de Chencho, por lo del paqueo. La «guerra», no sé cuántas veces repitió aquella palabra el comentarista de la emisora,— que si era, que si no era—, ya empezaba a fastidiarme. Me tocó quedarme en casa durante toda la tarde, escuchando de fondo el aburrido parloteo del locutor de Radio Madrid mientras intercambiaba los trajes de los gemelos para preguntarle a mi madre quién era quien. Nunca acertaba porque siempre lo sabía; pero esta vez, estaba tan pendiente de las noticias sobre lo que estaba sucediendo en la ciudad, que atinó.

De repente, aquella tediosa tarde dio un giro que llenó de emoción el resto de las horas. «Han dado la orden de dejar las luces encendidas toda la noche y las ventanas abiertas, para evitar el paqueo», anunció mi padre. Aquello era apasionante; pasaríamos toda la velada jugando, o quizá, contando historias.

Mi madre dijo que bajaba un momento a casa de la Luisa para ver si se había enterado del aviso municipal. Corrí tras ella; por fin iba a salir de mi encierro, aunque fuesen solo unos minutos. La Luisa nos invitó a pasar y, mientras ellas parloteaban, yo me senté al lado de Chencho, que estaba dibujando algo en un cuaderno sobre la mesa. Le pregunté si había ido a ver a los gatos. Miró a su madre de reojo, se encogió y me dijo que sí con la cabeza. Él también había estado recluido toda la tarde, pero de alguna manera había logrado escaparse un momento.

—¿Sabes lo de las luces? —le pregunté.

Él volvió a asentir con la cabeza, sonrió un momento y luego puso cara de fastidio:

—Pero mi madre dice que nosotros a dormir, como si nada.

—Pues nosotros jugaremos, veremos cuentos y contaremos historias hasta que se haga de día— le dije con pleno convencimiento.

Él seguía coloreando un paisaje muy bonito en el que figuraban unas montañas con la cima nevada, como si hubiesen puesto bolas de helado de nata en las puntas y se estuvieran derritiendo por el calor del sol que asomaba entre ellas. Había una pradera verde y una casita de piedra con una ventana y una chimenea, parecida a la del cerdito trabajador de mi cuento.

—¿Te enseño a hacer pájaros? —me preguntó.

Le dije que «Vale», y en ese momento, mi madre dijo que nos íbamos.

—No, espera —protesté—. Que Chencho me va a enseñar a dibujar pájaros.

—Ni pájaros ni pájaras, que es tardísimo. Vamos.

Y entonces, mientras mi madre y la Luisa se deseaban las buenas noches «y a ver en qué acaba todo esto, por Dios», Chencho me indicó, dibujando con su dedo en el aire, cómo tenía que hacerlos.

—Solo tienes que hacer uves estiradas, así.

Nada más llegar, mi madre dio las luces y fue a abrir todas las ventanas. «Elena, apártate de ahí; yo lo hago», dijo mi padre. Y mamá volvió a tener el gesto de preocupación de antes.

Cuando terminamos el postre, mis padres se sentaron junto a la radio, que no dejó de emitir noticias sobre el general Sanjurjo, que había muerto carbonizado en un accidente de avión y que tuvo, según mi padre, «su justo castigo a su puñetera maldad». Cada vez que yo intentaba abrir la boca, me chistaban, así que, al final, ni juegos, ni cuentos, ni nada. Mis padres me dejaron estar levantada un rato más y como ellos no me hacían caso me puse a dibujar. Aquella noche me quedé dormida encima de un papel con un millón de uves estiradas.

—Esos bandidos, sinvergüenzas, que han matado a mi Enriqueta —gemía Estrellita Castro—. Ellos la han matado.

Lo decía porque aquellos hombres que habían entrado en su edificio registrando piso por piso, habían encontrado un fusil y cierta correspondencia que comprometía al vecino de enfrente. Se oyó bastante alboroto y al momento le sacaron al rellano bien amarrado por dos de ellos, que voceaban que era un antirrepublicano, un traidor y que había asesinado a dos camaradas.

La tía Queti y su vecina, agarraditas del brazo y pegadas a la pared del pasillo, habían sido espectadoras de excepción de aquella gresca.

—Se resistía a bajar las escaleras—siguió contando la señora—. Gritó que era un hombre decente, que él no había hecho nada y que prefería morir a *dormir bajo el ángel*. Y entonces, uno de ellos, apareció por delante y dijo «Pues ¡ea!, que así sea», y le pegó dos tiros. ¡Ay, hija! Tu tía, de la impresión, empezó entonces a temblar y se agarraba el pecho, que le faltaba el aire. En un momento se desplomó. Yo intenté sujetarla, pero me fue imposible. Se fue al suelo, ya muerta, salpicada de sangre de ese pobre hombre, ese infeliz que no hizo otra cosa en la vida que trabajar, que si había alguien bueno en la finca, ese era él. Su mujer una santa, y sus hijos, educados y buenos chicos. Mira lo que deja. ¡Qué desgracia, qué desgracia!

Mi madre, que después de la noche que había pasado sin pegar ojo se había tomado tres cafés para espabilarse, tuvo ahora que preparar tila para dos.

—Tómesela que le sentará bien —dijo mamá acariciando la espalda de la buena señora—. Vamos a esperar a Juan, que él decidirá lo que hay que hacer.

La tía Queti había dispuesto que la enterrasen en el cementerio de La Almudena sin reparar en gastos, ya que tenía un buen dinero ahorrado para ese lance, y que el piso de Serrano lo heredara mi madre.

—Es una buena herencia, hija, que son pisos muy valorados —le dijo Estrellita Castro a mi madre guardándose, por fin, el pañuelo bajo el puño del vestido.

Sí, eran muy valorados económicamente y más que lo serían unos meses después por otros motivos. Y es que nuestro enemigo había decidido no bombardear el barrio Salamanca; así que se convirtió en una zona tan deseada que los milicianos tuvieron que hacer vigilancia extra para que no se hacinara la gente por allí; aunque, por supuesto, tampoco permitieron tener un metro de suelo seguro vacío, y cuando mi madre, loca por los bombardeos, decidió que nos fuéramos al piso de la tía Queti, ya había sido ocupado por tres familias de evacuados. «Vinieron los milicianos preguntando que de quién era el piso, hija», explicó aquel día Estrellita Castro a mi madre en el rellano de la escalera. «Yo les dije que era tuyo. Me preguntaron dónde vivías y yo como tonta se lo dije. ¿Cómo iba a yo a saber para qué lo querían? Así que dijeron que si ya tenías un techo, no necesitabas otro. Esa misma tarde se instaló esa pobre gente aquí. Hay una mujer que tiene cinco hijos, todos como los dedos de la mano, una pareja de ancianos muy mayores y un matrimonio con dos hijos y un nieto. Yo les ayudo cuanto puedo, pero la cosa está fatal. Tú sabes que estaría encantada de que te quedases en mi casa, pero ha venido mi hijo y no quiere a nadie por aquí. Él es de esa manera, está con sus cosas y no le gustan los extraños. Dice que si meto a alguien en casa, él se va».

No sé si mi madre podía hacer algo para sacar a aquella gente de allí e instalarnos nosotros, pero el caso es que no lo hizo. En aquella ocasión la vi pasar del pánico a la incredulidad, de ahí a la indignación, después a la piedad y por último a la desesperanza. Volvimos a casa en silencio, arrastrándonos por las calles de Madrid, y volvió a meter esas llaves pequeñas, atadas con un cordón de seda azul marino, en el mismo lugar que las guardó por primera vez, cuando volvió del entierro de la tía Queti: en el cajón con llave de la cómoda de su habitación. Ese cajón era para mí como un baúl lleno de tesoros. Tesoros que solo había visto cuando mi madre los sacaba y ante mi insistencia, me los dejaba mirar de cerca. Hasta entonces solo había visto una polvera con un borlón blanco, muy suave, que usaba para darse coloretes en ocasiones especiales; un pisapapeles de hierro con forma de mano de hombre con un anillo en el dedo medio; varios legajos de cartas de mis abuelos de El Barquillo, todos atados con cinta de color granate; un monedero de plata que se permitió el lujo de comprar para la boda de su hermano con la tía Fermina... y poco más; pero yo sabía que tenía que haber muchas otras cosas: monedas de oro, joyas y piedras preciosas, por ejemplo. Tenía llave y ella siempre la dejaba puesta en la cerradura. Yo tenía prohibido acercarme, pero aquella tentación constante desapareció, en parte, cuando empezó la guerra y nos quedamos solas, pues desde entonces la llevó siempre consigo, atada a un cordón que se anudaba al cuello.

Mi madre metió con cierta desidia aquellas nuevas llaves del piso de Serrano en el cajón de los tesoros. Estaba muy cansada, tenía los ojos rojos y el vestido negro la hacía parecer muy pálida.

Aquel vestido, en realidad, no era negro. Había sido color crema hasta el día anterior. Una vez se hubo ido la señora Estrellita Castro, por supuesto acompañada de mi padre, mamá abrió el armario de su cuarto de par en par. Fue separando sus prendas, una por una, de izquierda a derecha y luego de derecha a izquierda, hasta que por fin, se detuvo en una de ellas, la sacó del ropero y dijo: «Este valdrá». El vestido de color crema había sido el elegido para el sacrificio. Salimos de casa con muchas prisas y «gracias a Dios» pillamos al dueño del Ultramarinos que estaba cerrando su establecimiento a pesar de que aún no era la hora. Mi madre le pidió lo que necesitaba y él, muy nervioso, se lo dio enseguida y le dijo que se lo pagase mañana, que tenía las cuentas cerradas.

Ayudé a mi madre a teñir aquel vestido, con un hondo

pesar, mientras cavilaba en lo bien que habría quedado de rojo, como la falda de la niña de la caja. Y eso que en realidad nunca me había gustado especialmente y, aunque ni siquiera era mío, estropearlo de aquella manera me molestó hasta irritarme, como si me hubieran roto una muñeca. Creo que hubiese pasado la misma tribulación por aquel vestido aunque hubiese tenido mi madre más de mil, como aquel marqués al que echaron de su palacio unos días después para instalar la Defensa de la Cultura. Luego, mucho más tarde, cada vez que fuimos Ventura, Isidro y yo al Socorro Rojo Internacional de la esquina de la calle Velázquez y veía pilas de trajes preparados para gente necesitada, me acordaba de él y me preguntaba si aún habría prendas del marqués por allí.

—No pasa nada, niña, ya verás qué bonito queda en negro —decía mamá para quitarme la pena—. Así cambia, que está ya muy visto.

Pero yo sabía, pues ella me lo había dicho, que ese color era muy sufrido.

VII

El día que se fue mi padre al frente fue un día extraño; tal vez porque recuerdo la sensación contradictoria —y no solo para mi inconsciencia infantil, sino para todos— de que, aun siendo algo grave y peligroso, era una fuente de orgullo.

La noche anterior, desde mi cuarto, había oído a mis padres discutir.

—¡No tienes por qué ir tú!

—Sí, sí tengo por qué ir: por la República, nuestra República. ¿Qué tipo de vida crees tú que llevaríamos si fuésemos gobernados por esos facciosos? Para empezar, yo me quedaría sin trabajo y puede que tú tuvieses que dejar de ser maestra. A saber si la niña podría estudiar, desde luego no lo que quisiera; no tendría los mismos derechos que los hombres, no podría votar... ¡quizá ninguno podríamos! No, Elena, no. No podemos quedarnos de brazos cruzados. ¿Crees que a mí me gusta tener que abandonar mi casa, dejaros aquí? Tú me conoces, sabes que soy pacifista, que adoro la vida; pero precisamente por eso tengo que luchar, porque sin libertad no hay vida, al menos una vida que merezca ser vivida.

Mi padre hablaba rápido, con entusiasmo, intentando convencer a mamá con esa forma de entonar tan característica que se convirtió en una letanía de la época. Mitin, yo aprendí que se llamaba mitin esa forma de hablar. Así le oí yo explicarse a León Felipe un día frente al Fontalba cuando ya era el Teatro Popular, y así oiría hablar a mucha, mucha gente en cualquier plaza de Madrid durante mucho, mucho tiempo.

—Juan, yo solo digo que no tienes por qué ir tú el primero. Si se necesita gente más adelante, ya irás.

—No soy el primero, Elena. Tú sabes que ya llevan muchos días luchando y muriendo por todos nosotros en la sierra de Guadarrama.

—Tú lo has dicho: ¡Muriendo!

Se hizo un silencio. Se oyó gemir calladamente a mamá, y luego a mi padre hablarle con voz calmada, pero tan bajito que ya no pude entender lo que decía. Después solo se oyeron algunos besos y respiraciones entrecortadas, jadeos y más respiraciones entrecortadas, durante un buen rato.

A la mañana siguiente, mi padre me cogió en brazos y me dijo que se iba a buscar un futuro precioso para mí. Luego me soltó y rodeo a mi madre con sus enormes brazos. «En un par de días esto habrá terminado, yo estaré de vuelta y brindaremos con champán», dijo mi padre sonriendo. «Ya lo verás. Estarás orgullosa de mí». Mi madre le abrazaba con fuerza, con las manos totalmente extendidas sobre su espalda. Tenía los ojos cerrados, la cara pegada a su pecho y respiraba muy hondo, quizá intentando quedarse con su aroma, con su calor, y que le durase hasta su vuelta. No dijo nada, no pudo hablar, pero cuando se hubo ido, nos asomamos al balcón para verle marchar y dijo en voz baja: «Ya estoy orgullosa de ti, mi valiente, ya lo estoy».

Papá tenía que ir al Ministerio de la Guerra a completar con un cerrojo el fusil que había cogido en el cuartel, y luego debía esperar en Sol. Allí se despediría de los abuelos y montaría en un camión que le llevaría al frente de Guadarrama. Le imaginé en ese camión, de pie con su fusil y el puño en alto, cantando «La Internacional» mientras le vitoreaban a su paso por las calles de Madrid, tal y como había visto desde el balcón, días atrás, a aquellos mozos que venían del Cuartel de la Montaña.

Entonces, de repente, tuve la imperiosa necesidad de ir a contárselo a Chencho. Tenía que hacerle saber que mi padre se había ido a la guerra, que tenía un fusil y que llevaba una gorra parecida a la que tenía su hermano Lucas en la fotografía. Además, tenía que decírselo pronto, pues mi padre estaría de vuelta en un par de días y para entonces habría perdido la oportunidad de presumir.

Dos días después mi padre debería haber estado en casa, tal como prometió, pero en vez de eso, la vida me compensó con un nuevo e inquietante acontecimiento. Anunciaron en la radio y en todos los periódicos las medidas a tener en cuenta en caso de bombardeos. Nadie sabía a ciencia cierta qué era lo que podía ocurrir, pero todo el mundo obedeció. No se podían encender las luces después de las diez de la noche. Cuando oyésemos las sirenas de las negras motocicletas de los guardias, esas que a Chencho le volvían loco, debíamos apresurarnos a bajar a las partes bajas del edificio o a los sótanos en caso de haberlos. Las bocas de metro permanecerían abiertas toda la noche para que la gente pudiera refugiarse en caso de necesidad.

De la orden de mantener las luces encendidas para evitar el paqueo, habíamos pasado a la orden contraria para evitar el bombardeo. Aquello era emocionante para Chencho y para mí. Hacía que saliéramos de la rutina en aquellos días calurosos de agosto. Con esos episodios, yo empezaba a despertar a la vida, a tomar conciencia de que no solo había un presente, sino de que mi existencia tenía un futuro, un futuro que debía cuidarse. Y es que, hasta entonces, había flotado en la cotidiana e intocable nube blanca que mis padres y mis abuelos me habían construido y que me había permitido vivir un día a día cómodo y seguro. Aquella mudanza y la guerra despabilaron mi cerebro. De momento, yo no sabía hasta qué extremo. No tenía conciencia del peligro, solo saboreaba cualquier circunstancia que me sacara del tedio, y en aquellos primeros días, eso resultó ser como un vicio, nunca era suficiente; yo quería más, cada día algo nuevo y más excitante.

Lo pasamos en grande pintando los cristales de azul y cruzándolos con papel engomado. «Recordarás esto toda tu vida», me decía mi madre. «Cuando creces, te das cuenta de que solo recuerdas las cosas que se salían de lo normal, lo que no hacías todos los días. Tú le contarás esto a tus nietos».

No. Yo no le he contado nada a mi nieto. Porque hubiese sido como el graznido de un pato, que no hace eco. Yo necesitaba escucharme a mí misma. Quizá, cuando acabe de escribir esto esté preparada; pues ahora sé que algunas decisiones te llevan a donde quieres ir. Antes no. Antes siempre dudé de mis decisiones, de que pudiesen hacerme feliz. Realmente no había nada que decidir. Las cosas estaban bien o estaban mal; y si me dejaba llevar por mis pasiones serían inequívocamente inadecuadas. Aun así, no pude o no quise resistirme a ellas durante aquellos tres días en Salamanca. Me encomendé a Oscar Wilde y a ese su «instante de irracionalidad», que se convirtió, ahora lo sé, en un momento único y poderoso; fueron las horas que, a pesar del intenso dolor que vino después, dieron sentido a los años posteriores y dan sentido a mi vida presente.

He quedado con él aquí, en Madrid; porque así como el hombre tiende a morir donde nació, el amor siempre quiere volver a sus comienzos. Llegará dentro de unos días. Podría haber quedado antes, estar con él ya en este momento; sin embargo, sé que necesito un tiempo aquí para mí sola. De lo contrario me resultaría todo demasiado confuso. Pienso en la posibilidad de que para él sea igual y esté también ya paseando por la ciudad. Me rio. De repente, esta situación se me antoja absurda. Sobre todo porque ambos somos conscientes de que tenemos una edad, y de que no podemos permitirnos ya perder el tiempo. No sé, puede que finalmente le llame y adelante, si puedo, la cita, a pesar de haberme propuesto calma, a pesar de que no quiero comportarme como una anciana, aunque sospeche que esto puede obedecer a un capricho de la vejez; porque en realidad en la vejez el futuro importa tan poco... Por eso, el día a día se convierte en recuerdos del pasado, hasta que quieres algo. Cuando esto sucede, lo ansías cual niño; y no solo por la falta de años por delante, sino sobre todo porque la consideración buena o mala de tu persona ya no te traerá demasiadas consecuencias. En ese momento, y aun sabiendo que nuestros antojos pueden resultar infantiles, nos envolvemos y regodeamos en nuestra visión quimérica del mundo. Creo que, precisamente, es la que nos salva de la locura a la que, inexorablemente, nos llevaría la absoluta certeza de la proximidad de la muerte. En ese mundo casi irreal, la idea de eternidad— con la que nacemos sin saber por qué— se va desvaneciendo hasta casi desaparecer de tu cerebro. Puedes hablar de la muerte con naturalidad. Puedes tener, sin reservas, un «memento mori» en una conversación con el amor de tu vida:

—No sabía si vivirías aún —le dije.

—Yo sí sabía que estabas viva. Cómo no lo iba a saber. Y no temía morir yo; tenía miedo a que murieses tú.

Yo también sentí muchas veces ese miedo a que desapareciese, empezando por aquella noche —tan lejana en el tiempo pero tan cercana en mi mente— que pasamos juntos, de niños, en la estación de metro de Ríos Rosas.

El señor Joaquín, el librero, nos dio una grata sorpresa cuando llamó a la puerta y le dijo a mi madre que tenía que hablar con ella y con la Luisa de algo importante, que bajasen a la librería. Mi madre, que estaba cocinando, retiró la sartén del fuego, se atusó el pelo y me dijo que la acompañase. La Luisa y Chencho se encontraban ya abajo.

—Pasen —dijo el librero abriendo la puerta que había dentro del portal y que daba a su librería; esa que yo descubrí el día que llamó mi abuelo preocupado por papá.

Entramos. De frente, el teléfono, que seguía ahí, tan negro, tan brillante. Nos indicó que torciésemos a la derecha. Allí estaba la puerta del almacén, y justo detrás de ella, camuflada entre los tablones del suelo, había una trampilla. La abrió y metiendo la mano allí dentro, giró un interruptor que encendió una luz en la profundidad y dejó ver las inclinadas escaleras que bajaban. Resulta que había un sótano en el edificio.

—Mi conciencia no me dejaría dormir si no se lo dijese —dijo el señor Joaquín—. Pero les ruego que no se lo digan a nadie, porque a veces guardo ahí abajo la mercancía más valiosa, por si me entran a robar. Confío en ustedes. Y confío también en que no lo necesiten.

Pero sí lo íbamos a necesitar. No sabía el librero lo que estaba haciendo dándonos la llave de aquella puerta. No tenía idea de hasta qué punto me estaba salvando no solo de las bombas, sino también del hambre, del miedo y de la locura.

Pero aquel día no; aquel día solo fue una sorpresa más dentro de aquella apasionante guerra, y Chencho y yo esperamos impacientes a que ocurriera algo que nos llevase a descubrir ese sótano lleno de misterio. Pero pasaban los días y aparte de un par de simulacros que ordenó el gobierno, no hubo nada interesante, y decía mamá que en casa ajena solo se entra por necesidad, que los ensayos eran solo eso, ensayos.

Mi madre no creyó a papá cuando le dijo que volvería en un par de días porque «es malo conocerse» y porque la casa que habían tardado en tener unos años más de lo previsto seguía oliendo al tabaco que mi padre no había dejado. Así que, ella, desde el principio y por su cuenta, con el dinero que había heredado de la tía Queti, empezó a hacer acopio de comida de una forma muy inteligente. Cada día compraba en un sitio distinto, aunque tuviese que venir cargada desde muy lejos. Cuando lo hacía en tiendas cercanas, yo me quedaba jugando con Chencho; pero si iba a tardar en volver, me obligaba a acompañarla y a acarrear paquetes de alimentos. Al llegar al portal, decía que no hiciese nada de ruido por las escaleras y subíamos como fantasmas. Me hizo jurar que no se lo diría a nadie, y no lo hice; era mi primer secreto. El primero de tantos en mi vida. Algunos paquetes los metíamos directamente en la habitación de mi futuro hermano, ese que encargarían mis padres cuando acabase la guerra y que yo ayudaría a cuidar; otros iban a parar a la cocina, donde mi madre los hervía, los encurtía, los embotaba o los preparaba en salazón o escabeche para que se conservasen mucho tiempo. Y así lo hizo durante más de un mes, sin faltar un solo día, que «tiempo habrá para gastarlo o venderlo si es menester». Para cuando empezó la falta de suministros en las tiendas, mi madre podía haber abierto un par de ultramarinos. En aquella habitación había montones de comida: patatas, arroz, latas de conservas, café, pasta, harina, garbanzos, leche condensada, embutidos, azúcar, lentejas, judías... Eso me recordó a la casa de mis abuelos de El Barquillo, a aquel pasillo lleno de cajas y sacos, y de repente, como si hubiesen pasado años, me vino a la memoria que le había prometido a mi primo que iría aquel verano y nos bañaríamos en el río. «Cuando acabe todo este jaleo, hija, cuando acabe», me dijo mamá. «Por ahora ni tú puedes ir, ni ellos venir. Como si estuviesen en el extranjero. Peor».

Nadie creía de verdad que nos fuesen a tirar bombas, salvo mi madre, que se tomó muy en serio la guerra desde el principio. Cualquier ruido la asustaba y esos días anduvo inquieta; no hacía más que resoplar y secarse el sudor de la frente con el envés de la mano. En realidad no volví a verla relajada; se le instaló un rictus serio y una pose tensa y estirada que, exceptuando un par de fugaces momentos, la acompañó ya siempre.

Decidió que durmiese con ella, y yo estuve encantada. De vez en cuando la habitación se iluminaba levemente con el alumbrado de los reflectores que surcaban el oscuro cielo de Madrid en busca de aviones facciosos, y aunque dejábamos las ventanas abiertas por el calor, creaban una luminiscencia extraña debido al reflejo en el azul de los cristales. Era muy bonito y mi madre me decía que imaginase que era el halo de un hada entrando por la ventana; un hada que me concedía un deseo, pero que no lo podía decir pues si lo hacía no se cumpliría. Estoy segura de que imaginaba que pedía el final de aquello y que mi padre volviera, pero no era así. Lo que yo rogaba al espíritu de aquella maga era una alarma y que tuviésemos que bajar a ese dichoso sótano y descubrir de una vez por todas los tesoros que guardaba allí aquel sencillo librero, que desde hacía unos días, en mi mente, había tomado el aspecto de un enigmático personaje.

Y se conoce que lo imploré con tantas ganas que no tardó en concedérmelo, tal como ocurrió con el juego de té de porcelana. Una noche sonaron las sirenas de las motos. «Despierta, niña». Mi madre se puso una bata, me cogió de la mano y salimos al rellano de la escalera. Ahí empecé a espabilarme y a saber que aquello no era un sueño, pues por su desasosiego me di cuenta de que esta vez estaba sucediendo de verdad, no era ningún ensayo. No cerró la puerta de casa, bajamos las escaleras hasta el primero y llamó a la puerta de la Luisa fuertemente. «¡Luisa, Luisa, al sótano!». La Luisa y Chencho salieron rápidamente y bajamos los cuatro hasta el portal. Antes de abrir la puerta de acceso a la librería sonó un estruendo, no muy grande, pero a mi madre, del susto, se le cayó la llave al suelo. Como casi no se veía, tardamos unos segundos en encontrarla, pero ese momento se hizo eterno. Yo empezaba a asustarme y por la cara que ponía Chencho creo que él también. Aquello no era como lo habíamos imaginado. Nuestras madres estaban aterrorizadas, así que debía ser serio. Cuando por fin nos encontramos en el interior del sótano, el bombardeo ya había parado. Nos quedamos un rato, esperando a que pasara el peligro; y no solo el peligro, también la curiosidad que todos, aunque las madres no lo reconocieran, sentíamos por aquel lugar. Olía a humedad y un poco a cañería, pero estaba limpio y había bastante espacio allí dentro. En silencio, mirábamos los paquetes de libros, plumas, lapiceros y demás artículos del comercio. Al fondo, podía verse un montón de sacos de carbón para la estufa de la librería… y nada más. No parecía haber algo de excesivo valor. Ningún tesoro.

Chencho y yo subimos las escaleras decepcionados y confusos. Después de todo, allí abajo no había nada interesante ni el bombardeo había sido divertido. Y lo peor es que aquello se repetiría unos días, noche tras noche, a la misma hora. A veces había bombas y otras no, pero cuando salíamos del sótano ya no podíamos conciliar el sueño porque estaba a punto de amanecer, y yo me pasaba el día bostezando porque no era niña de siestas.

La repetición de los hechos —que quieras o no, hacen costumbre—, el humor de la gente —que bautizó como «el lechero» al bombardeo que se oía a las cinco de la mañana—, y la ausencia de víctimas —por entonces—, hizo que quitásemos hierro al asunto. Pero un día, cuando la Luisa ya había perdido el respeto a las bombas y se había negado a bajar al sótano, ocurrió algo inesperado. Mi madre y yo nos habíamos acostado con la tenue luz de una de las linternas que compró y que, a partir de entonces, estarían siempre en la mesilla de noche. Yo no podía dormir, tenía calor y estaba desvelada. Mamá me contaba un cuento, no recuerdo cuál. De repente, vimos un destello en la habitación y me dijo «¡Rápido, piensa el deseo!». Pero al instante se dio cuenta de que aquello no era la luz de los reflectores. Era mucho más intensa y había pasado por nuestro cuarto de una forma más lenta. Se incorporó inmediatamente y ya no pude oír lo que decía porque hubo un ruido estrepitoso al tiempo que tembló toda la casa. Estábamos paralizadas, y solo después de un rato, cuando dejó de vibrar el suelo y el ruido declinó, fuimos capaces de reaccionar, ponernos de pie e ir hacia las escaleras. Al pasar por la primera planta, mi madre llamó a la puerta de la Luisa, pero no se detuvo; seguimos corriendo hasta el sótano. Cuando abrimos la trampilla vimos luz; nuestros vecinos ya estaban allí.

Mis abuelos vinieron por la mañana. Aunque habían oído en la radio que solo había una víctima mortal, algunos heridos y destrozos de vehículos, quisieron asegurarse de que estábamos bien. De paso, informaron a mi madre de lo que se cocía por el centro. Ella había estado escuchando la radio toda la mañana, pero no se fiaba mucho de lo que oía, pues dependiendo de la emisora, la información era una u otra. «No creas todo lo que dicen», le advirtió mi abuelo. «Aunque hay hechos que son indiscutibles». Entonces le contó cómo había ido al lugar donde habían caído algunas de las bombas aquella noche y pudo ver árboles cortados limpiamente por la metralla, así que «imagina lo que pasaría con una persona». Le contó también que habían instalado cañones y ametralladoras en la azotea del edificio de Telefónica y en algunos otros, para disparar desde allí a los aviones del enemigo.

—¿Sabes lo de Badajoz, verdad? —preguntó la abuela a mi madre.

—Sí, sé que han matado a muchos de los nuestros.

«De los nuestros», había dicho mamá. De los nuestros significaba de los buenos, de los de papá.

—Sí, ¡pero de qué manera! Esos hijos de mala madre...

Era la primera vez que oía a mi abuela hablar así, con esa ira. Me llamó la atención porque se habían cambiado los papeles, y mi abuelo, que era el que siempre hablaba de los fascistas con vehemencia, estaba más tranquilo y comedido que ella.

Contó que los metieron a todos en la plaza de toros, cientos de hombres, ancianos, mujeres y niños; y sin piedad, con ametralladoras apostadas por todo el tendido, los habían acribillado a balazos. Siguió hablando de cómo los curas habían estado allí, apoyando esa matanza, y mi pobre abuela acabó llorando. «Y eso no es de cristianos, no es de cristianos».

Había oído a mi abuela relatar decenas de cruentas historias, esas que mi madre le decía que no me contase, que luego me soñaba; pero esto era diferente. Me di cuenta de que aquello no era «probablemente incierto». Aquello estaba sucediendo y mi abuela sentía tanto enojo porque, de alguna manera, se sentía defraudada. Ella, que se había indignado tanto cuando la quema de iglesias, que defendió que «eran para los pobres» los veintisiete millones de pesetas que habían incautado a las Hermanitas de los Pobres, que se oponía rotundamente a los «paseos» que les estaban dando a los curas por la Casa de Campo, que no entendía por qué habían cerrado las parroquias y que decía que ya echaríamos de menos las sotanas..., ella estaba sintiendo ahora la vergüenza, la impotencia y la cólera por la traición de los suyos.

Aunque siguió rezando al Guindero, nada volvió a ser igual; y un día, cuando ya nada era lo mismo tampoco para mí, vi cómo ni se santiguaba ante el fusilamiento , a la misma puerta de una iglesia cercana, de unos hombres que se habían encerrado en ella los primeros días de la contienda. No les quedó otro remedio que salir o morir de hambre o sed; y los milicianos, que podían haberlos sacado de allí a la fuerza utilizando una simple lata de gasolina, habían preferido montar guardia esperando el bochornoso momento de su rendición.

Algún tiempo después se enteró de que mi abuelo le había ocultado que unos anarquistas habían jugado al fútbol con la cabeza de su querido San Antonio, y entonces ya no supo qué pensar ni qué creer.

Siguieron hablando sobre tiroteos en Madrid y bajas en el frente, sobre paqueos y paseos, registros e incautaciones, sobre encarcelamientos y asesinatos de conocidos y amigos. Y yo cada vez entendía menos esta historia, pues no era normal que encarcelasen a amigos de mi abuelo; porque si eran sus amigos, tenían que ser del bando de los nuestros, de los buenos. Pero aquí no había diferencias visibles entre indios y vaqueros. Todo era entropía y caos.

VIII

El Gobierno había previsto el comienzo del curso escolar a primeros de septiembre, pero después de un verano así, y sobre todo tras el último susto, mi madre no sabía si podría volver a las aulas, y mucho menos si llevarme a mí o no, pues las cosas habían cambiado mucho en poco tiempo.

«Si yo diera clase a los pequeños me la llevaba sin dudar, pero de esta forma ella estaría en la primera planta, y ante cualquier emergencia, no sé yo... Yo tengo que hacerme cargo de los míos, pero es que ¡la niña es más mía!»

Mi madre decidió por fin que la acompañase gracias a que tuvimos unas semanas relativamente tranquilas. Quizá las salchichas fuesen las responsables de aquella tensa calma. «Las salchichas» eran unos grandes globos sonda de forma alargada que ascendían sobre el cielo de Madrid para detectar al enemigo, de tal manera que daban el aviso y entonces sonaban las alarmas que el gobierno había instalado o procurado de alguna forma a las barriadas, ya que había quedado demostrado que las sirenas de las motos que tanto le gustaban a Chencho eran inútiles, debido a que no había tiempo para refugiarse. Al principio, en mi calle, por el peligro que suponía que ante esa situación los vecinos dormidos no se enterasen, organizaron tres guardias de dos hombres cada noche, preparados con linternas, picos y palas, y que debían velar por que todos se despertasen. Dado que en nuestro pequeño edificio no había hombres, se hicieron cargo los demás. «Pierdan cuidado, señoras, que no nos olvidaremos de ustedes».

—Ojalá yo fuera mayor para hacer esas guardias —me

dijo Chencho—. Imagínate, paseando en la oscuridad, solo con la luz de una linterna, viendo las estrellas. Yo no tengo miedo a la oscuridad.

—En la azotea deben verse muy bien las estrellas —se me ocurrió.

Él me miró fijamente a los ojos y me lanzó un desafío:

—¿A que no te atreves a subir esta noche sin que se enteren nuestras madres?

Le contesté muy decidida que claro que sí.

—Entonces, cuando dé la una en el reloj, levántate sin hacer ruido y sube. Yo te estaré esperando.

—Si se enteran nos van a castigar. ¿Nos dejarían si se lo pedimos? —le pregunté algo asustada ahora que veía de cerca la aventura.

—¡Ni lo sueñes! No nos darían permiso ni locas.

Eso no me animaba demasiado, porque si salía mal, iba a ser más grave de lo que creía en un principio. Pero ya no había marcha atrás; no quería quedar como una cobarde. La cobardía empezaba a verse como el peor de los defectos y era, por aquellos días, el más utilizado de los insultos. Pienso ahora que, tal vez, ya por entonces comencé a interiorizar la idea de que quien no era un brioso, un bravo, un bragado… era categóricamente un pusilánime, un achantado; porque siempre me persiguió la idea de que los que se aferran a su nada que perder son los seres más pacatos, los más falsos amantes, los amigos más traidores; se convierten en las peores personas, en gente que no merece ser feliz. Así de radicales eran las cosas, y así las aprehendí en mi corazón de niña. Y eso, ni más ni menos que eso, fue el concepto que tuve de mí misma tras aquella despedida, en Salamanca, del hombre al que pertenecía mi corazón. Aquel juicio sobre mi persona, en el que fui juez y parte, consiguió que llegase a odiarme, a hundirme, a acabar odiando al mundo y a querer, por segunda vez en mi vida, desaparecer; desaparecer de verdad.

Luego, con el paso del tiempo, a la vez que me iba haciendo mayor, también se suavizaban las ideas, se templaba mi alma y se calmaba el dolor hasta hacerse soportable. Acepté mi decisión cuando acepté mi cobardía.

Aprendí que el coraje no es uno, que su falta se puede dar en infinitos aspectos de la vida, y que no era igual en la guerra que en el amor. Porque aquella noche del treinta y seis, en esa pequeña aventura con mi vecino, despertaron mis arrestos, a los que luego tuve que alimentar durante esos años; fue la primera vez que sentí el corazón desbocado, no por el miedo, sino por el golpe del arrojo.

Me costó mucho estar despierta hasta la una. Había convencido a mi madre para que me dejara tener a mí también una linterna en mi mesilla; bueno, en la mesilla de papá, siempre que no gastara la batería a lo bobo. Cuando por fin sonó la hora en el reloj de pared que teníamos en el comedor, me levanté sin tener muy claro si eran las doce y media o la una, pues había estado todo el rato en un duermevela. Mi madre se despertó cuando me incorporé y encendí la linterna. Le susurré, intentando que no se espabilase, que iba a beber agua.

«Con tal de estrenarla...»; murmuró mamá.

Esperé tras de la puerta del cuarto hasta escuchar lo que yo ya identificaba como su respiración de dormir; entonces me dirigí a la entrada y abrí el cerrojo muy lentamente. No era fácil sin hacer ruido; pensé que quizá hubiera despertado a mi madre, pero ya no había remedio. La suerte estaba echada.

Chencho, arriba ya, jugaba con sus gatos, agitados y curiosos.

—Los felinos, por la noche, están aún más locos.

—Sí. Están como cabras —reí divertida.

Chencho se tumbó boca arriba en el suelo, con las manos detrás de la cabeza y las piernas cruzadas en los tobillos. Yo le imité de un modo exacto. El suelo de barro conservaba aún un poco del calor acumulado durante horas de un sol de justicia. Cogió a Rataplán sobre su pecho y empezó a acariciarlo. Yo hice lo mismo con Pulgarcito. Los michos se fueron tranquilizando, empezaron a ronronear y se durmieron encima de nosotros.

El verano estaba acabando, por lo que ya hacía un poco de relente por las noches. Chencho me pasó a Rataplán con cuidado, intentando no despertarle, y se levantó para coger una colcha adamascada que había puesto su madre a orear en las cuerdas.

—Ya está seca —dijo.

La extendió, tapándome a mí y a los gatos. Luego se metió él también y volvió a ponerse a su minino encima. Estuvimos mucho rato mirando las estrellas; me enseñó cuál era la osa mayor, la osa menor y algunas constelaciones más.

—Cada una es como un sol —me explicaba—. Así que imagina los mundos que puede haber.

—¿Crees que en esos otros mundos también habrá guerras? —le pregunté.

Chencho se encogió de hombros.

—Quién sabe.

Enseguida tuve la sensación de que faltaba algo, y es que no se escuchaban los ruidos normales de esas horas: algún coche, el sereno, bulla de muchachos volviendo de jarana... Ahora, por las noches, Madrid era una ciudad amordazada y solo salía de su mutismo por las sirenas, los disparos y las bombas. Pero esa noche era perfecta. Había un silencio extraño, tranquilo. No era el silencio acechante de otras noches. Tan solo era interrumpido de vez en cuando por algún cañonazo muy lejano que no nos asustaba en absoluto, sino todo lo contrario.

—Si cierras los ojos, puedes imaginar que son los cohetes de alguna verbena—dijo Chencho.

Cerramos los ojos y nos quedamos callados, cada uno con nuestra particular verbena en la cabeza. En la mía, estábamos los dos bajo cadenetas y farolillos, comiendo buñuelos rellenos, escuchando una música constante, música de verbena de San Antonio, y de vez en cuando estallaba algún cohete. Y ya no recuerdo más porque cuando abrí los ojos supe que había pasado mucho tiempo.

Llamé a Chencho zarandeándole. Se levantó de inmediato y colgó de nuevo la colcha. Bajamos las escaleras de puntillas, pero nos costaba no hacer ruido porque llevábamos prisa. Cuando llegamos a la puerta de mi casa, me di cuenta de que estaba cerrada. Yo la había dejado abierta, pero el aire habría hecho que se volviese a atrancar.

—Ahora sí que me la he cargado —susurré muy seria.

Chencho se quedó junto a mí, tieso. Miraba de un lado al otro, pensando, mordiéndose el labio de abajo.

—Tengo una idea —dijo de pronto—. Sígueme.

Le obedecí. Bajamos las escaleras y salimos del portal como dos fugitivos, pegados a las paredes, temiendo encontrarnos a los vecinos aún de guardia y que nos hicieran preguntas. Pero no, en nuestra calle no había nadie. Doblamos a María de Guzmán y seguimos andando hasta que Chencho se detuvo en una puerta. Nos sentamos en el umbral. El cielo comenzaba a clarear. Mientras esperábamos, vimos pasar un camión descubierto. Parecía de mentira, como si fuese un vehículo fantasma; incluso lo recuerdo rodeado de neblina, pero no: no hay niebla en Madrid en verano. Era solo el sueño y la luz del amanecer, que le da a todo un aspecto irreal. Iban todos de pie: milicianos con fusiles y pistolas, y luego estaba esa otra gente con las manos atadas. Solo uno de esos reparó en nosotros y nos miró fijamente, con una profunda tristeza. Sentí un escalofrío. Siguió con su vista clavada en mí hasta que ya no le pude distinguir los ojos, pero yo sabía que aún me miraba.

—¿No está prohibido circular a estas horas? —le pregunté a Chencho extrañada.

—Yo creo que a esos los llevan de paseo.

—¿A estas horas?

Entonces recordé lo que había contado mi abuela sobre los paseos que les daban a los curas hasta la Casa de Campo y que mi abuelo dijo que eran paseos de ida, pero no de vuelta. En mi inocencia, no podía pensar que esa marcha fuera definitiva; creía, simplemente, que los llevaban a la cárcel; por eso iban maniatados. Sin embargo, por otra parte, sabía que algo se me escapaba y quería a toda costa interpretar esa mueca extraña que veía en las caras de los que hablaban de ello.

—¿Tú sabes si hay una cárcel en la Casa de Campo? —insistí.

Pero Chencho no me contestó porque en ese momento se abrió la puerta de aquel edificio.

—Pero... ¿Qué...? —alcanzó a decir la churrera.

—Señora Pepa, por favor, denos unos churros y se los pagamos mañana, que son para dar una sorpresa a nuestras madres —le dijo él con carita de bueno.

La churrera, una señora rolliza con un mandil muy blanco y un enorme cesto apoyado en la cadera, le dijo que cómo no, que ya quisiera ella tener un hijo que le diera ese gusto alguna vez, y no los gateras que tenía en casa. Así que volvimos, corriendo, cada uno con sus churros y rezando para que no se hubiesen despertado aún.

Mi madre, pasado el susto de no encontrarme a su lado en la cama cuando llamé a la puerta, y después del réspice por salir en camisón, me comió a besos. Nos desayunamos los churros tan felices; ella encantada de tener una hija como yo, y yo sintiéndome la niña más afortunada del mundo por haberme librado de aquella. Caí rendida encima de la mesa.

Chencho, al día siguiente, pagó los churros con sus ahorros. «Es lo menos, mujer. Después de todo fui yo el que te metí en el lío».

Me había llamado mujer, como mi padre a mi madre, como si fuésemos mayores, como si hubiéramos crecido esa noche; y lejos de estar fastidiado, se sentía orgulloso de su hazaña y de haberme salvado. Ya no le hacía falta hacer guardias de vecinos ni picos ni palas para ser un héroe; aunque fuese solo el héroe de nuestro pequeño mundo.

Mi madre tenía que ir al centro, al sindicato donde trabajaba mi padre para enterarse de cómo, cuándo y de qué manera iba a organizarse el nuevo curso escolar. Hubiese preferido quedarme con Chencho, pero me hizo acompañarla. Tomamos el tranvía del anuncio de Martini Rosso; solo que ahora no tenía cristales y la persona que llevaba la bandolera y la caja de cinc era una muchacha. «Se ha ido al frente», dijo la nueva cobradora mojándose los dedos en la esponjilla para pasar los billetes. «La gente se extraña de ver a una mujer aquí, pero solo algunos me miran mal... ¡por la cuenta que les tiene!». Nos contó el porqué de la ausencia de cristales. Alguien lo había tiroteado desde la calle y habían herido a dos personas «que qué culpa tendrían, que seguro que las balas no iban para ellos».

Cuando llegamos, había un cartel en la puerta donde «se interesaba al público del cambio de domicilio de la sede de la FETE». Así pues, tuvimos que llegarnos hasta Recoletos, al Palacio de no sé qué exduque. Allí, a la entrada, había un letrero que ponía «Incautado por la UGT.». Como todos los niños que aprenden a leer, yo iba leyendo todos los anuncios que veía, y al notar que mi madre se sentía orgullosa de mí, no se me pasaba uno. Pero aquellos carteles de «Incautado por el PC», «Incautado por la CNT.»... empezaban a ser repetitivos, y ella, enfrascada en sus propios pensamientos, dejó de hacerme caso. Cuando eres niña no entiendes muy bien esa caprichosa y antipática forma que tienen los mayores de no prestar atención a algo que, tan solo unos minutos antes, les ha encantado. Los mayores nos cansamos pronto y resultamos desagradecidos.

Nada más entrar, mi madre se encontró a un conocido que le preguntó por papá y le dijo que más le hubiese valido haber hecho el cursillo y estar allí, en Madrid, enseñando en cualquier grupo escolar. «Sí, más nos hubiese valido a todos», le reconoció mi madre. Pero cuando nos hicieron pasar al despacho de un señor que debía ser importante, éste se levantó de inmediato a saludarla. «Tenemos aquí a la esposa de un valiente», dijo cogiendo su mano de un modo muy afectuoso. Entonces, yo era la hija de un valiente. Sí, eso me gustaba más. Durante unos metros había sido la hija de alguien que estaba donde no debía estar. El señor que nos habíamos encontrado en la entrada era un necio y a la vista estaba que no sabía nada de nada, porque si no, estaría en este despacho tan bonito, y resulta que no era él el que estaba.

La invitó a sentarse. Mi madre me dijo que me quedase en una silla que había junto a la pared, detrás, a unos metros de donde estaban ellos. Obedecí un poco fastidiada porque me hubiese gustado estar allí, con ella, al lado de aquel ventilador de pie, que seguramente tenía mi estatura. Puse las manos debajo de mis muslos y empecé a balancear las piernas hacia adelante y hacia atrás, exageradamente ahora que no me veía mamá. Observaba aquella habitación, que tenía una claridad casi incómoda porque entraba mucha luz por los enormes ventanales sin cortinas. Tenía unos muebles brillantes, de una madera parecida a la de nuestra radio Ariane, y unas enormes lámparas de pequeños cristalitos colgantes, que seguramente tintinearían y harían una música preciosa cuando abriesen las ventanas los días de viento. En el suelo se extendía una alfombra gigante, en la que me monté y volé sobre los ríos y montes de España mientras ellos hablaban. Mi madre volvió la cabeza y me miró para asegurarse de que yo seguía allí. Paré las piernas en seco, y ellos siguieron hablando, esta vez en un tono más bajo. Yo sabía que le estaba informando sobre papá y su situación en la guerra. Noté que mi madre se revolvió en su silla mientras aquel señor le contaba algo. Subió la voz por un momento, tan solo para decir: «¿Qué me dice?». No sé para qué tanta intriga si luego me enteré aquella misma tarde, cuando mamá se lo contó a mis abuelos: «¡Es increíble! ¿Es que no pudo, al menos, haber llamado?», pataleaba mi madre. «Quizá no pudo, de acuerdo, pero es que es muy duro pensar que ha estado cuidando de que no les pase nada a dos facciosos muertos mientras aquí tiene abandonadas a dos vivitas bien vivitas».

Mi padre había estado hacía menos de dos semanas allí, en Madrid. Por lo visto, su compañía, en la que había varios guardias de asalto, tuvo que prestar servicio en la cárcel Modelo, por si las moscas, pues iban a fusilar a los dos culpables de lo del Cuartel de la Montaña y debían escoltar los cadáveres hasta el cementerio. «Ahora entiendo la tarjeta que me llegó», explicaba mamá a mis abuelos.

Había recibido una tarjeta de campaña, de esas que no necesitaban sello, que decía: «Hoy he tenido que asistir a una boda, a una ejecución y a un funeral. Estoy realmente confundido. Os quiere con locura, Juan».

Y es que el general Fanjul se había casado con su novia un rato antes de que le ajusticiaran. Aquello me impresionó por lo que tenía de ruptura tajante en la idea tradicional de «y vivieron felices y comieron perdices».

A papá no le había dado tiempo a venir a vernos porque «los tercios navarros avanzaban sin resistencia hacia Madrid, y tuvieron que correr a Somosierra para detenerlos». «Compréndalo, Doña Elena», dijo el señor importante intentando animar a mi madre en la despedida. «Esta empresa es muy grande, y necesitamos a gente con agallas como su marido». Mamá se despidió de él amablemente, pero creo que, al menos en ese momento y a juzgar por la presión de sus labios, el uno contra el otro, ni le comprendió ni quería hacerlo.

A la salida, volvimos a encontrar a alguien que conocía. ¡Qué lata! Los conocidos siempre eran una molestia. Se paraban a hablar durante millones de horas precisamente cuando ibas al cine, a comprar caramelos o cuando reventabas de ganas de orinar. También te tocaban la cabeza o te daban un pellizco en el moflete y te decían cuánto habías crecido. Siempre era igual, y esta vez no iba a ser menos. Era una mujer menuda, con rostro de aguilucho, que, según ella, había sido inseparable de mi madre en la Normal.

«¡Madre mía, Elenita! Cuanto tiempo sin verte y sin saber nada de ti. ¿Qué es de tu vida? ¿No me digas que esta niña es la misma? ¡Cómo ha crecido! ¿No te acuerdas de mí? Tu madre y yo éramos inseparables en la Normal».

¡Ea, ya está!, ya podíamos irnos. Pero no. Siguió hablando: «¿Y qué es de Juan? ¡No me digas que se ha ido al frente! Estos hombres no se las piensan. Me acuerdo muchas veces de vosotros, no creas. Precisamente hoy me he estado acordando de la última vez que salimos juntos, los cuatro. ¿Te acuerdas? Al teatro Beatriz, al estreno de Bodas de Sangre,… porque ¿te habrás enterado de lo de Lorca, verdad? No me lo puedo creer. Dicen que son solo rumores, pero cuando La Voz lo publica... ¿Te acuerdas de la firma que le pedí y que puso, así, con una efe muy larga: «del tío Fede»? Pues el otro día me di cuenta de que tiene sobre el palo de la «d» la barra de la «t». ¡FETE! ¡Qué ocurrente! Espero que sea solo un bulo, pero todos estamos en peligro, Elena. Fíjate cómo se está llenando Madrid de gente que llega aterrada, sobre todo de Extremadura y Andalucía, huyendo de esos malditos facciosos. Hay muchos profesores, y cuentan que en pueblos cercanos a los que ellos han dejado han fusilado al maestro ¡en presencia de sus alumnos! ¡Que los han obligado a verlo, Elena! ¿Te lo puedes creer? Y no digamos ya lo que están haciendo esos asquerosos moros con licencia para violar y saquear lo que les dé la gana... que hasta cargan con las máquinas de coser que roban».

Hablaba y hablaba, sin dejar a mi madre meter baza, pero a mamá no le importó, porque hacía tiempo que no la escuchaba. Solo estaba allí por educación. Seguramente estaba obcecada con el único pensamiento de que podía haber visto a su marido, aunque fuese unas horas, y no podía ser que no hubiese podido ser.

De camino a casa de mis abuelos, mi madre me llevó bien agarrada de la mano. Ella iba muy deprisa, yo casi corriendo. Cada dos pasos, tenía que trotar el tercero para evitar caerme y que me arrastrara por las calles de Madrid. De pronto, se dio cuenta de que yo estaba llorando. Se detuvo sorprendida, como si volviese de un sueño, quizá preguntándose cuánto tiempo había tenido a su hija corriendo de aquella forma, sin oírla, sin reparar siquiera en que la llevaba de la mano. Se agachó, me agarró la barbilla y dijo dulcemente: «¿Qué te pasa?». «Que... me duele... aquí», dije llorando y señalando la parte derecha de mi vientre. Entonces, mamá se puso en cuclillas, me abrazó muy fuerte y se puso a llorar también. Yo no sabía qué hacer. Me sentía desconcertada e incómoda en esa situación tan nueva, tan rara, tan imprevista; yo la consolaba dándole golpecitos en la espalda y miraba alrededor para ver qué cara ponía la gente que nos veía así. Creo que nadie se fijó.

Mi madre se despidió de los abuelos porque quería comprar algo en los Almacenes Quirós, pero estaba cerrado por el momento. «Otro incautado», dijo con fastidio. Y como no podía irse con las manos vacías a casa, entramos en un ultramarino a ver si por casualidad tuviesen azúcar o leche condensada, o lo que fuese que resultara conveniente almacenar.

Era un colonial grande y bastante elegante, con un amplio mostrador de piedra clara y pulida en la que bailaban estrellas de mica. Tenía las cosas que solían estar en todos los ultramarinos y mantequerías de Madrid, pero más bonitas, más adornadas, y solo vendían productos que venían de algún sitio, lugares con nombres exóticos. Desde que entré me quedé prendada de la caja registradora, que tenía filigranas plateadas y relucía más que los candelabros de la mesa del comedor de mi abuela cuando los frotaba con aquellos polvos blancos. La balanza también era preciosa y sus pesas las más doradas que yo había visto en mi vida... y el molinillo de café y la bomba del aceite, y las estanterías de madera labrada, con vinos, licores, millones de cajas de lata y botes de conservas de lujo impecablemente colocados. Todo lucía de una manera ordenada y pulcra.

Los tres hombres que trabajaban allí llevaban corbata debajo de sus guardapolvos, aunque seguramente se las quitarían en la calle para no tener que enseñar el carné del partido, como le pasaba a mi abuelo, que al final, había pasado por el aro aunque fuese «por camaradería, no por imposición». Eran altos y guapos, nada que ver con el señor Jacinto, el abacero de nuestra calle, que si bien llevaba guardapolvos igualmente, estaban peor planchados los dos, él y su prenda.

Los de este comercio tenían diferentes edades; como si fueran abuelo, hijo y nieto, pero no lo eran. Lo sé porque cuando mi madre pagó la cuenta, el mayor me indicó que en el otro extremo del mostrador, Pedro me convidaría a un caramelo de piñones.

—Dice su abuelo de usted que me daría un caramelo de piñones —le espeté al empleado. Se echaron a reír.

—No es mi abuelo, bonita, qué más quisiera él.

Fueron muy amables, como siempre eran los dependientes de los colmados, y despacharon a mi madre los tres. Cada uno se encargaba de una parte del mostrador.

Mi madre pidió café de caracolillo de Puerto Rico, pero compró muy poco, y no lo gastó hasta las navidades, cuando vino papá. El tendero de mediana edad cogió la palita metálica y echó unos pocos granos de café en un cucurucho de papel. Lo pesó en la hermosa báscula, con tanto tino que no necesitó añadir ni retirar un solo grano. Después lo vertió dentro del molinillo y giró la manivela de la rueda. «Fíjese qué aroma tiene», dijo el tendero mientras echaba el café ya molido en una bolsita de papel. La cerró y aprovechó el cucurucho de estraza para anotar el precio con un lapicero que se sacó, como por arte de magia, de detrás de la oreja.

—¿Va a querer usted aceite? —le preguntó a mi madre—. Es de Jaén. Crece mucho y tiene un sabor riquísimo. Digo yo que no nos faltará, pero nunca se sabe.

—No, estoy servida. Pimentón, quería pimentón.

Luego, mirando la cuenta mientras salíamos de allí, se arrepentiría de comprar aquel maravilloso envase de lata con el retrato de una bellísima mujer. «Qué más me dará a mí de Murcia o de Mingorría, si es para conservar», dijo.

Mamá compró también cuatro onzas de chocolate de hacer de El Escorial, y una lata de dulce de membrillo de Puente Genil para la niña. Como también quería bacalao de Faroe para los *soldaditos de Pavía* de papá , el tendero mediano le pasó el papel de estraza con la cuenta al abuelo, que era el que cortaba el bacalao y el que utilizaba aquella preciosa registradora. Yo en estos sitios, siempre cerraba los ojos cuando bajaba el cuchillo de la bacaladera, porque una vez, siendo muy pequeña, oí que un chico había despachado tres de sus dedos a una señora junto con el bacalao. Y en mi terrible fantasía de niña veía a ese pobre muchacho, llegando a su casa sin los dedos, sorprendido por un momento y luego inconsolable por haberse quedado para siempre sin ellos. Qué lástima, por Dios. También, en otra escena, imaginaba a la clienta, cómo abría el paquete en la cocina de su casa y se encontraba los tres dedos de aquel infeliz, allí, junto con el bacalao de Faroe. Dicen que la piedad es algo aprendido, que nace de nuestro afán por sobrevivir, que solo es un arma egoísta en la lucha por la supervivencia. No lo sé; solo sé que me moría de pena y que los ojos se me llenaban de lágrimas cada vez que me acordaba de aquella historia que, partiendo de una sola frase, yo misma había construido en mi cabeza.

Todo el mundo estaba empeñado en querer hacerme maestra. Cuando alguien me preguntaba: «¿Y tú, bonita, de mayor, querrás ser maestra como tus padres, a que sí?», yo contestaba que no, que quería ser tendera. Me encantaban los ultramarinos. Yo, de mayor, sería comerciante, tal vez la dueña de un sitio así. Me veía a mí misma, muy guapa con un vestido de rayas y delantal blanco, tras el mostrador, despachando canela Ceilán y azúcar cande con la palita plateada. Tendría esas preciosas cajas de galletas inglesas, las de dulces con forma de casa de muñecas de la Confitería Salinas, las de El Cafeto que tenían forma de abanico y, sobre todo, aquella de los bizcochos borrachos de La Madrileña: un maletín para fotos que me iba que ni pintado, pues para mi abuelo del El Barquillo yo era «la madrileña».

Mucho tiempo después, creo que siglos, por casualidad me topé de nuevo con aquel colonial. Fue una sorpresa, pues ya no recordaba dónde estaba y, bueno, de todas formas, desde fuera no lo hubiese reconocido, porque tenía tapado todo el escaparate con sacos terreros. Pero la puerta estaba abierta, y Ventura, que conocía un comercio de exquisiteces que «si no lo tenían en éste, es que no lo había en todo Madrid», me llevó allí buscando jamón para Isidro, que estaba enfermo. No estaba el dependiente «padre», ni tampoco el «nieto Pedro»; únicamente vi al «abuelo», que ahora solo tenía la ayuda de una chica patizamba y demasiado seria. No se mostró tan amable como cuando fui con mamá, ni mucho menos; y aunque el establecimiento seguía quizá igual de limpio, había perdido todo su brillo. O también puede que ya ni lo viese, porque yo iba buscando otra cosa, algo apremiante, fundamental, absolutamente necesario, cuestión de vida o muerte; y ese sitio era, según Ventura, nuestra única posibilidad. Antes de que nos tocara la vez, ya habíamos perdido toda esperanza. Y es que, allí, delante de nosotros, estaban las hermosas estanterías llenas de cajas, latas y paquetes; pero en la balda de arriba habían colocado un cartel en el que ponía «FICTICIO». Aun así, no nos dijimos nada y seguimos en pie, mirando al frente, ansiosos pero quietos como estatuas, en silencio esperando nuestro turno.

IX

Papá sabía que las cartas que escribía desde el frente posiblemente no iban a llegar, pero aun así, nunca dejó de hacerlo.

«Aquí, todo el que sabe escribir, escribe»; decía en una de ellas.

Cuántas veces pensé yo en escribir todo esto. Cuántas en enviar una carta a ese apartado de correos de Barcelona que me anotó en el envés de la funda de aquel libro: «Las últimas banderas». El ejemplar me había llegado en un paquete una semana después de nuestra despedida en mi casa de Salamanca. Mi esposo no estaba, por lo que pude abrirlo con tranquilidad y leer la carta que lo acompañaba, una carta dirigida a ambos; correcta, formal, pero con ese toque de complicidad natural para los que se conoce desde niño. Aun así, yo sabía que a él no le gustaría. Unos días antes, ya no le había agradado su presencia en nuestra casa; le incomodó presentarle a nuestros amigos y cenó frente a él en el Casino con el estómago encogido. Aquella noche, ya en la cama, tuve que levantarme y prepararle una manzanilla aderezada, por mi cuenta, con unas gotitas de Valium.

—¿Es que no te alegra verle? —le pregunté, algo molesta por su frialdad con él—. ¿No te alegra verle después de tanto tiempo?

—En realidad no sé qué hace aquí. Han pasado treinta años —contestó poniéndose un whisky—. Mira, lo que no quiero son problemas.

—¿Vas a tomarte eso detrás de la infusión?

—Sí… Lo necesito. Lo cierto es que me ha puesto muy nervioso esta visita; y en realidad no me explico por qué tanto. Es como… lo veo como… un pájaro de mal agüero. Lo siento, pero es así.

—No te dará problemas —intenté tranquilizarle, a pesar de que sabía bien que ya era tarde para eso—. Ni siquiera ha aceptado quedarse en casa. No viene a pedirte nada. Y si lo hiciera, tampoco haríamos nada por él que él no hiciera en su día por nosotros.

—Venga… Aquello sucedió hace mil años. Éramos unos niños. Unos jodidos críos inconscientes, manipulados, que estuvieron a punto de liarla parda. Joder… mira… ¡que no quiero hablar más de este tema!

—Deberíamos invitarle a comer o a cenar mañana. No me parece bien no hacerlo. Ha venido solo para vernos.

—Pues hazlo. Invítalo; pero en casa. No voy a exponerme más por ahí con él.

—Cielo, no deberías preocuparte tanto. Es una persona inteligente, y se ha dado cuenta de sobra de cómo es tu… nuestra vida. No va a sacar ningún tema de conversación que te comprometa.

Pero mi marido se sentía incómodo ante su sola presencia. No se avergonzaba de su amigo, no; sucedía al contrario: ante este amigo, no podía evitar avergonzarse de sí mismo, de su doctorado en Derecho y de su importante puesto en el Gobierno Civil, de su desahogada posición, de nuestro enorme piso en un céntrico y lujoso edificio con dos porteros, de su brillante *Dodge Dart* y su *Land Rover* para los días de campo en la inmensa finca heredada de su familia; de nuestra sirvienta y de la niñera, del colegio católico al que llevábamos a los chicos, y creo que hasta de haberse casado conmigo, porque él nunca creyó ser merecedor de mi amor e intuía que su amigo se daría cuenta de que yo, en el fondo, no estaba enamorada de él, sino de la vida cómoda que ponía a mis pies, esa que se esforzaba por procurarme en compensación a mi supuesto sacrificio de estar junto a él, perdiéndome la emoción de lo auténtico. Tanto él como yo sabíamos que ese sentimiento no es algo que pueda ganarse, y aun así, no dejó de intentarlo nunca. Me pregunto ahora si ese no será el verdadero amor: el que salta convencionalismos para unirse a alguien que perdona una traición, o el que acepta casarse con condiciones por tener a una persona que claudica para estar a su lado. Porque, en el fondo, eso son hechos; hechos que dejan por tierra conceptos vagos y románticos, tantas veces absurdos, que no son capaces de cruzar límites. Y esto es un reproche que me hago a mí misma, aquí, en Madrid, mientras espero al que creo que es el amor de mi vida y al que, sin embargo, en treinta y cinco años, nunca fui capaz de enviar una carta que recibiera en aquel apartado 1320 de Barcelona. Y él, por su parte, aunque me dijo que lo había conservado durante mucho tiempo y que nunca perdió la esperanza de encontrar noticias mías, se limitó a esperar. A esperar. Aguardó una señal en vez de salir a buscarla. Se tomó la espera como un hábito diario, de tal forma que incluso cuando por su trabajo comenzaron a llegarle sacos de misivas, se encargaba de abrirlas personalmente, pues, llegado el caso, solo él podía saber que era yo. «Quizá algún día te escriba con otro nombre»; le había dicho. Sin embargo, no lo hice; ni con el mío ni con ajeno. Jamás le escribí.

Quizá se necesita llegar a un punto exacto para que se desencadene la necesidad de hacerlo. Tal vez el dolor que yo sentía, esa pena solitaria, se encontraba desolada en un punto intermedio, en tierra de nadie, sin la capacidad de ser la abstracta tribulación de un poeta ni hacerse real y tangible como la de mi padre y sus compañeros de trinchera.

«Aquí, todo el que sabe escribir, escribe»; decía en una de sus cartas.

Al principio no recibimos ninguna, y mamá tenía que enterarse de cómo estaba mi padre mirando unas listas en el Ministerio, que ella decía que eran niños del Grupo Escolar, pero yo sabía que eran de muertos, prisioneros, heridos y desaparecidos en la Guerra. Y es que, de vez en cuando, todos los padres del mundo nos protegemos de «el dolor del dolor de nuestros hijos», y los hijos se protegen del dolor del dolor de sus padres. Como adultos, cerramos los ojos y queremos creer en su inocencia; como niños, hacemos verdaderos esfuerzos por ocultar que ya no lo somos. Todo en pro de la felicidad; de una felicidad propia que pasa por la ajena. Así que no insistía; simplemente la miraba, muy atenta a su gesto, y dejaba que creyese lo que yo, después, cuando fui madre, supe que en el fondo ella no creía.

Y una mañana recibimos un montón de cartas juntas. «¡Espero que tenga usted un rato!», bromeó el cartero comprobando uno por uno los sobres y pasándolos a las ansiosas manos de mi madre.

Mamá las llevó al comedor y las extendió sobre la mesa. Se sentó, se miró los dedos temblorosos, respiró hondo y luego puso las palmas sobre el tablero en un intento de que dejaran de tiritarle. Yo la miraba y no podía adivinar por su gesto si iba a echarse a reír o a llorar. Las ordenó por fechas y comenzó leyendo la primera, que era precisamente del día que partió:

4 de agosto de 1936

Querida Elena:

Como estaba previsto, recogí el cerrojo de mi fusil y me despedí de los abuelos en Sol, que me estaban esperando a la hora que les indiqué. ¡Cómo lloraba mi madre! No es tan fuerte como tú, pero sí es igual de pesada. A la fuerza he tenido que meterme en el bolsillo una estampita del Cristo de Medinaceli. Es del tamaño de un sello de correos, no sé de dónde lo habrá sacado; y es que cree que si me lo ven puedo acabar besugo. Aún no entiende que La República está contra el clero, porque motivos no le faltan, pero no contra las creencias de cada uno. La pobre piensa que esto va a ser como las otras guerras, como la de su padre o en la que murió su abuelo, y ya le he dicho que os preocupáis todos de balde, que en un par de días estaré en casa, sano y salvo. ¿No ves que los verdaderos gatos tenemos siete vidas? Esos perros se van a ir con el rabo entre las patas.

Tenías que haber visto cómo nos ha despedido la gente, dando vítores a la República y a nosotros, dándonos un ánimo y una fuerza que no tiene el enemigo.

No hemos llegado al pueblo hasta el anochecer, así que me han venido muy bien los bocadillos que me hiciste, que aunque por el camino nos daban lo que pidiésemos, no hay nada como tu bocadillo de tortilla. Aquí, en Guadarrama, hemos sido también muy bien recibidos por los pocos vecinos que se han quedado, pues la mayoría han sido trasladados a San Macario.

No quiero que te preocupes por nada, Elenita. Es imposible no salir victoriosos de esta contienda. Todo el pueblo está en pie para defender la República. Ya da igual ser republicano, anarquista o comunista, porque nos hemos unido todos contra el fascismo.

Mañana volveré a escribir. Os quiere con locura,

Juan.
Viva la República.

* * *

5 de agosto de 1936

Querida Elena:

Esta mañana partimos muy temprano para relevar a la Octava Compañía, que lleva ya muchos días luchando por nuestro ideal. Nos ha costado más de cuatro horas llegar a nuestras posiciones, pues el enemigo no dejaba de pegar tiros y cañonazos y a veces teníamos que correr más para atrás que para adelante.

Estoy a las órdenes del Capitán Francisco Fernández, que nos ha distribuido por parejas. A mí me ha tocado con un chaval que viene con mucho brío, un caballerete cruzado del barrio de Salamanca. Seguramente ni tiene la edad para estar aquí, pero querrá presumir delante de sus amigos o su novia cuando vuelva.

Intenta hacerse el rudo, pero se le ve el plumero y los demás se burlan de él.

Hay bastantes guardias de asalto en nuestra compañía, lo cual nos da bastante seguridad. He congeniado muy bien con uno de ellos, paisano tuyo, de Ávila; un buen camarada que me está aconsejando sobre cómo actuar en el campo de batalla. Así que, no temas, mi amor, que te cansarás de tu Romeo.

Mañana volveré a escribir. Os quiere con locura,

Juan.
Viva la República.

PD: El rancho es bueno. Pierde cuidado por eso.

*   *   *

8 de agosto de 1936

Querida Elena, mi querida Elena:

Hoy te escribo de mala manera. Preferiría no hacerlo para no preocuparte; quizá no la envíe, pero es un desahogo contártelo. Aquí, todo el que sabe escribir, escribe. Es como una necesidad, como comer o dormir. No sé qué me era más indispensable después de estos tres terribles días.

La noche del sábado, poco después de darle la carta que te escribí al del camión de la intendencia, fuimos sorprendidos por un fortísimo ataque del enemigo. Nos bombardeaban y tiroteaban con saña. Nos cogieron por sorpresa. No estábamos preparados y lo hemos pagado bien caro. Yo me he salvado gracias al guardia de asalto que te dije, que estaba a nuestro lado y nos gritó que nos echásemos al suelo y escondiésemos la cabeza donde fuese. Eso es lo que debe hacerse en los primeros momentos del ataque, hasta que puedas levantar la testa con cierta seguridad. Pero mi compañero, por miedo o por osadía, no hizo caso y fue horriblemente destrozado por una bomba mortero. No puedes imaginar lo que es eso. He tenido mucha suerte porque en ese primer momento ya tuvimos muchas bajas, incluso de gente preparada: un teniente, dos cabos y siete guardias. Son pérdidas muy sentidas, pues son los únicos que saben algo de esta locura y nos dan algo de confianza al resto, porque aquí valentía nos sobra a todos.

Nos cerraron la retaguardia y hemos estado cercados tres días, sin provisiones ni agua. No teníamos nada más que chuscos de pan que habíamos metido en los zurrones el día anterior, por si entraba hambre a media noche. Pero la sed es lo peor, bueno no, quizá sea el sueño, no lo sé, nada es bueno.

Por fin, hoy, a la desesperada, abrimos una brecha y pudimos salir de allí. Pero han muerto muchos. Nos hemos salvado cuarenta y cuatro, de ciento cincuenta; el resto matados o heridos. Eso sin contar los veinticuatro soldados de ingenieros que han muerto por proteger la salida a nuestro grupo.

Estoy destrozado, escribiéndote con las pocas fuerzas que me quedan. Solo me sostiene la emoción de estar vivo aún y podértelo contar. Pero ya tengo que dejarte, amor mío, porque un compañero analfabeto me va a dictar una carta para su madre.

No te puedes hacer una idea de lo que os extraño. Diles a mis padres que también me acuerdo mucho de ellos. No sé si echar esta carta o no, pues por un lado, no quiero preocuparte porque me duele tu pena; pero aquí puede pasar cualquier cosa en cualquier momento, y no quiero que dejéis de saber cuánto os quiero, que habéis estado conmigo en la batalla y me he salvado gracias a vosotras, mis mujercitas.

Mañana volveré a escribir. Os quiere con locura, Juan.

Viva la República.

Querida Elena:

Ayer hubiese desertado si la hombría me lo hubiese permitido, pero he descansado y hoy veo las cosas de otra manera.

Esto es muy duro; ver a personas destrozadas, hombres con los que acabas de compartir el rancho, un cigarrillo y unas risas... pero no tenemos otro remedio que luchar. No es lo que yo hubiese querido, pero hay que echarle narices, porque no podemos perder lo que tenemos, que con tanto esfuerzo hemos conseguido; ya no por ti ni por mí, sino por nuestra niña y por ese otro hijo que encargaremos en cuanto esto acabe. Sí, ya sé que prometí que volvería en dos días, pero me temo que se ha complicado un poco el asunto. Lo siento de veras, amor mío. Me tranquiliza pensar que no te has decepcionado, porque tú ya lo sabías.

Esta mañana nuestro capitán ha estado hablando mucho tiempo con otros oficiales y luego nos han traído a un campo no demasiado lejos cuyo nombre y lugar no estoy autorizado a desvelar. Aquí nos hemos reunido con un montón de milicianos más; hay muchos de Segovia y de otros pueblos de Castilla. Van a entrenarnos un poco en esto de las armas y el combate, porque no podemos seguir así. Tenemos mucho arrojo, pero eso no es suficiente. Algunos se han quejado de que no nos han dado un permiso después del relevo, porque estaban acostumbrados a pegar tres tiros en el frente y volver a Madrid a dormir con la parienta. Y ya les han dicho que eso no puede ser, porque lo más seguro es que, de seguir así, en una semana, como mucho, no vuelven a su casa nunca más.

Hay demasiada vehemencia, y cuando esto es así, ya sabes, se nubla el entendimiento. Tenías que haber visto con qué coraje se presentaron esta mañana un grupo de milicianas con la compañía que nos venía a relevar; cantando el Himno de Riego, dispuestas para el combate. Se las veía ansiosas por utilizar su fusil y casi hasta desafiando a los hombres, rivalizando con ellos a ver quién mataba más facciosos. Una hora y media después he tenido que ver sus cuerpos sin vida y montarlos en un camión.

Están demasiado encendidos y creen que la valentía es un escudo contra las balas. Además no estamos organizados. La gente quiere hasta votar lo que se hace en el frente. ¡Es increíble! Para votar hay que saber lo que se vota, y nosotros no tenemos ni idea de cómo funciona esto. Me cuesta admitirlo, pero para ganar una guerra hace falta disciplina, orden militar; si no, apaga y vámonos. La mayoría de las bombas de mano, esas que parecen una piña, se tiran sin quitar el seguro, con lo cual no estallan o incluso las recoge el enemigo. Les estamos regalando armas, ¡como si nos sobrasen!

Elena, sé que estarás bien, que tienes hígado y sabrás cuidar de la niña tú sola; pero si las cosas se ponen feas, no te hagas la fuerte y déjate ayudar, que para eso está la familia.

No sé cuándo podré veros, confío que pronto. Eso es lo que me mantiene en pie de guerra, nunca mejor dicho.

Mañana volveré a escribir. Os quiere con locura,

Juan
Viva la República.

PD: Dale cien besos a la niña de mi parte, y que los vaya contando. Hazlo, porque voy a preguntárselo cuando vuelva.

*   *   *

10 de agosto de 1936

Querida Elenita:

Hemos empezado nuestra improvisada instrucción

de guerra. No te imaginas lo que se puede aprender en un solo día. En realidad son cosas muy básicas, como el manejo de los fusiles, las bombas de mano, cómo funciona la artillería, cómo cavar trincheras profundas y en zigzag, organizar bien una retirada... y no paro de pensar en cuánta gente ha muerto ya, quizá sin tener por qué, pues si los hubiesen instruido un poco, a lo mejor estaban vivos. No sé cómo les irá a la compañía que nos relevó, pues hemos tenido noticias de que estaba preparada para hoy una ofensiva al Alto del León. Espero que en breve nos den la noticia de su victoria.

No sé cuánto tiempo estaremos aquí, en «el paraíso» le dice la gente, porque estamos relativamente seguros y a salvo, podemos asearnos, que empezaba a ser una verdadera necesidad y porque el rancho es bastante bueno. Lo mismo hasta engordo y me tienes que comprar pantalones nuevos.

Por cierto, sé que estarás preocupada por la ropa. Pues pierde cuidado porque nos tienen bien surtidos de mudas, monos y camisas de todas las tallas.

Esta tarde hemos tenido incluso entretenimiento. Se ha acercado hasta aquí Largo Caballero y se comenta que mañana o pasado vendrá Victoria Kent; lo que sea para subir la moral de las tropas. Nos ha estado dando un grandioso discurso para concienciarnos a todos sobre la necesidad de organización en el frente. Ha hecho hincapié en cómo Madrid, España entera y el mundo antifascista está con nosotros, impresionados todos por el valor de los voluntarios, pero ha reiterado la necesidad del aprendizaje de la lucha. Ha estado bien, y la gente ha cogido aliento, pero en realidad, si lo piensas, nos estaba diciendo que nos preparemos, que esto va para largo. Así que, sin querer ser agorero, es posible que dure aún uno o dos meses más. Pero tranquila, que nosotros nos veremos pronto; seguramente después de unos días de instrucción nos manden a casa un tiempo.

¿Cómo estarás tú? ¿Cómo estará la niña? ¿Y mis

padres? Me lo pregunto a cada momento. Nos han prometido venir con noticias familiares en breve, pues dicen que por fin el correo está organizado. No puedes imaginarte lo importante que es en esta situación. No sé si me estarás escribiendo, supongo que sí, pero aquí no llega nada, y a ratos me encuentro desesperado por la falta de noticias. ¡Os echo tanto de menos! Te estoy viendo decir: «Pues tú lo has querido, que podías haberte quedado». Me hace reír imaginarte riñéndome.

Mañana volveré a escribir. Os quiere con locura,

Juan.
Viva la República.

* * *

13 de agosto de 1936

Querida Elena, mi querida Elenita:

He estado muy ocupado. No te lo vas a creer. El martes llegó un camión cargado de panfletos de propaganda y librillos instructivos sobre el manejo de las armas y demás acciones de guerra. Ya te comenté y si no , lo hago ahora , que la gran mayoría de los que están aquí apenas saben leer y mucho menos escribir; así que si ya me pasaba bastante tiempo ayudándoles con las cartas a la familia y a las novias, ni te cuento cuando han llegado esos pasquines y esos manuales. Me pidieron que los leyera en alto para un montón de ellos, pero al verles las caras me di cuenta de que también era necesario explicárselos. Me salió la vena de maestro y me puse como loco, como si estuviese enseñando en un aula. El caso es que mi teniente, que estaba por allí, debió fijarse en aquello y me pidió que siguiese haciéndolo cada día. Así que fíjate a dónde he tenido que venir para ejercer mi profesión. En vez

97

de niños son soldados, en lugar de aula es un descampado y no es a leer o las cuatro reglas sino a hacer la guerra lo que se les enseña, pero básicamente es lo mismo. Ahora veo que, a pesar del poco interés que puse en el cursillo, el método Freinet me caló.

Aún no sabemos cuánto tiempo estaremos aquí. Dicen que están probando a ver si con diez días nos basta para no caer como chinches, pero en realidad no se sabe nada, y es que yo creo que vamos a salto de mata. No parece haber nada preparado, nada parece llevar una lógica; demasiados frentes abiertos. En fin, supongo que la guerra es así, y desde luego no está hecha para tiquismiquis del orden como tú. (Anda, guapa, ríete un poquito, que te pones muy fea tan seria).

No te preocupes nada por mí, que estoy muy bien. Sabemos de lo que pasa en Madrid por los periódicos que nos traen, pero a ver si por fin nos llegan cartas vuestras. El comité se comprometió a hacer llegar las noticias familiares importantes y sé que no hay nada grave, pero me gustaría saber qué haces, con quién hablas, que me cuentes la última ocurrencia de la niña, lo que dice el librero…, en fin, esas cosas sin importancia que allí no se aprecian, pero que aquí comienzan a ser indispensables. Si te llega a ti ésta, diles a mis padres que si no reciben carta alguna no es que no les haya escrito, que también me acuerdo mucho de ellos, sobre todo de mi madre, que lo debe estar pasando mal.

Espero que estéis todos bien de salud y de ánimo.

Mañana volveré a escribir. Os quiere con locura,

Juan.
Viva la República.

PD: Dile a la niña que cuando vuelva, iremos a ver Tarzán de las Fieras, si sigue en cartelera.

Querida Elena:

Ayer, sin previo aviso, nos dieron la orden de partir inmediatamente hacia Navalperal de Pinares, pues han estado luchando aquí los nuestros con gran éxito, y se necesitan refuerzos en la zona, por si contraatacan.

Así que aquí estamos, esperando, en una tensa calma, pues cuando nos acordamos de aquel primer ataque por sorpresa y de la encerrona que nos hicieron con el «movimiento de pinza» (que todo tiene su nombre) nos tiemblan las carnes. Intentamos no pensar en ello, no queremos recordar lo que vimos.

El denuedo sube y baja, y lo único que alivia es hablar y hablar con los compañeros, de lo que sea, contar chistes y chascarrillos, porque reír y cantar alivia la tensión, hace que las cosas parezcan menos graves. Ves reír a otros y piensas que si ellos no le dan importancia, tu miedo no tiene fundamento. En realidad es un gran circo en el que todos actuamos. Pero es preferible no cavilar estas cosas.

A mi llegada he tenido una grata sorpresa. Me he reencontrado con Sánchez, el guardia de asalto de tu tierra, que como él ya tenía instrucción lo ascendieron a teniente y lo habían mandado al Alto del León. Tuvo mala suerte porque a algunos compañeros suyos los enviaron a Madrid a proteger a gente amenazada de «paseos». Me ha contado que la ofensiva allí ha sido un desastre, que ha presenciado cientos de muertes y que después de tres días han tenido que desistir hasta nueva orden. Me alegra mucho que esté con nosotros. Nunca olvidaré que estoy aquí por él, por enseñarme a hacer la tortuga.

Por cierto, a mí también me han ascendido. Ahora soy sargento. ¿Qué te parece? Todo el que sabe algo más que firmar con el dedo sale con algún titulillo.

Bueno, tengo que dejarte, que me están esperando mis otros padres y mis otras novias. No receles, mujer, que sabes que para mí no hay más hembra que tú; me refería a las de mis compañeros «iletrados».

Confío en que tengamos una noche tranquila. Se despide tu sargento enamorado.

Mañana volveré a escribir. Os quiere con locura,

Juan.
Viva la República.

PD: Dile a la niña que me he enterado de que ya no está Tarzán de la fieras, así que la llevaré a ver Betty Boop, que son dibujos animados.

*   *   *

18 de agosto de 1936

Querida Elenita mía:

Esperaba poder darte una sorpresa; llamar a la puerta con unas violetas en la mano y pescarte con el delantal puesto. Pero no ha podido ser.

Hemos estado prestando servicio en la cárcel Modelo, para repeler posibles ataques del enemigo que intentasen evitar el cumplimiento de la pena de muerte de Fanjul y Quintana. Como sabrás por los periódicos se ha llevado a cabo. ¡Si al menos hubiesen mostrado un ápice de arrepentimiento! Pero esto no va a quedar así, ya lo verás. Esos cabrones quieren sembrar el terror y van devastando todo a su paso. Esto puede ser una excusa más para sus atrocidades.

Si no te están llegando las cartas, espero al menos que te llegue la tarjeta que te he enviado desde allí. No sabía si mandarla, pues no tenía mucho espacio ni demasiado tiempo para darte explicaciones porque hemos tenido que salir pitando hacia Somosierra. Temo haberte desorientado.

Ten paciencia, mi vida, como la tengo yo. Hemos tenido algunas victorias en el frente, vamos avanzando, y ya está más cerca el final de esta locura. Confía en ello.

Mañana volveré a escribir. Os quiere con locura,

Juan.
Viva la República.

*   *   *

28 de agosto de 1936

Mi amada Elena:

Hemos conseguido hacer retroceder al enemigo varios kilómetros y establecer el frente a la altura de Roblegordo, Buitrago y los puentes de Lozoya; pero no ha sido gratis. Hemos tenido muchísimas bajas, sobre todo un día que nos volaron las chabolas. De nuevo la diosa Fortuna estuvo conmigo, pues en ese momento me encontraba en las trincheras de servicio.

Aquí seguimos resistiendo como podemos. Intentas olvidar lo que has visto, lo que ves cada día; pero se te graba a fuego, porque vuelves a vivirlo una y mil veces en pesadillas.

A veces me da por pensar en si esta situación tiene algún sentido, en si puede haber una solución decente. Quiero decir que no sé en qué estado va a quedar la República después de esto y si habrá merecido la pena. Cada vez estamos yendo más allá, adentrándonos más y más en un oscuro bosque; y temo que cuando queramos darnos cuenta, se habrá hecho de noche y no podremos salir.

El general Fanjul dijo antes de morir que su muerte sería vengada. Sé que a todos nos corrió un escalofrío por la espalda, como cuando una gitana te echa un mal de ojos. Y ya nadie duda de eso. Esa muerte ha sido vengada con mil muertes más, y esos mil serán vengados por dos mil. Ya no parece haber vuelta atrás. Quizá haya sido un error responder a todo este tinglao; aunque ganemos, que ganaremos, eso no se duda. De todas formas, tampoco nos quedó más remedio; no podemos achantarnos a los caprichos de cuatro hijos de puta. Perdona el vocabulario, que sé que no te gusta, pero eso es lo que son, y a las cosas hay que llamarlas por su nombre.

Es increíble la naturaleza del ser humano. Debemos tener muy arraigado el instinto de la lucha, las ansias de poder, de dominar; el afán de imponernos a los demás, aunque sean la mayoría, por la vanidad de creer que lo haremos mejor que otros, que salvaremos nuestro mundo y todos nos aplaudirán. Y por esos aplausos llevamos toda la puta vida matándonos. ¿Te das cuenta de que cada generación tiene su propia guerra? Cuando mi abuelo me contaba sus historias de la guerra carlista, yo le escuchaba sin creerme del todo lo que decía, porque lo relataba de una manera liviana, sereno, sonriendo, como si no lo hubiese sufrido; y tuvo que hacerlo, como nosotros en ésta, si no más. A veces me aburría escuchar siempre las mismas batallitas. Solo ahora entiendo que lo que decía acerca de esas batallas no era más que la superficie; que lo peor, lo verdaderamente terrible, se lo callaba. En realidad solo contaba cómo se salvaron de ésta o aquella estrategia del enemigo, o de las maniobras militares que siguieron en tal o cual combate. Y es un error, Elena. Mi abuelo debió hablarme llorando del miedo que pasó, del temblor incontrolado de piernas, del ruido atronador del combate, de las moscas sobre los cadáveres desmembrados, del olor a pólvora, a sangre y a muerte, del hambre, de la sed, del sueño, el cansancio y la soledad, de los piojos y enfermedades, de la suciedad, el polvo y la miseria. Y después y sobre todo, decirme si mereció la pena. Porque eso nunca se lo oí.

De todos modos, no sé si hubiese servido de algo; pues el hombre tiene otro gran defecto: no escarmienta en cabeza ajena. Mi abuelo lo sabía, como todos los viejos, con la sabiduría que da la experiencia, y pensaría: «Total, dejémosle que viva en su mundo dorado mientras pueda, porque cuando vengan los nubarrones se va a mojar de todas formas. Que sea feliz un tiempo, y de paso, si yo quedo en su memoria como un héroe, mejor que mejor».

Somos incapaces de valorar las posibles consecuencias. Nos metemos en embrollos como éste con el corazón, y luego es imposible dar marcha atrás, aunque en algún momento te des cuenta de que ya nada será lo mismo después.

No debería escribir como lo estoy haciendo. Voy a preocuparte, pero nunca he sido capaz de engañarte, ni por carta. Si algún descerebrado de esos que creen que la gallardía lo soluciona todo, leyese esta carta, me tacharían de cobarde o de fascista. Me da igual. Yo solo hago lo que tengo que hacer como hombre, en el frente y no en la retaguardia como hacen algunos, que asesinan por las noches y vuelven a desayunar a la comodidad de su casa o se van a celebrarlo con los amigos al café. Se ven bien los toros desde la barrera, pero aquí he visto rezar a muchos ateos. Por cierto, dile a mi madre que conservo intacta, aunque ya algo sucia, la estampita del Cristo de Medinaceli.

Solo espero que esto acabe cuanto antes, que salvemos la República, y después ya intentaremos recomponerla como sea.

Dicen que nuestro permiso es inminente. Yo añadiría que sumamente necesario, así que seguro que nos vemos pronto. Os extraño muchísimo. Me parece que hace siglos que salí de casa. ¿Me habrás esperado o ya te habrás casado con otro? Es una broma.

Mañana volveré a escribir. Os quiere con locura,

Juan.
Viva la República.

PD: Dile a la niña que nadie la querrá nunca como su padre. Hace días que no escribo a los míos. Si ésta te llega cuéntales lo que te parezca.

*   *   *

Mi madre y yo pasamos la mañana sentadas a la mesa, una frente a la otra; mamá leía las cartas en alto y yo escuchaba. A veces no prestaba atención alguna; solo la observaba a ella. Veía cómo le cambiaba el semblante de vez en cuando y cómo alternaba un rostro de angustia con su cara de princesa. Solo eso. Pendiente solo de eso.

Cuando acabó de leer la primera carta, se la llevó al pecho, suspiró y dijo: «Yo también te quiero con locura». Yo repetí: «Y yo también te quiero con locura». Nos sonreímos, y luego, repetimos el mismo proceso con la segunda. Después ya, mamá me miraba, sonriendo, a veces más, a veces menos, y hacía un ademán con la cabeza para que lo dijésemos las dos a la vez, como un salmo. Era divertido, así que yo ya no escuchaba ni intentaba entender lo que decía papá. Solo estaba pendiente de sus gestos y del final de la carta, para jugar a aquello.

—Ahora nos ha salido muy bien, ¿a que sí, mamá?

—¡Madre mía, niña! —exclamó—. Pero si son las tres de la tarde y no hemos comido. Menos mal que tengo cocido y es solo calentarlo. Bueno, ya no vamos a dejar de leer esta última. Viene fechada de ayer, dos de septiembre. Venga.

Abrió el sobre, sacó la carta y se extrañó de lo breve que era. Por un momento debió temer algo, pues su rostro se ensombreció. Guiñó los ojos color avellana como si no creyese lo que estaba viendo. Pero luego, tan solo un instante después, pues mi madre leía muy deprisa, abrió mucho los párpados y la boca, se levantó de la mesa dejando caer la silla hacia atrás y, con la cara encendida, sin dejar de mirar la carta, gritó: «¡Que viene! Que viene tu padre... ¡esta tarde!».

X

En aquella ocasión, mi padre estuvo con nosotros solo dos días. Convenció a mamá, que decía que no estaba el horno para bollos, y nos llevó a todos a comer a Gaylord porque «hay que disfrutar de la vida mientras se pueda». Luego me dejaron con los abuelos y ellos se fueron a bailar a la sala Estambul, que le gustaba a mamá. Al día siguiente entramos al cine, tal y como me había prometido; pero finalmente vimos *Dick Turpin*, que me resultó un auténtico *tostonazo* porque, según mi madre, entré ya de mal talante. Y es que no me dejaron pasar a la que yo quería, que era *La hija de Juan Simón*. La había visto mi abuela y desde entonces no paraba de tararear una de las canciones de Angelillo, que decía ella que tenía una voz que pa'qué.

> *«Y era Simón en el pueblo*
> *el único enterraor*
> *Y todos le preguntaban:*
> *¿De dónde vienes Juan Simón?*
> *Soy enterraor y vengo*
> *de enterrar mi corazón».*

Enterrar su corazón. Ojalá se pudiese vivir sin corazón, como vivía el librero sin su apéndice, o Chencho sin sus anginas. Pero no. Un día, los abuelos, después de la visita al médico de toda la vida, nos dieron la triste noticia de que tenían que irse. El doctor había estado examinando a mi abuelo por el susto que nos había dado justo después del Día de Reyes —que así se había llamado siempre y eso del Día del Niño era una bobada— cuando, estando mi madre en una cola donde iban a dar algo de pescado, tuvo que abandonarla al ver a su suegro salir del metro llevado por dos hombres que le ayudaban a caminar.

Por entonces mis abuelos ya estaban viviendo en nuestro nuevo hogar. Se vinieron en otoño, durante la segunda visita de papá, justo dos días después de que la espina se me clavase.

A mi abuela le costó una enfermedad abandonar su casa; bueno, lo que quedaba de ella. Pero no hubo más remedio. Y dando gracias que no nos había pasado nada, porque fue «un milagro que la niña no estuviese en el balcón, con lo que le gusta». Dijeron que la fachada del edificio había quedado resentida por los bombardeos y que su desplome no era algo tan raro, que eso mismo estaba pasando en algunas otras fincas de Madrid. El caso es que ese día me encontraba yo en casa de mis abuelos porque mamá, que aún daba clase en el Ricardo Fuente, ya no me quiso llevar «de momento» y mi padre, «que se iba a quedar para siempre», tenía algo que hacer en el sindicato. Cuando ocurrió, yo estaba en la salita, sentada a la mesa, muy cerca de los balconcillos que asomaban a la Gran Vía, y el sol iluminaba mi dibujo de uves estiradas que rápidamente se convirtieron en aviones que arrojaban bombas sobre niños. Mi abuela trajinaba de aquí para allá y cuando pasaba por delante de la radio se paraba un poco a escuchar, sacudía la cabeza, chascaba la lengua y parecía que iba a decir algo; pero me miraba, callaba y volvía a la cocina. Estaba muy inquieta, como si barruntara algo. En cambio yo estaba en un estado febril, me dolía el cuerpo y me sentía cansada, sin ganas de jugar; por eso mi abuela casi había tenido que obligarme a pintar, porque yo no lloraba y «de alguna forma te tiene a ti que salir el susto», decía. Y es que ella, después de achucharme y de estampar un millón de besos en mi cara, intentó que le contase lo que había pasado el día anterior. No me sacó de que «estaba con papá y cayeron bombas». Eso era todo.

Estaba terminando mi dibujo cuando comenzó a oírse un ruido que iba aumentando y que, al principio, pensé que era una bomba; sin embargo, se sentía una vibración extraña y no había sonado ninguna sirena ni se había escuchado golpe alguno. Desconcertada y paralizada por el miedo, agarré fuerte el lápiz de color sangre de niño muerto y me dispuse a esperar con los ojos cerrados, apretados. Sentí entrar de nuevo a mi abuela, que había echado a correr para apagar el fuego en la cocina. Escuché unos crujidos secos que venían de la pared, muy cerca de mí; y entonces, de pronto, oí el chasquido del papel de mi dibujo salir volando, noté el viento sobre mi cara, mis manos y mis piernas, el olor a calle y a polvo, el sonido de la voz de mi abuela en estado libre, y la luz, que irrumpió abrupta en la salita de aquel cuarto piso y se coló a través de la piel de mis párpados, avisándome de que en ese tiempo que estaba por venir, seríamos así , como quedamos aquel día, como personajes de una casa de muñecas, al aire, a merced de los caprichos de alguien que te viste o te desnuda a ojos de todo el mundo.

Debió ser una imagen muy triste para los espectadores que se asomaran a los balcones de los edificios de enfrente. Triste y frustrante no poder incorporar de nuevo a esa muñequita de vestido blanco y chaquetilla de punto verde, que permanece tan solo un momento sentada en la silla, tiesa, como en equilibrio, con un lápiz en la mano y sin papel sobre el que pintar, y después se desploma, rígida aún, gracias a Dios hacia el interior de la casa.

Estuve en El Barquillo, bañándome en el río con mis primos. Nos habíamos llevado a Chencho, que la Luisa le dejó venir. Y allí estábamos los cinco, corriendo por la orilla, salpicándonos —las niñas con las manos y los niños con los pies— trozos de agua que se chocaban y estallaban en otros más pequeños; en gotas que se cruzaban y parecían ir y venir como a cámara lenta, como cuando Isidro pasaba despacio sus películas mudas en el Patté Baby.

—Ya vuelve en sí —decía, con voz ronca y desconocida, mi primo, que se fue convirtiendo poco a poco en un señor de barba blanca y bata a juego—. Debe de haber sido la impresión. Ha visto mucho en dos días, demasiado.

El río y sus chopos resultaron ser el Colegio Sagrado Corazón convertido en hospital.

—¡Gracias a Dios! —exclamó mi abuela.

—No creo que Dios haya tenido mucho que ver en esto, señora, si no ha sido para mal —opinó el doctor—. De todas formas esta niña no debería estar aquí, no tendrían que haberla traído los de la ambulancia. Esto es un hospital de sangre y yo no soy pediatra.

Y así fue como mamá, no conforme con la pobre explicación de aquel médico de guerra, dejó marchitar en la salita las flores que había comprado para la tía Queti por el día de difuntos y comenzó a preguntar a unos y a otros por el mejor especialista en niños de todo Madrid. La Luisa le recomendó a don Pascual, un pediatra que según ella era el mejor de la ciudad porque había curado una *disipela negra* a un sobrino suyo, y que seguiría pasando consulta en la calle de Goya si es que no le habían apiolado.

En esa ocasión nos acompañó mi padre, que aún estaba en Madrid; según él, *para no volver a irse*. El doctor me miró y remiró los ojos, la boca, los oídos y hasta las uñas, como mi abuela cuando me revisaba antes de salir de paseo; me escuchó el corazón por delante y por detrás; me hizo andar de un sitio a otro poniendo un pie justo detrás del otro y yo qué sé cuántas tonterías más. Y todo para decirles a mis padres exactamente lo mismo que había dicho el médico de guerra.

—No tiene nada. Un desmayo debido a la impresión, nada más.

—Gracias a Dios —dijo esta vez mi madre como aquella vez mi abuela, y me quedé esperando a que el doctor Pascual le dijera que Dios no había tenido mucho que ver en esto. Pero no lo dijo.

Mi madre me ayudó a ponerme de nuevo la ropa; metía mecánicamente mis brazos en las mangas del vestido mientras escuchaba atentamente la conversación que estaba teniendo lugar a su espalda.

—¿Ejerce usted en algún hospital de sangre? —preguntó mi padre.

—No, amigo mío, que las especialidades se hacen para algo.

—Pero es usted médico igualmente.

—¿Ha visto usted alguna vez a un artesano de zapatos de salón haciendo alpargatas?

Mi padre se quedó callado un momento, con una infinita tristeza en los ojos, y luego dijo:

—También mueren niños en la guerra, puedo dar fe de ello.

—Ya, bueno, si me necesitan saben dónde encontrarme —dijo el doctor pasándole un papel fino que luego, mi padre, entregó a la secretaria junto con el dinero antes de salir de allí.

De camino a casa, mi padre dijo que menudo señorito el medicucho.

—¿Te has dado cuenta de que cuando le he dicho que también mataban niños nos ha despedido? «Bueno, bueno… si me necesitan ya saben dónde encontrarme», ha dicho.

—No seas picajoso; se referiría a que si le necesitan en algún hospital de sangre saben dónde vive y pueden avisarle —explicó benevolente mi madre.

—No, Elena, no. Nos lo decía a nosotros para, si es posible, pegarnos otro sablazo. Es un engreído.

—Bueno, es igual, el caso es que es un eminente doctor y que ha dicho que la niña no tiene nada, que es lo que importa.

—Sí, pero es un lechuguino. Admítelo —insistió papá, y como a mí me hizo gracia aquel insulto, siguió haciendo escarnio con una larga lista—. Y un figurín… y un pisaverde…

Mamá me miró como si oyese mi risa por primera vez, le hizo una seña a papá y ella también empezó a reírse.

—Y un petimetre… y un cogotudo…

Yo cada vez reía más fuerte.

—… y un fanfarrón…

Papá había sufrido mucho en el frente y luego en Madrid. Los dos habíamos visto cosas horribles tan solo un día antes, pero a menudo se le olvidaban esas cosas y las otras, y me hacía reír. Además estaba la promesa de no volver a irse, y con el tiempo, hubiese salido la espina que se me clavó aquel día de otoño, si no fuese porque tuvo que marcharse de nuevo, esta vez a su pesar, aunque llevara un bonito proyecto en las manos; y es que la guerra iba mal para los nuestros, y al gobierno no le quedó otra que obligar a alistarse a casi todos los que no fuesen niños o ancianos… y a mi padre le tocaba, por la edad.

Pero aquella vez de septiembre no; aquella vez volvió al frente, según mamá, porque había quedado con sus amigotes en volver. Así que, cuando hubo apurado los dos días del permiso, partió de nuevo; esta vez a Talavera… «donde entramos en combate esa misma tarde contra un Tabor de Regulares y la caballería mora, que venía totalmente desbandada. Los moros son temerarios, asustan de verdad, porque ellos no avanzan, se lanzan en picado, pase lo que pase. Son como guerreros indios, unos cafres, la madre que los parió. El General Riquelme nos hizo desplegar, haciendo una pequeña retirada bien organizada, para colocarnos en unas lomas cercanas. Desde allí ya, pudimos contenerlos y los hicimos retroceder hasta las puertas de Talavera, con dos cojones. Pero cuando habíamos llegado a un lugar llamado El Prado, nos empiezan a caer bombas ¡de nuestra propia aviación! que no podían creer que hubiésemos avanzado tanto. Se creyeron que éramos fascistas. ¿Qué os parece?»

Mi padre hablaba con entusiasmo, con la adrenalina que da haber estado al límite y haber salido ileso; pero a veces se nublaba.

«¡Menuda cabronada! Sufrimos muchas bajas…, aquello nos desmoralizó enormemente… después de haber avanzado tanto… de una forma tan heroica, ¿para qué? ¡Anda que no se descojonarían de nosotros! Así que, después de eso, todo fue perder terreno hasta San Román. Allí nos alojamos en la iglesia, que se había convertido en cuartel. Los santos y todos esos cacharros de misa estaban guardados bajo llave en la sacristía. Algunos querían echar la puerta abajo para coger lo que pudiese tener algún valor, y las cosas se pusieron un poco feas porque Sánchez se oponía rotundamente. Le llamaron fascista y dos milicianos se empeñaban en fusilarle a toda costa. Tuve que ponerme en medio y apelar al grado de sargento para darles la orden de esperar al capitán. ¡Ya veis! Un sindical socialista sargento eventual intentando defender a un teniente de asalto de dos anarquistas apuntados a la milicia. Aleluyas del mundo al revés. ¡Manda huevos! Cuando llegó el capitán dijo así, como con desgana: «El teniente Sánchez es mucho mejor que todos vosotros. Creo que lo ha demostrado varias veces». Y con eso se acabó la vaina. Al día siguiente murió uno de aquellos muchachos, y al otro tuvo que sacarle Sánchez del campo de batalla, jugándose el tipo, arrastrándole del cinturón, porque le habían herido y estaba inconsciente, pero vivo. Si no, allí queda. Se veía de lejos que Sánchez no estaba muy comprometido, es de esa gente que no sabe de grandes causas ni le importan. Solo hace lo que tiene que hacer del mejor modo posible; de manera disciplinada, económica, obteniendo ganancias con las menores pérdidas posibles... y eso allí... pss... en fin».

Intentaron hacerse con Maqueda, pero lo único que consiguieron fue diezmar el pelotón. A las dos de la mañana recibieron la noticia de que los nacionales habían ocupado Toledo «y nos dieron órdenes de abandonar Escalona echando leches. Así que, por los cerros, como locos, llegamos a Cenicientos y allí nos reorganizamos. Día tras día, más retiradas y más muertes hasta que llegamos al término de Cebreros, rendidos y calados hasta los huesos porque llovía sin parar. Hicimos noche en un cerro cercano, y al amanecer, Sánchez oyó un caballo que se acercaba a la carrera. Se levantó rápidamente y le informaron de que nuestras fuerzas habían desertado de Cebreros porque era imposible retener a la cantidad de moros y legionarios que estaban a punto de entrar allí y que tenía noticias de que San Martín de Valdeiglesias estaba ya en manos nacionales. Así que, ¡hay que joderse! nos habían vuelto a hacer la pinza, esta vez a lo grande y sin ningún apoyo. Estábamos solos. Todos estábamos muertos de cansancio y nos desanimamos muchísimo. No veíamos ninguna posibilidad de sobrevivir. Si nos cogían allí, aunque nos rindiésemos, nos iban a fusilar, porque esos hijos de puta no hacen prisioneros. Cundió el pánico. Algunos lloraban y otros empezaron a rezar y cagarse en la madre que parió a la Pasionaria, ¡lo que hace el agotamiento y el canguelo! Entonces fue cuando a Sánchez se le ocurrió la idea de hacernos pasar por «pasados». La idea era llegar a Cebreros antes que ellos, para no levantar sospechas, y esperarlos allí, con bandera blanca. Sánchez dijo que estábamos en su provincia, que conocía a alguna gente y que él respondería por todos ellos. Le siguieron cincuenta y dos, prácticamente todos. Intentó convencerme a mí también, me dijo que no le importaba el riesgo, porque él sabía que yo estaba muy comprometido; pero le dije que precisamente por eso no podía hacerlo, que yo prefería morir a tener que pegar tiros contra los míos; que yo les entendía, pero que mi provincia era Madrid, y mi casa y mi familia estaban en Madrid. ¡Qué lástima me dio! Por varias razones. La primera porque habíamos llegado a ser buenos amigos, y ahora nos separábamos en esas condiciones, las peores, sin saber el uno qué sería del otro. La segunda por él, porque ¿hay algo más triste que hacer la guerra siendo neutral? Si para nosotros es duro, imaginaos para ellos. Nosotros luchamos por un ideal, pero ellos… ellos solo lo hacen porque les ha tocado la mala suerte de tener que hacerlo. Da igual el porqué, luchan porque son combatientes y punto. Y aquí radica la tercera razón y quizá más importante. Lo que más pena me dio, por todos nosotros, es que me he dado cuenta de que hombres como Sánchez son los que ganan las guerras, hombres disciplinados que no cuestionan las órdenes, que saben tomar decisiones con la cabeza fría. Hombres que atacan sin saña, sin odio; hombres a los que no les mueven las ideas sino lo que dispone la autoridad; que no tienen remordimientos porque no ha sido idea suya, se lo han ordenado y punto. Batallan apencando y ahorrando balas… al bando en el que estén, da lo mismo, pues su ideal aún no ha nacido, y en realidad les importa tres cojones quién gane. Para ellos vencer es triunfar en la batalla del momento; ganar la guerra es otra cosa, eso ya es asunto de sus superiores. Pero la guerra se gana batalla tras batalla. Y eso es lo grave, que el otro bando está lleno de gente así: neutrales, neutrales preparados, que apechugan sin más hostias, solo porque les han dado esa orden media docena de pirados. ¿O qué os creéis? ¿Que en la otra zona los soldados son fascistas? No, pero las órdenes son órdenes, y la jerarquía militar, una vez dentro, se mete en la sangre. ¿Pues no te jode, que hasta nosotros… ¡y hasta los cenetistas!, todos nos ponemos como gallitos en cuanto nos dan un galón? Sánchez se ha ido para allá, en realidad puede decirse que ha vuelto con los suyos, porque ¿cuánto tiempo van a aguantar este desorden los de asalto, los civiles y los pocos militares que siguen leales? ¡Si ya volvemos a tener encontronazos entre nosotros! No nos ponemos de acuerdo con los comunistas ni con los anarquistas, ni éstos con los otros. Y es que, ¿qué coño hacemos nosotros en esto? Si esto no es lo nuestro ni sabemos hacerlo. Nos estamos traicionando a nosotros mismos: hablando de la paz y pegando tiros. Solo queríamos cumplir el sueño de tener un poco más de libertad, de igualdad, vivir un poco mejor…, pero va a ser peor el remedio que la enfermedad, vamos a quedar tocados física e ideológicamente, en cuerpo y alma».

Así, mi padre, que gracias a la Diosa Fortuna pudo escapar con otros dos compañeros y llegar hasta Madrid, decidió no volver al frente.

«Yo creo que tú ya has hecho bastante»; dijo mi madre feliz. «Además ya has gastado no siete, sino veinte vidas».

Lo decía porque papá volvió en un estado lamentable. Esta vez sí que llegó sin previo aviso, por sorpresa. Pilló a mamá en delantal y sin peinar, pero él no llevaba ramo de violetas alguno, es más, no traía nada de nada, ni gorra; solo un mono harapiento y unas alpargatas que le habían dado los camaradas del control de entrada a Madrid. Llevaba la barba larga y el pelo enmarañado, estaba sucio y olía como la ropa de mi abuelo de El Barquillo cuando volvió de las eras. Pero a mi madre no le importó, porque le abrazaba y le besaba como si fuese a comérselo. Papá la rodeaba con sus brazos sin fuerza, cerrando los ojos, y parecía que iba a quedarse dormido allí mismo, con la puerta aún abierta; como un niño que hubiese estado perdido, como un perro malherido que llega a su hogar y puede morir en paz. Gracias a Dios no era así.

Cuando yo me acerqué y le abracé la pierna, mi padre me miró compungido. «No, niña, no te acerques, mi vida», dijo afónico. «Tengo chinches».

Mamá tuvo que meterlo en la bañera, afeitarle, cortarle el pelo y quitarle los piojos con vinagre. Sonaba el grifo del baño mientras le hacía tomar un caldo; él lo sorbía a tragos pequeños que acompañaba con muecas de dolor. «No digas nada, no me cuentes nada ahora. Descansa, que tiempo habrá. Tómate la sopa lo primero. ¡Estás aquí! ¡Gracias al cielo!», le decía mi madre acariciándole la sucia cabeza.

Mamá observaba a papá, tan desmejorado, sujetando el tazón con los dedos temblorosos, y se llevaba las manos a la boca para no llorar, pero los ojos se le humedecían y la delataban.

Luego yo me senté en el suelo, con la oreja pegada a la puerta del baño, y les oí hablar en un tono pesado; pero retumbaba mucho y no se entendía nada de lo que decían.

Cuando salió papá no parecía el mismo. Era como si un fantasma hubiese vuelto a la vida. Entonces, ya sí me abrazó fuerte, me besó un montón de veces y me preguntó qué echaban en el cine esa semana. Yo le dije que hasta cuándo se iba a quedar. «Hasta siempre, cariño, hasta siempre».

Mi madre le preparó algo de comer, y después le metió en la cama como si fuese un niño, sin importarle sus protestas.

—Pero, Elena, por favor, tengo que avisar en el sindicato. Tendré que redactar un informe sobre lo que ha sucedido y después... tengo que poner en orden aquello, que no sé qué estarán haciendo...Y hay que avisar a mis padres... y...

—¡Basta, Juan! Tú a la cama —espetó mi madre con autoridad—. Ya me encargo yo de llamar a los abuelos y al sindicato.

Papá no se atrevió a rechistar, se arropó y se quedó en silencio. Mamá salió de casa y me dejó al cuidado de mi padre, que pronto empezó a roncar. De vez en cuando le daban espasmos y abría los ojos. Después los cerraba de nuevo y al rato volvía a roncar.

—¡Mira que le he dicho que no te despertase por nada del mundo! —regañó mi madre cuando volvió de llamar a todos y nos vio sentados en la cama, charlando.

—No, Elenita, no te sulfures. No podía dormir más. ¿Cómo dormir y perderse la visión del edén? —exclamó mi padre señalando con ambas manos lo que le rodeaba—. Además, tengo que contarle a esta niña todos los cuentos que no le he contado durante este tiempo.

—Sí, hombre, para cuentos estás tú. Si no puedes ni hablar. ¡Anda, anda!

La verdad era que debía estar agotado de verdad, pues pese al esfuerzo que hizo por acabar de contarme El flautista de Hamelín, se quedó dormido y esta vez no volvió a despertarse hasta el día siguiente.

Vinieron los abuelos aquella misma tarde, pero no les quedó más remedio que conformarse con verlo en la cama desde la puerta de la habitación. Mientras tomaban un café, que ya escaseaba en Madrid, mamá les contaba cómo se había presentado mi pobre padre. «Pues menos mal que no ha llegado por la noche, porque no hubieses podido llenar la bañera», dijo mi abuela. «Han empezado a cortar el agua de diez a ocho de la mañana, y ya veremos a ver... Por cierto, ¿has mirado la cabeza a la niña?»

Al día siguiente, mi padre nos contó a todos sus peripecias en el frente. Cuando lo narró por primera vez, había mucha amargura en su relato; pero después, poco a poco, dejó de quebrársele la voz, ya no había silencios, ya no miraba hacia abajo ni se le desencajaba el rostro mientras tragaba saliva con los ojos llenos de lágrimas, sino que cada vez lo contaba de una forma más distanciada, con jovialidad, con bromas y hasta con alguna risa que otra.

Entonces, mi madre, que podía ser muy cruel a veces, y que por nada del mundo iba a permitir que mi padre olvidase y se volviese a marchar —porque los hombres en general tienen mala memoria, para las fechas señaladas, para acordarse de dónde están los calcetines o para recordar lo que han penado en el frente—, abrió el cajón con llave de la cómoda y sacó una carta de mi padre, justo la del día veintiocho de agosto de mil novecientos treinta y seis. La sacó del sobre y comenzó a leérsela, sin compasión:

«Cuando mi abuelo me contaba sus historias de la guerra carlista, yo le escuchaba sin creer del todo lo que decía, porque lo relataba de una manera liviana, sereno, sonriendo, como si no lo hubiese sufrido; y tuvo que hacerlo, como nosotros en ésta, si no más. A veces me aburría escuchar siempre las mismas batallitas. Solo ahora entiendo que lo que decía acerca de esas batallas no era más que la superficie; que lo peor, lo verdaderamente terrible se lo callaba. En realidad solo contaba cómo se salvaron de ésta o aquella estrategia del enemigo o de las maniobras militares que siguieron en tal o cual combate. Y es un error, Elena. Mi abuelo debió hablarme llorando del miedo que pasó, del temblor incontrolado de piernas, del ruido atronador del combate, de las moscas sobre los cadáveres desmembrados, del olor a pólvora, a sangre y a muerte, del hambre, de la sed, del sueño, el cansancio y la soledad, de los piojos y enfermedades, de la suciedad, el polvo y la miseria. Y después y sobre todo, decirme si mereció la pena. Porque eso nunca se lo oí».

«¡Qué lista eres, Elenita!», admitía él con media sonrisa.

XI

Mi abuelo alquiló un coche de caballos, porque no había otra, para trasladar algunas cosas a nuestra casa. Instalaron una cama turca para mí junto a mi cama, que fue para ellos. Así que dormí a su lado mientras estuvo papá. Luego dormiría con mi madre hasta que vino mi padre en Navidad, y de nuevo con ella cuando volvió a irse. Y es que, la habitación de mi hermanito estaba cada vez más ocupada pues mis abuelos trajeron unas cajas muy cerradas en las que ponía VAJILLAS, que en realidad no lo eran.

«¿Y dónde duermes tú ahora, en la habitación del hermanito?», me preguntó un día la Luisa.

La Luisa tenía verdadera obsesión por ese cuarto. Me preguntaba por él a menudo; que si me gustaba más que el mío, que si no jugaba yo en él, vacío como estaba... Yo no decía nada, porque mamá me había aleccionado bien al respecto; aunque alguna vez seguro que metí la pata. Cuando le conté a mi madre su insistencia, se quedó con cara de preocupación y al día siguiente decidió poner una llave a esa puerta. Gracias a ello, la Luisa no pudo ver nada cuando, un día de los que estaba en casa ayudando a mamá con mi vestido de flores rosas, dijo que iba un momento al baño e hizo como que se equivocaba de puerta, a pesar de que su casa era idéntica a la nuestra. «La tengo cerrada para que la niña no enrede con las cosas de mis suegros, ¡que es que no para!», explicó mamá intentando parecer natural, pero siempre la delataban sus mejillas coloradas.

En los momentos difíciles que vinieron después, a menudo recordaba esas noches especiales que pasé con mis abuelos. La abuela miraba a mis padres y, cuando lo consideraba oportuno, decía algo que me molestaba enormemente.

—Niña, vámonos al cine.

La primera vez piqué.

—¿A cuál, abuela? —pregunté emocionada.

—Al de las sábanas blancas.

Mi abuela tenía esas cosas y otras aún más raras, como llamar al sueño Fernandito, o Lorenzo al sol; pero siempre antes de dormir, me contaba cosas: cómo vivía de pequeña, con sus padres y sus hermanos, que eran ocho, «fíjate tú, y luego yo solo tuve a tu padre», y es que, claro, se casaron muy tarde porque, según mi abuelo, ella era más desconfiada que una mula vieja.

—¡Demasiado confiada fui, a la vista está! —replicaba ella—. Que menos mal que, aunque tarde, me nació un niño precioso, tu padre, que es un hombre como un castillo; que por eso le aguanto yo a este masón, que si no…

Pero a mi abuela se le ablandaba la voz cuando me contaba cómo tenía que engañar a sus padres cuando se veía con mi abuelo, que no le querían como yerno porque ella era una *niña bien* a la que la criada llevaba a jugar a los Campos Elíseos, que era un parque de atracciones de Madrid de cuando ella era pequeña, y mi abuelo solo era un muerto de hambre que sabía de cables.

—Pero era tan elegante… y bailaba tan bien… ¡No como ahora, que solo piensa en política y en irse al Café ese, que no sé qué tendrá allí!

—Nada, mujer, pero un hombre debe elegir tres cosas en la vida: estado, profesión y café. Solo esas tres, porque luego, ni a la mujer, que sois vosotras las que elegís, las que decidís todo y encima nos chilláis.

Se me hace tan nítida la imagen de mi abuelo sentado en el sillón de papá; el «Ahora» entre las manos y su eterna queja sobre los espacios en blanco de los periódicos. «Cada vez nos ocultan más cosas con la jodida censura», despotricaba. «Uno no sabe ya qué creer». Así que, un día, le pidió permiso a mamá para cambiar de sitio la radio, y comenzó a darles vueltas y más vueltas a los botones, hasta que empezó a oírse algo que no sé cómo pudo identificar como Radio Burgos. «He dado con estos cabrones... he dado con ellos... escucha... Y si fuese un poco más potente oíamos Sevilla». Lo decía tan bajito y se pegaba al aparato tan misteriosamente que yo creí que mi abuelo era un espía como los de los cuentos de Chencho. Se lo dije para chulear, y él debió cantárselo a su madre en alguno de sus interrogatorios, porque un día apareció la Luisa en casa diciendo que sabía que escuchábamos a los contrarios.

—Por Dios, Luisa, no vayas a decir nada —le dijo mi madre entre la súplica y la amenaza.

—No, mujer, qué voy a decir ni qué voy a decir. Si yo solo quiero que me dejéis oír, que estoy hasta las narices del Augusto ese y sus mentiras. Además, hazte cargo, con mi hijo sabe Dios dónde, sin saber nada de él... que esto es una tortura.

Y es que ni la Luisa sabía de su hijo ni mi madre de El Barquillo, a pesar de que habían mandado un radiograma a través de un conocido de mi abuelo que trabajaba en telégrafos.

Así, de vez en cuando, subía la Luisa a escuchar —o más bien intuir— misa con nosotras, y el parte nacional del «ejército del valiente hijo de perra», que llamaba mi abuelo. «No hables así delante de la niña»; le reñía la abuela. Y entonces él me enseñó a decir «nano filo de hundino», que significaba «enano hijo de perra» en esperanto. «Pero tú le dices a tu abuela que no sabes lo que significa».

Mis abuelos tuvieron que irse. El médico de toda la vida, el único que para mi abuelo no era un matasanos y en el que mi abuela tenía una fe ciega, le recomendó salir de Madrid inmediatamente, porque «te caigan encima o no, a ti te matan las bombas». Mi abuelo y sus compañeros llevaban ya tiempo trabajando en los sótanos del rascacielos por culpa de los malditos facciosos, que se habían empeñado en tirar el edificio y no dejaban de lanzarle obuses. «La niña de las pecas» lo empezaron a llamar por los agujeros que tenía mi rascacielos, mi querido rascacielos.

—De momento nos evacuan a Valencia, pero Dios sabe —lloraba mi abuela—. Por lo visto allí nos espera una familia que nos acogerá durante unos días. Luego no sé, dice Cosme que el partido se hace cargo.

—Es lo mejor que pueden hacer, que si no, cualquier día nos da un buen disgusto y para qué queremos más.

—Sí, pero ¿y tú, hija? Aquí sola, con la niña… teniendo que hacer esas colas… que ahora nos turnamos, pero luego vas a estar más sola que la una, y no solo para las colas, para todo. Deberíais veniros con nosotros.

—Yo no puedo irme —dijo mi madre—. Juan me dijo que a primeros de febrero le mandarían para el centro. Solo quedan dos o tres semanas. Vendrá con permisos más a menudo, y si me voy yo, ya ve usted qué pan hacemos. No se preocupen, que no estoy sola. Está Luisa, están los demás vecinos de la calle, que ya nos vamos conociendo un poco, amigos de Juan del sindicato que no dudarán en echarme una mano si lo necesito…, y bueno, mucha gente que conozco.

—Mira, Elena, que yo a ti sí que te conozco, que tú no pides un favor ni aunque te machen las uñas. Espero que al menos por la niña…

—No tema, mujer, que la niña estará sana y salva cuando vuelvan; dando la tabarra, como siempre.

Fuimos a despedirlos a la estación de Atocha, que estaba abarrotada de gente. Había muchos camaradas de mono y fusil, pero también cientos de personas comunes acarreando paquetes. Se agolpaban en los andenes e intentaban hacerse hueco entre los que estaban tumbados sobre colchones, durmiendo, fumando o charlando, como si viviesen allí. Y luego estaban aquellos niños, muchos niños, mayores y menores que yo; niños y niñas vestidos como de domingo, con una tarjeta prendida en el pecho, que no hacían más que llorar y abrazar a sus madres, que también lloraban. A otros se los veía ya dentro del tren, asomados a las ventanillas. Algunos sonreían, diciendo adiós con la manita; otros, desconsolados, alargaban el brazo en un intento ya cansado de alcanzar a sus madres que, aguantándose las lágrimas, se morían desbocadas en ese esfuerzo sobrehumano de animarlos desde el andén.

—¡Mamá! —le grité para que me oyese entre el bullicio—. ¿Por qué lloran?

—Porque se van de Madrid, a un sitio más seguro, donde no haya bombas —me explicó ella.

Yo sentí una punzada en el pecho, como si en aquel momento se me clavase la espina un poco más adentro. Era pena y miedo. No me atreví ni siquiera a preguntarle a mamá si eso me podía ocurrir a mí.

De repente, una mujer de aquellas que estaban en el andén diciendo a su hijito que se calmase, que volvería pronto, que iba a un sitio muy bonito donde lo iba a pasar muy bien, alzó por las piernas a otra muchacha más joven, que cogió al desesperado niño y lo sacó a través de la ventana del vagón. Se lo dio a su madre, que lo abrazó, lo arrulló para que dejase de llorar y se marcharon los tres abrazados.

Mi abuela, que había estado dándonos recomendaciones durante días, ya no hablaba, solo se limpiaba los ojos y se sonaba la nariz. Mi abuelo sacó un paquete del bolsillo de su gabán y me lo dio.

—Es un regalo de despedida —dijo sonriendo.

Lo abrí. Era uno de esos cuentecillos de La Estrella que se titulaba «El Jardín de Juanita». En la portada había una niña que se parecía a mí, con un vestido azul con cuello blanco, igual que uno que yo tenía, y estaba sentada en el suelo jugando con un oso de trapo, como el que me iba a traer él de Valencia, para que ya no hubiese duda de que la niña del cuento era yo. Entre las hojas del librito asomaba un billete; dinero suficiente, según él, para que siguiese con nuestra costumbre quincenal hasta su vuelta.

Le di a mi abuelo la respuesta al «¿qué se dice?» de mi madre, un último abrazo muy fuerte, y solo cuando llegué a casa y me dispuse a leer el cuento reparé en que estaba dedicado:

«A mi querida nieta, a la que pronto volveré a ver,
y mientras tanto, para que no olvide nuestra canción:
Si al nano filo de hundino
se le ocurre entrar aquí
le damos una patada
y lo mandamos pa'Pekín»

XII

Salgo a dar un paseo por Madrid. Abandono por unas horas este piso de Marqués de Villamagna con la sensación de haber superado una gran rémora. Hace tan solo unos días me era impensable estar aquí; creí que no soportaría la plomada de estas paredes. Sin embargo, no ha sido tan grave. La estancia ahora tiene un aire nuevo. La brisa joven que ha dejado aquí mi nieto mientras estudiaba la carrera, vence, hora tras hora, a los recuerdos vivos de aquellos días con Ventura, con Isidro y con su abuela, y que dolían más en mi cabeza por la pérdida de aquellas sensaciones que por la miseria de lo acontecido en esos tiempos. La pérdida de las sensaciones, esas emociones infantiles que se hacen grandes, enormes, importantes de por vida cuando suceden en los estados de penuria; esa pérdida, digo, es la que hace que haya días en los que, sin saber por qué, nos inunda un desasosiego. Buscamos explicaciones en la luz, en el clima, en algo que nos hayan dicho o hecho... y no encontramos nada que lo justifique; sin embargo, está ahí, y nos acompaña una extraña sensación de que algo grave va a suceder.

En esos días, y sobre todo, en esas noches de niebla salmantina en las que las calles retenían la humedad en los adoquines, algo me lanzaba afuera; salía a escondidas de casa, dejando a mi marido en la cama, y recorría, mal abrigada, la avenida que llevaba hasta el barrio chino. Una vez allí, con el relente alojado en los brazos, me tomaba un par de copas para calentarme en la soledad de la barra de un bar en el que jamás nadie me habría reconocido. Lo hacía como si me fuese la vida en ello; como si necesitase, a la desesperada, recordar que existía el frío, el calor, otra música, otros bares, otras vidas muy distintas a mi vida de burguesa. Y luego, con esa anestesia, feliz a la manera de los locos, deambulaba por las calles más solitarias y peor iluminadas con la intención de crecer, de vencer al miedo, al temor a, por ejemplo, un atraco a punta de navaja de un yonki. Sin embargo, no era eso, en realidad no; me engañaba buscando, provocando, tentando a la suerte para que ocurriera algo, cualquier cosa de esas; pero aquello solo era la ilusión de vencer a un miedo diferente, mucho mayor: al gran miedo.

Hoy aún no es de noche, pero también llevo encima ese desasosiego. Y aunque el motivo no sea más que la inquietud de saberle pronto, y tal vez cerca, supongo que hay conductas que responden al mismo sentir a pesar de que la razón sea otra.

Un vecino me tranquiliza en el ascensor. Me habla del tiempo. Hablar del tiempo le quita gravedad a la vida. Todo va bien si no hay nada más urgente que tratar. Me dice que llueve. Bien; el agua ilumina más que el fuego. Y yo necesito luz para ver lo que quiero ver. Quizá debería haber salido un poco antes, ir a dar un tranquilo paseo por El Retiro, fijarme en lo que hace la gente corriente. Pero hoy no me calmaría observar a mayores sentados en un banco, no serviría de nada mirar a esas mujeres fondonas que cascan, aginadas, sobre sus ingratos maridos mientras hacen marcha rápida; no vería sosiego alguno en la actitud resignada de los jubilados, castigados todos con las manos a la espalda, expulsados de sus casas a punta de fregona hasta la hora de comer; la sonrisa de las mujeres frente a carritos de bebé ajeno no apaciguarían mi alma esta tarde. Lo que yo necesitaba era caminar entre esos árboles que surgen artificialmente en las aceras, pisar los charcos para romper el cristal y caer al mundo inverso que reflejan; desafiar al orden del universo, echarle un pulso a ese eje de simetría que es la línea de tierra. Y la línea de muerte.

Vago por Madrid, por los sitios donde espero ver construcciones de antes, de aquellos años, y me doy cuenta de que faltan los escombros. Busco los escombros entre los escombros de mi memoria. Los busco desesperadamente porque solo así soy capaz de verlos a ellos. Es a ellos a quien busco: a Ventura y a Isidro, niños, saltando entre casas rotas.

Me acerco al punto cero. Me voy aproximando, con mi viejo corazón de ahora, al lugar donde se me clavó la espina.

El día que se me clavó la espina estaba con papá y cayeron bombas.

«Estaba con papá y cayeron bombas». Eso era todo lo que me hubiese gustado recordar; así, como una frase que repites mucho hasta que deja de tener sentido, hasta que ya no brota ninguna imagen en tu mente cuando la pronuncias; como una oración, que existe en sí misma, en cada una de sus letras, pero que ya solo tiene el valor de su propio sonido, separado para siempre de su significado y que hay que esforzarse por volver a juntarlos en la mente.

Pero no. Aquí no se dio el caso. La frase estaba muy unida a un sonido, el de una sirena, y a una visión, la del infierno. Así lo estuvo siempre y así lo estará, pues se quedó grabado a fuego y aunque no es mi primer recuerdo, cada vez que me pregunto qué es lo primero que guardo en mi memoria, enseguida aflora el ruido de aquel día, y todos los anteriores y posteriores se reorganizan respecto a ese, como si ahí, en ese preciso instante comenzara de verdad mi vida, mi principio, el pistoletazo de salida.

La sirena era diferente a las que yo había oído hasta entonces. En mi barrio era distinta, y en ese momento yo no estaba en mi barrio. Los días anteriores habían sonado hasta la locura, y las bombas dejaron un montón de muertos en la ciudad; pero nosotros solo habíamos tenido que refugiarnos, como siempre, en el sótano del señor Joaquín.

—¡De valientes están los cementerios llenos! —decía mi madre muy enfadada ante la resistencia de papá a meterse allí.

Y es que, cuando daban la alarma, mi padre cogía el pico y la pala y nos llevaba rápidamente al sótano; sin embargo él, si ocurría durante el día, se quedaba en la calle con el librero e intentaban adivinar entre los dos dónde habían caído los proyectiles, o bien subía él solo a la azotea si era por la noche.

—Es que no puedo con las catacumbas, mujer —se excusaba mi padre.

—¿Qué son catacumbas, mamá? ¿Las piernas?

—No, hija. Son las cuevas donde rezaban los primeros cristianos.

—Pues si dejas de rezar, a lo mejor papá se viene al sótano.

No hubo manera. Ni lo uno ni lo otro.

Cuando sonaba el timbre del Ricardo Fuente, el grupo escolar donde trabajaba mi madre y al que había empezado a ir yo, nos refugiábamos en un sótano que tenía el edificio de al lado. Al principio estuve encantada de levantarme temprano, coger el tranvía y pasar allí toda la mañana. Luego, las bombas no nos dejaban dormir y ya no me hacía tanta gracia tener que madrugar. Así que, cuando los alemanes destruyeron «las salchichas» y cada vez teníamos menos tiempo para refugiarnos, mi madre decidió no llevarme más *de momento*.

—No me ofrece ninguna seguridad ese sitio donde nos metemos y esto está siendo ya insoportable —se quejaba mamá—. Todos los días lo mismo. Cada vez faltan más niños a clase, y no me extraña. Hoy solo he tenido a seis criaturas, y en los grupos de los pequeños es todavía peor. Todos temen separarse de sus hijos y que ocurra alguna desgracia, sobre todo por la zona donde estamos.

—Deberíais cerrar hasta que las aguas vuelvan a su cauce —le aconsejaba mi abuela.

—Nosotros seguiremos cumpliendo con nuestro deber mientras vaya un solo niño o nos diga lo contrario el Ministerio —aseguró ella muy digna.

—Pues esos redaños te pueden dar en la cabeza.

Y lo cierto es que casi le dan de verdad, pues el día que estaba yo con mi padre y cayeron bombas, algunas explotaron muy cerca del edificio donde se refugiaban. Ese fue su último día como maestra en el Grupo Escolar porque, al día siguiente, alguien del Ministerio se presentó allí para cerrarlo *de momento*, y cuando volvió a recogerme donde mi abuela, se encontró con la estrafalaria casa de muñecas. Vacía. Casi se desmaya del susto. Pero aun después de la tensión de las alarmas, el increíble pánico que provocaban las bombas, la preocupación por mi salud, la angustia del futuro incierto de la despensa, el desvelo por el miedo a quedarse sola de nuevo… a pesar de todo ello me parecía increíble y hasta me molestaba que ella siguiera pensando durante días en su trabajo, porque *todos temían separarse de sus hijos y que sucediese alguna desgracia*, y porque desde aquel fatídico día, yo la necesitaba a mi lado constantemente, con exclusividad. El Grupo Escolar no volvió a abrir, y yo no volví a separarme de ella hasta la noche que conocí a Ventura y a Isidro.

—¿Regresaré alguna vez a mi aula, Juan? —le preguntaba llorando a mi padre.

—Claro que sí, mujer —la consolaba papá, agarrándole las dos manos y buscando sus ojos—. Escucha. Vamos a ganar y todo volverá a ser como antes.

—¿Y qué pasará si no es así?

—No pienses eso, nunca. Será como yo te digo. No puede ser de otra forma. Además, ahora contamos con la ayuda de los rusos. Ya nos han mandado carros y cazas. Y enviarán muchas más armas. Con eso y con el nuevo Ejército Popular no puede haber derrota.

—Ya, el Ejército Popular. Muy bonita la estrellita roja, pero si tan eficiente es no sé por qué os tienen que movilizar a todos, que no han dejado títere con cabeza. ¡De veinte a cuarenta y cinco años! ¡Casi ná! Pero tú no irás ¡Que tú ya has tenido bastante! ¿No te parece?

Papá no contestó.

—Porque no querrás volver, ¿verdad? —preguntó mamá sonriendo «de medio lao», en espera de un «¡Nooo, ni loco!»

Silencio por respuesta.

Se puso seria, muy seria, y le agarró fuerte de la barbilla, obligándole a mirarla de frente.

—No querrás volver, ¿verdad? —preguntó de nuevo en un tono más alto, como riñéndole.

Papá bajó los ojos a las profundidades del mundo, y

entonces mamá, abriendo mucho los suyos, color avellana, le dijo en un susurro, lentamente, como si quisiera alargar la pregunta para retrasar la respuesta:

—No te harán volver, ¿verdad?

Quizá fuese viernes. Papá estaba sentado en su sillón tapizado de rayas hojeando el periódico, que cada vez traía menos páginas por falta de papel. Leyó algo que le inquietó, pues sin dejar de mirar el diario me dijo que bajaba un momento a donde el librero a hacer una lla-mada. No tardó mucho en subir de nuevo.

—Vístete y nos vamos a ver a un amigo mío y a buscar a mamá. ¿Quieres?

—¡Sí! —le respondí yo—. ¿Podemos coger un autobús de dos plantas?

—Bueno, ya veremos.

Papá me abrochaba los botones de la espalda de un vestido de cuadros verdes cuando sonó el timbre. Eran la Luisa y Chencho. Ella estaba muy arreglada; sin gusto, porque no lo tenía, pero arreglada. Parecía que fuese a salir; sin embargo, solo iba a colgar la ropa.

—Juan. ¿Puede usted ayudarme con una cuerda de tender? —le pidió a papá muy sonriente—. Se ha ido la escarpia y yo no tengo fuerza para clavarla de nuevo en esa pared tan dura que tiene la azotea.

—Faltaría más. Pero no me llame de usted.

—Entonces no lo haga usted. Llamarme de usted, quiero decir —dijo la Luisa con un ademán muy raro, soltando una risa chillona y teatral que yo no se la había oído nunca y que jamás se la volví a oír.

Chencho y yo nos quedamos un rato en casa hablando de algo, porque no había forma de hacerle jugar con mis cosas de niña.

—¿Subimos a ver a Pulgarcito y Rataplán? —le pregunté.

—Mi madre me ha dicho que me quede aquí.

—Pues yo subo.

—Vale. Voy contigo. Bajo un momento a mi casa y cojo las sobras.

—Te espero arriba.

Arriba me encontré una escena que solo entendí mucho más tarde. Mi padre cogía los hombros de la Luisa en un gesto que no se sabía si era para consolarla por alguna cosa o para evitar que se le arrimase. La intuición de que aquello era algo «de mayores» hizo que me quedase esperando a Chencho, agazapada, en el último peldaño de la escalera.

—Luisa, mire —decía papá con una voz pausada—. No es que usted no esté de buen ver, que sí lo está, y me siento halagado por esto, de veras, pero no puede ser. La entiendo, en serio, puedo comprender que está usted muy sola, pero piense en su marido, en sus hijos, en Elena, que le ha tomado aprecio de verdad. Yo estoy enamorado de mi mujer, no podría... Y usted seguro que también quiere mucho a su esposo.

Como la Luisa no decía nada y solo bajó la cabeza, muy seria, como avergonzada, papá le dio un pellizco en la mejilla, sonriendo, y se separó de ella.

—Bueno, esto ya está —dijo asegurando la cuerda de tender—. Y no lo piense, Luisa, que no tiene importancia; un mal día lo tiene cualquiera y esto no va a salir de aquí. Le doy mi palabra.

A lo mejor la Luisa, al final, sí que tenía algo de gusto, porque se le notaba a la legua que le gustaba mi padre. Solo tiempo después pude comprender la forma en que le miraba cuando, las noches que sonaban las sirenas, se cruzaba por las escaleras con papá en camiseta.

—Y tú, ¿de qué equipo eres, campeón? —le preguntó a Chencho revolviéndole el pelo—. ¿Del Metropolitano o del Chamartín?

—Del Atlético —respondió Chencho sin mucho interés.

—¿Qué te parece la paliza que les dieron a los de la Peña Amparo? Tres uno.

—Bien.

—Pero eso no es nada en comparación a los trece goles que le metimos a Bulgaria en el treinta y tres.

—Ya. Y mi padre dice que la copa del mundo la perdimos porque los árbitros italianos son unos tramposos.

—¡Entre otras cosas, Chencho, entre otras cosas! —exclamó riendo.

Mi padre me dijo que no me entretuviese demasiado allí arriba, que nos teníamos que ir.

Ya en el centro, fuimos directamente a La Pipa de Oro, donde mi padre solía comprar su tabaco y su papel de fumar Bambú, y que milagrosamente seguía en pie, pues el edificio de al lado estaba totalmente destruido. Seguimos andando, sorteando escombros y socavones en las calles. No hablamos, solo íbamos andando, callando el miedo y la pena que sentíamos por una hermosa ciudad que cada día lo era menos. Había grupos de hombres hablando frente a las casas rotas, mirando a otros que sacaban los trozos y los echaban a unos camiones. Una neblina extraña hacía que lo viésemos todo de color gris; era polvo, que se te agarraba a los ojos para cegarte y a la garganta para que no pudieses llorar. Empecé a toser y mi padre aceleró el paso para sacarme de allí. Dos avenidas después nos encontramos en Madrid, el Madrid que yo conocía, aunque también había cambiado en poco tiempo con todas esas banderas rojas en los balcones y aquellas pancartas que se extendían de lado a lado de las vías. Había una diferencia notable entre unas calles y otras. Unas eran grises, otras rojas. Muchas estaban ya secas, algunas mantenían su esplendor aún, «como un rosal en el que conviven las flores marchitas con los capullos recién abiertos», decía tristemente mamá, «...hasta que se ajen todas». Entonces papá le replicaba que «siempre que ha llovido ha *escampao*» y que no fuese agorera porque, que él supiese, nunca había dejado de llegar la primavera.

Ay, el bueno de papá. Sí; la vida no sería tan frágil si solo dependiese de una estación que siempre llega. Pero el árbol muere muchas veces en la espera... y se queda así, con la tierra como eje de simetría. Y se van pudriendo a la vez las ramas secas y las raíces muertas, hasta desparecer.

Mi padre y yo llegamos a una plaza en la que habían instalado una torreta. Encima de ella, un miliciano con uno de aquellos embudos metálicos en la mano, hablaba a voces estirando el cuello. Levantaba el brazo y lo sacudía, con el puño eternamente cerrado, mientras se desgañitaba diciendo que había llegado el momento de fortificar Madrid, de hacer de cada barriada una fortaleza, y la gente que escuchaba le respondía con «No pasarán» o «Viva el Quinto Regimiento». Había mucha agitación allí: las voces del miliciano, los vítores de los oyentes, coches con letras pintadas que pasaban demasiado rápido y hacían chirriar las ruedas al rodear la plaza. En uno de ellos, una miliciana sacaba medio cuerpo por la ventanilla y con un altavoz animaba a los hombres y a las mujeres a subirse en él. «¡A las fortis!», gritaba.

Yo, de la mano de mi padre, iba chocándome con personas hasta que por fin entramos en un café. Pero allí dentro fue peor. Estaba abarrotado, el bullicio era tremendo y había tanto humo que no se podía respirar. Milicianos por aquí y por allá fumaban, bebían, brindaban, voceaban, reían a carcajadas. Llegamos al mostrador, donde un dependiente molesto pedía por favor a algunos de ellos que no dejasen los fusiles encima de la barra. De pronto, un grupo comenzó a cantar: «Soldados, la patria nos llama a la lid, juremos por ella, vencer, vencer o morir». Y todos, incluyendo a mi padre y al enojado camarero, le siguieron. Cuando terminó la canción y la gente bajó los puños, papá siguió buscando a su amigo con la mirada. Por fin dio con él. Se sonrieron abiertamente mientras se abrían paso entre aquel gentío.

—¡Salud, Jesusito!

Aquel hombre era de la edad de mi padre más o menos, con la cara alargada, lentes, la frente más alta que yo había visto nunca y una sonrisa de niño inquieto, como la de Ventura cuando hacía alguna pifia.

—¡Juan, cuánto tiempo, coño! —le dijo su amigo golpeándole fuerte el hombro dos veces con la mano abierta.

—No hace tanto, camarada, pero es que tú no has parado. ¿Quién nos lo iba a decir aquella tarde, aquí mismo, cuando brindábamos por tu puesto de director en el Mundo Obrero? ¡Nueve meses y a parir al Ministerio!

—¡Calla, calla! —dijo mirando hacia los lados—. Que aquí aún hay gente que no me conoce, y mientras sea así podré seguir viniendo.

Otro espía, pensé yo. Un día se lo conté a Chencho, que no me creyó. Tiempo después, cuando vimos la cara de este hombre en un cartel y yo les decía a Ventura y a Isidro que ese espía era amigo de mi padre, tampoco me creyeron.

Se desalojó una mesa y pudimos sentarnos. Pidieron un par de cervezas y una limonada para mí. Estaba muy amarga. Todo empezaba a estar demasiado amargo y hasta mi abuela había dejado de hacer torrijas. Ni torrijas, ni tejas.

—He sabido por el periódico que habías vuelto de Barcelona. Tengo que comentarte algo importante. De momento es solo una idea, pero necesito tu apoyo para ponerla en marcha y llevarla a cabo.

—Miedo me das, Juanito. Tú y tus ideas.

—No es solo mía, es de todos los de la FETE. Todo quisqui sabe a estas alturas que la cosa va para más largo de lo que pensábamos. Tú has estado visitando el frente y te habrás dado cuenta de la cantidad de analfabetos que hay; cientos de ellos en cada brigada. Muchachos que ni siquiera pueden desahogarse escribiendo a sus padres o poniendo picardías a sus novias. Yo he estado allí, Jesús, y te aseguro que es una necesidad.

—¿Y qué es lo propones? ¿Enseñarles a leer en las trincheras?

—Efectivamente. Te estoy pidiendo apoyo para «Cultura del Miliciano».

El amigo de papá soltó una carcajada.

—¡Ya lo habéis bautizado y todo! —exclamó—. ¡Sois la hostia!

Mi padre habló y habló durante un montón de tiempo.

Su amigo escuchaba, asentía, y sonreía. Yo dejé de prestar atención hasta que oí:

—¿Y qué piensa la guapa de Elenita de todo esto?

—Aún no sabe nada —contestó papá.

Cuando salimos de allí, la plaza había vuelto a la normalidad, pero los vehículos seguían pasando demasiado rápido, tanto que casi atropellan a una anciana que no podía correr para cruzar y que se cayó al suelo del susto. Gritó gimoteando con rabia: «¿Dónde están los guardias?». «En el frente, señora», le contestó un hombre ayudándola a levantarse.

Del mitin había quedado una siembra de pasquines y decenas de carteles estampados en las fachadas; y recordé lo que decía mi abuelo sacudiendo su periódico en el borde de la mesa: «Esto está siendo una guerra de papel».

Pero no. Mi abuelo estaba equivocado. No era solo de papel. Era una guerra de lo inesperado, del sobresalto que te encoge el corazón cuando empiezas a oír el sonido de la sirena; esa sirena que no conozco y que me sorprende y sorprende a papá por unos segundos. Era una guerra de alteración de las cosas, de vamos a jugar todos al *escondite*, de la mano de mi padre apretando la mía, de agitación y de pánico en los rostros de la gente; gente que se cruza en todas direcciones, sin saber muy bien hacia dónde ir, ya aprenderán. Personas que estorban, ancianos que nos entorpecen a mi padre y a mí en nuestra huida de aquel lugar. Mujeres con el pavor en el semblante, espantadas como hormigas cuando pisas su agujero, desorientadas. Individuos que corren y se caen, no sé si se levantan. Niños aterrados siguiendo una falda y bebés que lloran de susto en un regazo incómodo que bota en la carrera. El runrún de tres aviones que no son de papel; tres aparatos negros que se oyen solo cuando la cadencia de la sirena lo permite, una sirena con plenos poderes para mandar parar a un autobús de esos de dos plantas allí, muy cerca de nosotros, a unos metros del portal— «ya no hay tiempo, aquí mismo. ¡Abran!»— donde a papá se le queda el cuerpo pequeño intentando refugiarme. Una guerra de cruel espera, de «tranquila, hija», de la tensión de unos brazos fuertes, de olor al jabón de afeitar de mi padre, de rezos y susurros de otras gentes refugiadas allí dentro, que esperan también, que también tienen vida. Silbidos. Nadie habla. Silbidos reales de bombas reales; no es Chencho jugando a derribar barcos, porque el silbo no va a menos, sino a más, y la explosión final no es un «¡Bummm!» hecho con su boca. Y es que no se escucha desde arriba, lo escucho desde abajo. Y abajo es un estampido monstruoso el que se oye, es el temblor del mundo en los estertores de su muerte, que hace que perdamos el equilibrio y nos caigamos o nos tiremos, no lo sé. El estallido de los cristales con la inútil cinta engomada, el aire caliente que levanta la falda de mi vestido de cuadros verdes; la manía de tener que mirar y ver, aunque papá te esconda la cara, la visión irreal de alguien, quizá incompleto, volando por la calle, lanzado a lo largo de ella como si fuera un muñeco de trapo; o puede que fuese en realidad un trapo entre piedras, cristales y polvo. No, venga, no lo era; tenían botas, aquellas piernas tenían botas.

Otro zambombazo. El estruendo se mezcla con otros silbidos que suenan más lejos. ¿Cuántas bombas pueden arrojar? ¿Podrían destruir Madrid entero? Me evado por unos instantes. Se hace el silencio imposible, porque es imposible que haya silencio cuando se están derrumbando hogares y vidas, pero nosotros solo tenemos oídos para los zumbidos de los aviones, «que se vayan, que se vayan». Parece que se alejan. No, vuelven. Papá se recoloca y me abraza con más fuerza. No, se alejan. Esperamos. Nos contenemos, aunque queremos con toda el alma escapar de allí, llegar a nuestra casa, con nuestra familia, con mamá. ¿Y mamá? ¿Dónde estará ahora mamá?

El silencio humano acaba. Poco a poco, como si estuviésemos desperezándonos de un largo sueño, comienzan los tímidos movimientos, las toses por la polvareda que ha entrado, los ayes y los quejidos, los Virgen Santa, los «¿alguien está herido?», los «no, gracias a Dios», los «sí, aquí», el enorme trozo de cristal que como un cuchillo ha atravesado la pantorrilla de un hombre, un hombre que se desangra. ¿Cuánta sangre tiene un hombre? Me resbalo en ella cuando, de la mano de papá, salimos hacia la calle a buscar una ambulancia. El juego del *escondite* ha terminado.

No, no era de papel esta guerra. Era de una calle devastada, de cascotes y tierra, hierros y madera, de humo y de fuego, de más toses, de olor a cerillas quemadas, de gritos de gente que no podemos ver por el polvo, de socorro, de auxilio, de ayúdenme, de adentrarnos hacia lo desconocido y toparnos de frente con el infierno. El autobús de dos plantas es ahora un amasijo de hojalata que arde estampado sobre la pared de un edificio que no estará mucho más tiempo en pie. Una mujer se desgañita, Miguel, Miguel. Un niño llora de rodillas al lado de algo con vestido, sin mirarlo, con los brazos caídos, solo mueve el pecho, que se agita con cada sollozo. Una anciana busca algo desesperadamente entre cascotes. Esta guerra no es de papel. Es de mi padre que me dice que espere aquí, del miedo a que desaparezca entre esa niebla y quedarme sola, entre un brazo suelto por ahí y un trozo de pelo con sangre por allá, del asco y de la arcada, desconsuelo de un bebé que llora en algún sitio, una abuela paralizada que espera, mientras le ahoga la angustia, a que mi padre retire los escombros, que pesan, porque no son de papel, de encima del cuerpo de una niña. La tiende sobre el suelo. Se estremece, agoniza. Desazón. Muerte. Alarido y llanto. El viento retira un poco el polvo y aparece ante mí más gente, viva y no viva. Olor a caca, a descomposición. Y ahí sigue el llanto agudo del bebé, un llanto que suena muy cerca; un llanto de un bebé que se agita sobre un brazo de madre sucia, ensangrentada, muerta. Allí, a mi lado. Sofoco. Congoja. «¡Papá!, ¡papá!». Sirenas de ambulancias y bomberos. No me oye. Ni a mí ni al bebé. Siglos esperando a mi padre, que intenta ayudar a alguien, pero me parece que esta vez *el escondite* es sin rescate. Con el ruido no puedo oír al niño, pero veo sus muecas de llanto. Miro alrededor, voy hacia él, lo cojo, lo separo del cuerpo de su madre. Lo sujeto en el aire por debajo de sus bracitos, patalea. No sé qué hacer con él. ¡Papá, papá!

Papá se lo da a una mujer, que lo mete en una ambulancia, y yo siento una pérdida muy grande. Podríamos habérnoslo quedado. Podría haber sido el consuelo de todo aquello. Pero no. Porque esta guerra no era de papel; esta guerra fue un reventón de la vida.

XIII

«Elena, me han reclutado, no me queda otra», decía papá pegado a la puerta del cuarto de baño. «Anda, sal de ahí, no seas niña. ¿No entiendes que, o me voy al norte y hago algo de provecho, o dentro de nada me envían al frente a pegar tiros a diestro y siniestro, sin más?».

Mi madre dejó de gimotear. Al poco, pude oír el sonido del cerrojo. Papá giró el pomo, entró en el baño y cerró la puerta tras de sí.

Los abuelos y yo esperábamos sentados el desenlace de aquello. El abuelo, pensativo, doblaba y estiraba el periódico sobre la mesa, una y otra vez. La abuela, con los ojos lacrimosos, se limpiaba la nariz con un pañuelo, también una y otra vez, como si se hubiese rayado el disco de nuestras vidas en esos minutos.

Cuando por fin salieron, mi madre estaba más tranquila y papá nos explicó a todos aquello de la Cultura del Miliciano, eso de «enseñarles a leer y escribir en los ratos muertos, que no hay pocos; y quién sabe si las cuatro reglas, aunque esperemos que no dé tiempo».

Pero tiempo hubo de sobra. Mi padre se volvió a marchar, esta vez a Santander, porque había que organizar el asunto en toda la zona y le había tocado a suertes, «a malas suertes» que decía mamá.

—Nunca se sabe dónde está la buena o la mala fortuna —aseguraba él—. Jesús Hernández nos apoya, y como ministro puede hacer muchas cosas, puede crear toda una institución, conseguir dotaciones en los presupuestos del Ministerio de Instrucción Pública. Pero antes necesita un ensayo, una prueba. Necesita que tanteemos a ver cómo responden los muchachos. Tendrá argumentos de sobra en poco tiempo; pongo la mano en el fuego por ello.

—Pero yo estaría más tranquila si te quedases aquí en Madrid, aunque tuvieses que estar en el frente. Yo podría ir a verte y…

—¡Cá! —interrumpió el abuelo negando con la cabeza—. El frente de Madrid es el más peligroso en estos momentos.

—Es cierto, Elena —aseguró papá—. En una cosa así nunca se sabe, pero tenemos que confiar en nuestra buena estrella. Si me ha tocado Santander, pues a Santander. Solo necesito que vosotros os cuidéis mucho aquí.

—Santander… Santander —repetía mamá con la mirada perdida—. Santander…

Para bien o para mal, mi padre se fue enseguida. Si la partida hubiera sido tan solo dos días más tarde, se hubiese tenido que quedar, pues si nos parecía que las cosas andaban ya mal, no sabíamos cuánto podían empeorar todavía. Comenzaron a oírse bombas y cañonazos a todas horas. Se decía que los enemigos estaban llamando de aquella forma a las puertas de Madrid, pero ¡no les abriríamos, no pasarían! La sirena sonaba tan frecuentemente que era una verdadera tortura tener que bajar al sótano a cada rato, sobre todo para mi abuela, que ya no estaba tan ágil como cuando tenía veinte años. Yo, después de la terrible experiencia días atrás, lo único que no quería era que el bombardeo me pillase en la calle; así que, allí dentro, me sentía a salvo. Con mamá y la abuela en aquel sótano nada malo podía suceder, aunque ellas parecía que no lo sabían , y eso debía ser porque no habían vivido lo que yo; así que, de alguna manera, empecé a sentirme muy valiente, más que ellas, más que Chencho, aunque no tanto como el abuelo. Mi abuelo procedía de la misma forma que mi padre, cosa de familia: nos acompañaba hasta allí abajo y él se quedaba fuera con el pico y la pala. Pero ya no estaba el librero para hacerle compañía, pues había mandado a su mujer y a sus hijos a Levante, había protegido la entrada y el pequeño escaparate de su librería con una contraventana metálica y él se había alistado en no sé qué batallón. El bueno del señor Joaquín nos había entregado la llave y nos dijo que utilizásemos el teléfono si era necesario. Incluso nos dejó apuntado en un papel, al lado del aparato, el número de los bomberos y el de la ambulancia. No volvimos a verle. De él supimos tiempo después que le habían herido en el frente. Había perdido una pierna y le habían evacuado a Levante, con su familia. Mi madre lloró mucho cuando se enteró.

—Venga, Elena, no penes más —la consolaba mi abuela—. Le pondrán una de palo, que ya las hacen muy bien, no es como antes, y cualquier día lo tenemos por aquí.

—Dios mío... Juan... Juan... Dios mío, protégele —decía mamá.

Muchas veces imaginé al señor Joaquín volviendo como un bucanero; con un parche en el ojo, su pata de palo y un loro verde en el hombro. Luego, cuando empezaron a verse por la calle a muchos hombres sin un brazo o sin una pierna o sin las dos cosas, me di cuenta de que no era lo mismo, de que no vestían con bombachos de colores ni llevaban pañuelos anudados en la cabeza. Estos no. Estos eran respetados durante un tiempo; luego se convertían en seres desharrapados que no causaban admiración o temor como los piratas, sino lástima y rechazo. Después de la guerra solo rechazo.

En cuanto la alarma antiaérea pasaba o incluso antes de que acabara, los coches circulaban por la calle, con alguna mujer cantando la Internacional, arengando a los hombres a la lucha y a las mujeres, ancianos y niños a construir barricadas. Mi abuelo no podía levantar piedras porque lo tenía prohibido por el médico; así que, como algo tenía que hacer, se fue hasta la Gran Vía y cedió todos los muebles que quedaban en su casa de muñecas.

—¡No me lo puedo creer! —gritaba mi abuela—. ¡No me lo puedo creer! ¡Cosme, esto no te lo perdono! Dar mis muebles... para barricadas... pero ¿tú estás bien de la cabeza? ¡No nos va a quedar uno vivo!

—¿Cuántos crees que quedarían si entran esos cabrones en tu Gran Vía? —le preguntó mi abuelo—. Porque según La Voz, han ofrecido a los moros dos días de saqueo libre y a las mujeres madrileñas como botín, si son capaces de entrar en la ciudad.

—¿Qué es saqueo, mamá?

Y mi madre, que como buena maestra siempre respondía a los «qué significa», contestó.

—Que pueden robar lo que quieran, llevarse lo que les dé la gana.

Entonces... ¿podían llevarse a las mujeres? ¿A mi madre y a mi abuela también? Mi madre era muy guapa y muy lista, y mi abuela cocinaba muy bien. Era seguro que si entraban se las llevarían.

Todos contribuimos a la defensa de Madrid. Aquella misma tarde, cuando empezaba a caer el sol y todo estuvo ya un poco más tranquilo, mi madre nos sorprendió en la salita cargada con el colchón de la cama turca enrollado y atado. Dijo que se iba a echar una mano a la barricada de Cuatro Caminos. «Si Juan está haciendo el que se supone mi trabajo en Santander, tendré yo que hacer el suyo aquí», dijo. «Si esos entran en Madrid, solo Dios sabe cuándo volveríamos a verle».

Mi abuela dejó la plancha sobre el hierro, le pidió a mi madre la llave del cuarto de mi hermanito y le dijo que la esperase. Cogió unos cuantos sacos vacíos y dijo que ella también iba. El abuelo se quedó solo, escuchando «El cóctel del día» en la radio, porque, por mucho que insistieron en que me quedase con él, yo no quise separarme de mamá. Al bajar los primeros escalones, le dije a mi madre que a lo mejor Chencho y la Luisa también querían venir. Lo pensó durante un momento, «no sé yo...» pero al final acabó llamando a su puerta. La mirilla giró y justo después abrió la puerta Chencho, que estaba solo.

—¿Dónde está tu madre?

—No sé, salió a no sé dónde.

—Este crío no puede estar aquí solo —dijo mi abuela—.

Que se venga con nosotras. Voy a avisar a Cosme para que esté pendiente y se lo diga a su madre cuando vuelva.

Así, nos fuimos Chencho y yo, con una sonrisa de oreja a oreja hacia «las fortis».

Cuando llegamos, había bastante gente allí; hombres, mujeres y niños. Unos cuantos milicianos de gorra roja y negra parecían organizar todo aquello y le agradecieron mucho a mi madre el colchón. Tenían un camión pintado con las letras C.N.T. por todas partes, incluso en los cristales, y Chencho dijo que era suyo porque llevaba sus iniciales: Crescencio Nieto Torres. Yo reí, sabía que me estaba tomando el pelo, pero ya siempre que viese esas letras me acordaría de aquel vecinillo mío.

En esa faena de fortificar Madrid, unos se dedicaban a picar el suelo y sacar de la calzada los adoquines que utilizaban otros para hacer un muro. Las mujeres llenaban sacos con la tierra y las piedras que salían del suelo. Chencho y yo, al principio, también ayudamos a llevar adoquines, y nos sentíamos la mar de orgullosos cuando nos llamaban «compañeros» y nos decían que nosotros éramos el futuro de Madrid libre. Pero acabamos cansándonos, y cuando vimos a otros niños que ya habían dejado de ayudar y se dedicaban a jugar al «un, dos, tres, carabín, carabán», entregamos la última piedra y nos unimos a ellos.

Lo pasamos muy bien; por un rato olvidé el día que estaba con papá y cayeron bombas. No sentí la espina. No recordé la casa de muñecas, ni que mi padre se había vuelto a marchar. Arrinconé el miedo y jugué, solo jugué. Estábamos allí seis o siete niños jugando como si nada, y eso era todo lo que existió en mi mundo durante un hermoso rato… hasta que apareció la Luisa, que cogió a Chencho del brazo y se lo llevó, a pesar de sus protestas.

Cuando llegamos a casa, mi abuelo le relató a mi madre algo bastante extraño sobre un coche del que había visto salir a la vecina.

—¡Aquí me gustaría a mí ver a Jesusito y compañía! —renegaba mamá por la mañana, después de echarle un ojo al periódico—. Pero no, cuando hay nubarrones…

por patas. Siempre son los mismos camándulas los que salen de rositas.

—Sabes que si se quedan y entran los facciosos no tienen posibilidad alguna, Elena —aseguró el abuelo.

—¿Y nosotros? ¿Tenemos posibilidad nosotros? ¿Acaso tienen posibilidad las miles de personas comprometidas con la causa que se quedan en Madrid? Desengáñese, no son los capitanes de barco que habían creído; no se hundirán con el buque, no se hundirán con Madrid.

¿Posibilidad de qué?; pensé yo. ¿Si entraban los malos, Madrid se iba a hundir? ¿Por las bombas?

—El General Miaja, ese sí —sostenía ella—. Ese valiente que se queda aquí debería ser el presidente.

—Pero Elena, ¿no entiendes que pase lo que pase, mientras haya un gobierno, habrá una república? Si no hay gobierno, se acabó. Si no hay un gobierno democrático seríamos como ellos.

—Pues que nombren una camarilla de mandamases en la reserva y los mantengan entre algodones por si acaso; pero no a estos caguetas que ponen pies en polvorosa. ¡Que den el callo como todo hijo de vecino, porque de esta forma, si no son unos cobardes, lo están pareciendo!

Mamá estaba tan enfadada porque los ministros, el presidente ¡y hasta el alcalde! se habían ido a Valencia. Y es que la entrada del «nano filo de hundido» parecía inminente. Tan inminente, que cuando llegaron los soldados de las Brigadas Internacionales y la gente escuchó a algunos hablar en alemán e italiano, se pensaron que eran franquistas y que ya habían entrado en la ciudad. El rumor corrió como la pólvora.

«¡Eh, vecinos! Todo ha terminado», gritó la Luisa alborozada, radiante. «Han pasado, el ejército de Franco ha pasado».

Y entonces vi a los moros cómo entraban en mi casa, con sus turbantes blancos y un sable en la mano. Revolvían los armarios, abrían el cajón de los tesoros de mi madre y se metían en los bolsillos la polvera, el pisapapeles con forma de mano y el monedero de plata. Tiraban las cartas de mi padre por el suelo. Encontraron mis muñecos y les arrancaron la cabeza mientras reían a car-

cajadas. Al ver cerrado el cuarto de mi hermanito, tiraron la puerta abajo de una patada y empezaron a comerse todo lo que allí había. En ese momento, apareció la Luisa, que vio lo que escondía aquella habitación secreta y dijo que «ya le parecía a ella que…» y les pidió por favor que no se llevaran la Singer, que se llevaran a su hijo Chencho si querían, pero que le dejaran la máquina de coser. Le contestaron en un perfecto castellano que para qué iban a querer ellos a un crío, que no, que se llevaban la máquina, a mi madre, a mi abuela y a ella. En ese momento, sin aviso, sin sirenas, empezaron a caer bombas y más bombas. «Al sótano», gritaba mi abuelo. Pero un moro dijo que no, que daba igual, porque Madrid se iba a hundir.

—¡Menudo susto le ha dado esa tonta de Luisa a mi niña! —dijo mi abuela cuando recuperé la presencia.

—Esto no es normal, por mucho que digan —suspiraba mamá pasándome un paño húmedo por la frente—. Voy a llevarla de nuevo a don Pascual. Ahora mismo. Mejor que la mire ahora que mañana, que quizá hoy pueda ver algo que luego no.

Así que fuimos de nuevo a la consulta del lechuguino. Esta vez nos acompañó mi abuela. Mi abuelo nos aconsejó que cogiésemos el metro porque era más seguro, y así lo hicimos. Sí, allí estábamos a salvo de las bombas, pero estaba muy lejos de ser seguro. Había tal cantidad de gente dentro que era muy difícil llegar a los vagones: ancianos tumbados en el suelo, mujeres con enormes líos de ropa y cacharros, niños correteando de aquí para allá entre gente que no iba a ningún sitio, que solo se disponía a pasar la noche allí, bajo aquella seguridad, o personas que quizá ya habían perdido su casa y no tenían a dónde ir. Había un griterío enorme que rebotaba en las paredes abovedadas, y por si ese bullicio no fuese bastante, mientras esperábamos se produjo una pelea justo a nuestra vera. Un señor culpaba a otro más joven de haberle empujado y de que casi se había caído a las vías. El otro le dijo que «Quita, hombre, no será pa'tanto», y que si algún día sucediera eso, se pedía a la gachí que llevaba del brazo. El señor soltó a la señorita que le acompañaba y le arreó un puñetazo al joven, que no sonó como en las películas de vaqueros, y se desencadenó una trifulca que desconozco cómo acabó porque gracias a Dios llegó el tren y salimos de allí. Y lo malo, como dijo mamá, es que a la vuelta estaría peor y no teníamos más remedio que volver en el metro, pues sería tarde para el tranvía o el autobús y ya no se encontraban taxis en Madrid.

Fuimos andando un trecho hasta la calle de Goya, viendo andamios sobre las fachadas, desfiles de gente con pancartas que decían «Aprended el manejo de las armas», «Preferimos ser viudas de héroe que mujeres de cobardes», y cosas así. «¡Mira éstas! ¡Qué ricas!», decía mi madre. «¡Como si estuviese casada alguna de ellas!». No entendía el desprecio de mi madre por esas milicianas y esperaba que cambiase de opinión algún día, porque yo, de mayor, iba a ser como ellas. Nos dieron un panfleto, firmado por el Quinto Regimiento, que conservé siempre junto a las cartas de mi padre:

«MADRILEÑOS:

Vuestra serenidad y vuestra decisión de defender Madrid da la seguridad de que nuestra ciudad estará perfectamente defendida. Pero para ello debéis cumplir sin vacilar las siguientes consignas: Si el enemigo consigue penetrar en nuestras calles por algún sector de lucha, el pueblo de Madrid debe estar preparado para hacer imposible su avance, atacándole sin descanso de la siguiente forma:

Primero. Cada vecino de Madrid debe proveerse de botellas de gasolina, las cuales irán tapadas con algodones, que se prenderán en el momento de ser lanzadas desde los balcones, ventanas, tejados, etc., contra los tanques, camiones blindados que consiguieran penetrar por las calles de Madrid. Empleando esta arma de ataque con serenidad, se podrán contener los avances de las hordas fascistas, librando a Madrid de sus crímenes.

Segundo. La quinta columna, de la cual quedan restos en Madrid, debe ser exterminada en plazo de horas. Para ello, los vecinos de cada casa deben constituir sus Comités donde no los haya, y reforzarlos donde ya existan, designando un responsable de investigación, haciendo nuevos registros para buscar armas y montando una vigilancia permanente en azoteas, tejados y portales.

Tercero. Los vecinos de todas las barriadas deben organizar la lucha en los cruces de calle, formando barricadas, trincheras, montando servicio de vigilancia a base de grupos armados de vecinos, quienes deben emplear toda clase de iniciativas para luchar contra las fuerzas fascistas en estos puntos estratégicos.

Cuarto. Desde este momento, cada madrileño debe ver su casa como una fortaleza, a la cual pondrá en condiciones de que sea un baluarte de la independencia de nuestro pueblo, desde la que se ataque en lucha encarnizada a los moros y legionarios extranjeros.

Cumpliendo estas consignas que el 5º Regimiento da al pueblo de Madrid para su defensa, el fascismo será aplastado, encontrando su tumba en las calles y plazas de la capital de la República. El 2 de mayo de 1808 puede repetirse en nuestra querida ciudad, con la ventaja para el pueblo de salir victorioso de él. Viejos, mujeres y niños están a estas horas movilizados para defender Madrid. Organizando estos esfuerzos, nuestro pueblo será invencible.»

Cuando llegamos a la consulta de don Pascual, nos recibió la secretaria y nos dijo que la hora de consulta había pasado. Mi madre le dijo mi nombre, le explicó que la niña era ya paciente del doctor, que si no se acordaba de ella; le recordó que había estado allí tan solo unos días antes, le suplicó que le dijera al doctor que era cuestión de vida o muerte. La señorita la miró con gesto torvo, lo pensó un momento, chascó la lengua y se dirigió hacia el fondo del pasillo. Al momento la vimos volver, desfilando por aquel corredor como una absurda maniquí. Cuando llegó nos dijo que podíamos pasar mi madre y yo. «Usted puede quedarse en la sala de espera»; le indicó a mi abuela.

Entramos y el doctor saludó a mamá muy amablemente, besándole la mano. Luego frunció el ceño y torció la boca en una mueca infantil. «Con que cuestión de vida o muerte, ¿eh?», dijo sonriendo. Y antes de preguntar cualquier otra cosa se interesó por papá; que si no había venido con ella, que si dónde estaba... Mi madre contestó rápidamente, ansiosa por contarle lo que le había llevado hasta allí, que después de todas las tonterías que me hizo hacer de nuevo, no era otra cosa que «nada, absolutamente nada; un susto, como la otra vez». «De todas formas me gustaría llevarle un seguimiento, por si acaso», dijo el doctor.

Después, cuando ya teníamos que haber salido, se entretuvo preguntando a mamá de dónde era, dónde vivía, sola o acompañada, a qué se dedicaba... y mi madre le respondía a sus preguntas de una manera relajada, despreocupada ya por mi estado de salud. «Vuelva usted con la niña en unos días, para reconocerla de nuevo. Nos quedaremos más tranquilos».

Mi madre le dio las gracias, se despidió y él se levantó rápidamente a abrirnos la puerta de la habitación. Volvió a besar la mano de mamá y a mí me hizo una caricia en el pelo sin mirarme.

No me gustaba el doctor Pascual; pero, aunque no en unos días, hubo que volver.

Papá estuvo en Santander hasta poco después de la Navidad. No dejó de mandar cartas, tarjetas de campaña y hasta varias fotografías de él, enseñando a los milicianos de la II Columna de Ontaneda, en los lugares más insospechados: apoyados en rocas, en un cementerio, en las trincheras, encima de un tanque... Contaba que su misión estaba siendo un éxito allí, que recibía constantes felicitaciones del Comandante Bueno, del que estaba a las órdenes, y que, como ya sabría mamá por el sindicato, en las demás zonas también estaban sacando el proyecto para adelante.

También decía que si llega a saber cómo se habían puesto las cosas en Madrid no nos hubiese dejado, que muchas veces había hablado con sus superiores para que le dejasen volver, pero había sido imposible. Nos explicó que asaltaba en el puerto a cualquiera que llegaba de Madrid para preguntarle sobre la situación real en la capital, pues aunque tenían radio y leía decenas de periódicos al día, no se fiaba mucho de la prensa española por eso de que «cada uno barre para su casa». Gracias a que sabía francés y un poco de inglés podía leer también la extranjera, pero tampoco resultaban veraces al cien porque les encantaba exagerar las cosas; de tal modo que un día se había ganado un buen arresto porque se volvió loco al leer en un diario gabacho que la ciudad de Madrid había sido completamente arrasada. A punta de fusil, le dijo al conductor de un camión de guerra que se bajase, que él tenía que llegar a Madrid como fuese, aunque tuviese que cruzar la zona nacional. No lo hizo gracias a sus compañeros, que le convencieron de que eso tenía que ser mentira porque, si así fuese, se oiría «el cara al sol» desde allí, que los franceses estaban chalados y que esperase a la correspondencia de su mujer.

En una de las cartas, dijo estar enterado de la requisa que se estaba haciendo de colchones y mantas en Madrid, y aconsejaba a mamá que si se acercaban por allí los milicianos, les enseñara el documento que probaba que mi padre era un sargento en activo. No tenía ni idea de que mi madre ya no tenía colchón de sobra que dar; no sabía que estaba donando sangre para los heridos, ni que a pesar de que le ofrecieron seguir enseñando a niños en una academia privada, lo había rechazado para ir a un taller de voluntarias donde confeccionaban ropa de abrigo para los soldados; tampoco que intentó ir, voluntaria también, al llamamiento que hizo el Casino , convertido en hospital de sangre, para ayudar como enfermera, pero como yo no me separaba de ella, no había podido y había ido la abuela en sustitución, que por cierto llegó diciendo que le habían dicho que la señora de Azaña, el presidente de la República, había trabajado allí de incógnito días atrás. Mamá le contaba en sus cartas que estaban llegando a Madrid las Brigadas Internacionales, antifascistas de todo el mundo para ayudarnos en la lucha, pero no le informó de que tuvimos que visitar de nuevo al lechuguino por culpa de la Luisa. Le reseñaba sobre la evacuación de las obras del Museo del Prado y la Biblioteca Nacional porque esa gente inculta e insensible no tenía miramientos con el arte, y que habían destrozado el Palacio de Liria que tanto le gustaba a ella; en cambio, nada sobre los bombardeos diarios, tan graves que el abuelo dormía con pantalones, que Madrid estaba cubierto de humo y los edificios ardían durante días por las bombas incendiarias. Tampoco que, espantados y desesperados, habíamos intentado mudarnos a la casa de la difunta tía Queti y que no habíamos podido porque ya lo habían ocupado los evacuados. Mi madre le hablaba de la pasión que levantaba el espectáculo de los combates aéreos de los *fiat* y los *chatos* sobre la ciudad; sin embargo, nada le dijo sobre el cadáver descuartizado del piloto republicano que habían lanzado los enemigos en un paracaídas. Le enteraba de que la tarjeta de abastecimiento estaba en marcha; en cambio, no hizo mención a que tenía que levantarse a las cinco de la mañana para hacer cola aunque no abrían hasta las nueve, ni que a veces las mujeres se peleaban por la vez y los milicianos tenían que disparar al aire. Mamá le relataba cosas como que Fulanito, compañero suyo, se había alistado en el Batallón de la Pluma, o que se había topado con Menganito y le mandaba muchos saludos...; y le decía que Madrid ya no era Madrid, pero que sus habitantes eran más madrileños que nunca.

Solo cuando volvió en Navidad, mi padre pudo ver que

Sol estaba desierto, con hoyos enormes, cascotes y rieles de tranvía por todos lados; que había edificios quemados, escombros, zanjas y barricadas por doquier; en fin, que aquello había sido «la intemerata».

Durante los días que estuvo mi padre en casa por las fiestas, no hubo que bajar al sótano, y la Luisa no se dejó ver, a pesar de que mi madre insistió en que subieran a tomar un chinchón en la Nochebuena. Puso como excusa que estaba esperando a su marido, pero nadie se acercó por allí a verla. Eso sí, el día de fin de año, ese «año bisiesto que a ver si se acaba ya de una vez», Chencho subió a enseñarme los regalos que le había traído su padre, porque por donde él trabajaba ya habían pasado los Reyes Magos. Eran juguetes muy bonitos, pero el que más le gustó a Chencho fue un tren con un largo recorrido de vías con el que pasamos toda la tarde jugando. Por la noche, mis abuelos, que desde hacía tiempo seguían la costumbre de comerse las doce uvas en la Puerta del Sol, ese año no pudieron hacerlo. Solo escuchamos doce cañonazos.

Yo, por esos días, solo pensaba en que llegase por fin la noche de Reyes. Había escrito mi primera carta de verdad a los auténticos Magos, porque eso del Día del Niño era una tontería; y aunque a Chencho se le había escapado que los Reyes eran los padres, yo me negaba a admitir que ahora, precisamente ahora que sabía escribir tan bien, no sirviese para nada. Deseché la idea por absurda y les pedí que me trajesen un perro. A pesar de los esfuerzos de mi madre por hacerme cambiar de opinión, —que si a los cachorros no se los podía llevar en los sacos, que se morían, que si mejor que les pidiera la muñeca Victoria que era preciosa— mi carta terminó así: «*Me da igual el animal que sea. El caso es que sea mío*».

Tuve que jugar con Victoria, que tampoco era para tanto, en el sótano durante casi todo el día.

XIV

Cultura del Miliciano se hizo importante. Mi padre en Santander, y sus correligionarios allí donde les hubiese tocado, demostraron que era posible y tuvieron unos resultados asombrosos. Así que los Reyes Magos les llevaron el dinero y el apoyo necesario. Pero el gobierno le cambió el nombre, probablemente para decir que había sido idea suya. Ahora se llamaba *Milicias de la Cultura*, y papá se quejaba un poco de las Cartillas Escolares Antifascistas:

«Me hubiese gustado enseñar a estos muchachos a ser librepensadores, mostrarles todas las posibilidades y que pudieran decidir por sí mismos. Pero luego pienso que elegirían lo correcto, que estarían aquí de todas formas, incluso con más motivos que ahora, al igual que los grandes sabios, los buenos intelectuales… De cualquier forma, la finalidad política carece de importancia. Esta empresa es mucho más que eso. *Milicias de la Cultura* no se quedará en esta guerra».

Cuando los abuelos se fueron a Valencia, la Luisa subió a casa y le dijo a mi madre que no se preocupara, que se tenían la una a la otra, y que si quería y me compraba alguna tela para un vestido, ella me lo cortaba y lo hacían entre las dos por las tardes en buena compañía.

Mientras cosían mi vestido de flores rosas en la salita de casa, mamá no decía mucho a los comentarios de la Luisa.

—Pues te digo yo, Elena, que tu marido se ha ido a hacer el tonto. Porque ya me contarás lo que van a aprender esos en esas condiciones. ¡Si dicen que no hacen más que estar con fulanas y cogerse bichos y enfermedades! —parloteaba con ese gesto de asco tan suyo.

—Algo hará, mujer, que no son todos iguales.

—¡Todos son iguales! Te lo digo yo.

Y un día, cuando volvíamos del Socorro Rojo de Príncipe de Vergara, donde mi madre donaba sangre para los heridos del frente, se paró de golpe en la acera para mirar un cartel pegado en la pared. Tenía pintado un libro abierto sobre una estrella roja y decía que «*Milicias de la Cultura* ha enseñado a leer y escribir en un mes a 13.142 soldados analfabetos». Mi madre miró hacia los lados y me dijo que lo que iba a hacer no estaba bien, que yo no lo hiciese nunca. Cogió las puntas del cartel y fue tirando con cuidado, despegándolo de la pared. Lo enrolló y lo llevó en la mano hasta casa.

Al día siguiente, cuando la Luisa subió de nuevo a coser en mi vestido, pudo ver, delante de ella, el cartel, perfectamente enmarcado en la moldura del cuadro de Fernando de los Ríos.

Por entonces fue cuando mi madre recibió una carta de papá con noticias inesperadas. De la noche a la mañana, le habían enviado al valle del Jarama, había dejado de ser miliciano de la cultura para incorporarse a la XII Brigada Internacional como «periboche», que así llamaban a los intérpretes. Y es que, según decía, aquello era como una gran torre de Babel, y se hacía necesario cualquiera que supiese hablar francés, que era, en teoría, la lengua común en la que se entendían.

«Anoche me incorporaron a la segunda compañía franco-belga del batallón André Marty, que estaba defendiendo el puente de Pindoque. Me llevaron allí en un coche —a paso de tortuga porque íbamos sin luces para evitar ser vistos, corriendo el riesgo de pernos y acabar en el lado enemigo— y me pusieron a las órdenes del Teniente Martín. A las pocas horas, de madrugada, los moros nos han atacado por sorpresa, en silencio, a cuchillo con los compañeros que hacían guardia, y hemos tenido que volar el puente para evitar que pasaran; pero hemos tenido muy mala suerte: como si no quisiera romperse, se levantó y volvió a caer sobre sus pilares. Increíble. Hemos tenido que salir pitando hacia Morata de Tajuña. Ha muerto casi toda la compañía. Esto se está complicando muchísimo. Aquí llevan ya casi una semana luchando sin cuartel. Estamos en pleno campo. El paisaje es desolador. Nuestras trincheras parecen nidos de avispas terreras. Me han contado que están cavadas con las bayonetas por falta de picos y palas. Han comenzado a hacer cuevas, refugios subterráneos, especies de ratoneras para poder refugiarnos y proteger a las mulas, los caballos y las municiones, porque, por lo que cuentan, los ataques aéreos están siendo terribles. Respecto a los internacionales, ¿qué decirte que no se quede corto? Esta gente es fantástica. Yo estoy en un batallón franco-belga, pero por aquí los hay de todas las nacionalidades, incluso negros y chinos. Son unos verdaderos caballeros, valientes, muy preparados ideológicamente... salvo para el aceite de oliva, que a algunos no les gusta nada. Llama la atención la cantidad de ellos que llevan lentes, y es que muchos son jóvenes universitarios, profesores, escritores... que han venido a tierras desconocidas, que hay que echarle huevos para luchar y morir por una República que no es la suya. Y es que, están seguros de que si nos vencen a nosotros, otra Gran Guerra será inevitable.

No le digas a nadie dónde estoy. Nos han recomendado la máxima discreción, por los de la quinta columna, ya sabes.

Tengo que dejarte, volveré a retomar la carta en cuanto pueda».

«Aquí estoy de nuevo, mi querida Elenita. Cinco días más tarde, que en realidad han sido cinco siglos de vida en el infierno. Doy gracias por seguir aquí y poder terminar esta carta. Esto es terrible incluso cuando estás de descanso. Hace muy mal tiempo, un frío que te hiela la sangre, y aun dando gracias de que ya no llueva, porque no te imaginas los barrizales que se forman; los carros de combate se hunden, no puedes avanzar, la suciedad se multiplica... en fin, un desastre. El rancho es frío para no alertar al enemigo con el humo, así que tampoco te reconforta demasiado. Lo único que nos alivia es fumar y fumar, hasta que se nos acabe, porque ya empieza a escasear. Dicen por aquí que ya se han hecho algunos trueques con el enemigo, tabaco por papel. Esto está siendo absurdo, irreal.

Los ataques son incesantes. Salimos a la batalla aturdidos por el sueño, con el cuerpo dolorido de encogernos por el frío, aunque, eso sí, las manos empiezan a sudar y el corazón te late más fuerte que nunca. Sales ahí y lo único que puede protegerte son los olivos, preciosos olivos que dejamos acribillados de balas. Me acuerdo de Sánchez de vez en cuando. Fue él el que me enseñó que no hay que temer a las balas que silban, porque ya han pasado. ¿Qué habrá sido de él? No dejo de pensar en que ahora pueda estar en el otro lado, disparando contra nosotros, que después de haberme ayudado a salvar la vida puede que ahora me la quite o se la quite yo a él.

Aquí los disparos, al principio, suenan como si fuesen grillos (como aquella noche en las Vistillas, ¿te acuerdas? Esas son las cosas que me duele recordar, pero que al mismo tiempo, me hacen salir de allí. Cuando todo esto acabe, Elenita, volveremos a repetir aquello). Luego, oyes el sonido sordo de las bombas de piña y sabes que lo siguiente ya será un ruido ensordecedor, que te aturde por completo. Te desorientas a la mínima. Si te descuidas y pierdes a tu batallón puedes estar en el lado enemigo sin darte ni cuenta. Los rifles se calientan enseguida, pero no podemos dejar de disparar. Ayer fue terrible. Algunos, cuando les faltó el agua, tuvieron que orinar sus armas para refrigerarlas. Tenemos tantos tipos de armas diferentes como lenguas y las ametralladoras ni siquiera pudieron ayudarnos porque les llevaron municiones equivocadas. Fue una masacre. El campo se llenó de cadáveres, de cuerpos destrozados, de restos de brazos y piernas arrancados por las bombas, y de heridos; decenas de ellos que quedaron en el campo quejándose, llorando, pidiendo auxilio, llamando a sus madres, agonizando en completa soledad. Esos hijos de puta se apostaron allí para disparar a todo el que se acercase. Algunos héroes que, desobedeciendo las órdenes de los superiores, no aguantaron e intentaron ayudarles, allí quedaron también... y salieron bastantes, uno tras otro, porque aquí lo único que tienes es el compañerismo... hasta que, poco a poco, nos dimos cuenta todos de que era inútil. Esperamos durante horas una ayuda aérea que no llegó, una artillería que no estaba, un batallón de refuerzo que no pudo venir. No pudimos recogerlos, Elena. No pudimos. Y tengo y tendré toda mi vida sus lamentos en mi cabeza. Tampoco hoy hemos podido recoger a los muertos, y hay en el aire un olor nauseabundo. Los camilleros hacen todo lo que pueden, y los médicos y enfermeras están salvando muchas vidas gracias a las transfusiones de sangre.

Después de este esfuerzo sobrehumano, después del horror contemplado, no puedo evitar preguntarme si yo seré el próximo en caer. Pero en seguida me contesto que no, que mis padres no trajeron al mundo a su único hijo para que quedase aquí, que yo no estudié ni trabajé para esto, que no te conocí y te amé para morir de esta forma, que no he tenido una hijita, mi preciosa hijita, para dejarla huérfana. Aún me queda tanto que daros y tanto que disfrutaros que esto no puede ser el fin. Intento mantener mis sueños vivos, nuestros planes en pie, mi esperanza ahí, fresca en mi garganta seca. Imagino el día en que todo esto acabe, te veo a ti, desnuda en nuestra cama, suspirando entre mis brazos, y siento tu calor, Elena, lo noto de verdad; entre toda esta inmundicia, cierro los ojos y esa imagen es lo único que me da calor.

Volveré, Elena, te lo prometo. Pero tú debes tratar de cuidarte y cuidar de nuestra hija hasta que pase todo, porque si no, de nada me vale mantenerme vivo. Sé que no quieres salir de Madrid, pero deberías pensarlo bien. Eso sí, si tú no te vas, tampoco te separes de la niña, no la evacues a ella. Los niños deben estar con los suyos, pase lo que pase, y correr todos la misma suerte. No me imagino el sufrimiento de nuestra niña si tuviera que separarse de ti, ni las consecuencias que podría tener en su futuro. Procura no exponerte a las bombas y sigue todos los consejos que dé la Junta de Defensa. Tenemos que salir de ésta, mon amour.

Os quiere con locura,

Juan.

Viva la República.

Esta fue la última carta de mi padre, de la que solo supe su existencia cuando incauté las cosas del cajón con llave de la cómoda.

Mamá aguardó impaciente más cartas, que no llegaban. Cada vez estaba más nerviosa. Recuerdo que hacía llamadas extrañas con el teléfono del señor Joaquín. No me decía qué era lo que pasaba, pero yo sabía que tenía que ver con la falta de noticias de papá. Para mí él seguía en Santander, enseñando ya las cuatro reglas a esos miles de soldados, y a lo mejor no tenía tiempo de escribir porque los estaba examinando y debía corregir mucho, miles de exámenes. Así se lo dije a mi madre y ella me dijo que sí, que seguro que era por eso. Pero yo conocía esos ojos de avellana mojada, esa sonrisa de mentira, y tenía la sensación de que ocultaba algo porque me contestaba como a una niña de mi edad, y yo ya no lo era. Incluso empezó a morderse las uñas, cosa que me preocupó, pues yo me había ganado varios manotazos por hacerlo alguna vez. Normalmente ella era muy serena, pero ahora estaba cada día más inquieta; su intranquilidad se olía en el ambiente, tenía los nervios a flor de piel. Quizá fuese por eso por lo que ocurrió lo que ocurrió con la Luisa aquel día en la azotea.

Habíamos subido a hacer la colada y de pronto apareció la vecina, que desde el día que bajé a que me viera con el vestido puesto y las galletas de vainilla, me daba miedo cómo me miraba.

—¿Sabes algo de tu marido, Elena? —preguntó mientras restregaba una prenda en el lavadero.

—No… —respondió mi madre con una pinza de tender en la boca—. Bueno sí… Sigue en Santander.

—¿No le dan ningún permiso?

—Por ahora no. El viaje es muy complicado desde allí.

—Ya —dijo la Luisa con retintín.

Mi madre, entonces, se dio la vuelta y mirándola de frente le dijo:

—¿Qué has querido decir con ese «ya»?

—Nada, Elena —contestó sin dejar de lavar—. Solo que me parece extraño que con la influencia que tienen ciertos amigos suyos no venga a ver a su familia.

—¿Y el tuyo, Luisa? —preguntó mamá muy seria, con los brazos en jarra—. ¿Y tu marido dónde está? Porque yo ni siquiera lo he visto por aquí.

—De ese mejor ni hablar. Pero te aseguro que son todos iguales. Unos sinvergüenzas que van a lo que van y que no les importamos nada de nada, y que si pueden tienen una en cada puerto, o dos.

—Juan no es así. Y ¿sabes lo que creo, Luisa? Que tienes envidia. Sí, envidia.

—¿Envidia yo? ¿De qué? Mira Elena, te lo voy a contar —dijo dejando el jabón sobre la prenda y secándose las manos con el delantal—. No he querido hacerlo hasta ahora para que no te hicieras mala sangre, pero ya que te pones así te lo tengo que decir. Para que te enteres; tu maridito intentó propasarse conmigo un día. Aquí, en esta misma azotea.

Mi madre se la quedó mirando un momento en silencio.

—Sí, Elena, sí —aseguró la Luisa asintiendo con la cabeza—. Quiso besarme y tuve que pararle los pies.

Entonces, mamá, que había estado tan seria, empezó a sonreír, luego a aguantarse la risa y terminó soltando carcajadas cuando vio la cara de pánfila que puso la vecina. Le dio un ataque como cuando papá le hacía cosquillas, y a pesar de «Elena, no sé de qué te ríes», siguió riendo y riendo. No paró ni siquiera cuando la Luisa la amenazó diciendo que «el que ríe el último, ríe mejor», no dejó de hacerlo mientras recogía las pinzas y las metía en el cesto de la ropa, ni al bajar las escaleras, ni cuando se metió en el cuarto de baño porque se estaba haciendo pis de la risa; pero ya allí dentro no supe yo si reía o lloraba.

Oímos jaleo durante toda la tarde en las escaleras. Mi madre no salió, ni me dejó salir a mí. Al día siguiente, fuimos muy temprano con nuestra cartilla de cupones a la cola del establecimiento del señor Jacinto, para conseguir el racionamiento o lo que hubiese. A mi madre le extrañó no ver allí a la vecina. Pensó que se habría quedado dormida, y ya de vuelta en casa, puso la mitad de los garbanzos que nos habían vendido en una cazuela y me dijo que se los bajase a Chencho.

Cuando me vio con las legumbres de vuelta, insistió en preguntarme si había llamado bien.

—Sí, tres veces.

—¿Han abierto la mirilla?

—No.

Mi madre cogió la cazuela y la llevó a la cocina. Varias veces asomó la cabeza al rellano de la escalera. Al poco rato, agarró de nuevo la olla y bajó ella misma. Llamó. Volvió a llamar. Arrimó la oreja a la puerta por si se oía algo. «Luisa, ábreme», dijo en voz alta. «Venga, mujer, aclaremos esto».

Pero la puerta permaneció cerrada y nosotras volvimos a casa. Entonces, mamá me sugirió ir a jugar con Chencho a la azotea. Me extrañó que me dejase ir tan pronto, sin hacer los deberes que ella misma me ponía cada día, pero aproveché el ofrecimiento y subí rauda antes de que reparase en ello.

Allí arriba estaban Pulgarcito y Rataplán, que en cuanto me vieron empezaron a frotarse, zalameros, con mis piernas. «Hola guapos», les dije acariciándolos. «¿No ha subido Chencho todavía?».

Tardé un rato en darme cuenta de que había un papel junto a la cama de los gatos. Era una cuartilla, doblada en dos, en la que podía leerse con letras mayúsculas: «NOTA». La desdoblé.

«Nos vamos y no sé cuándo volveré, pero mi madre

dice que si Dios quiere nunca. Cuida tú de los gatos. No me deja llevarlos adonde vamos. Adiós».

Sentí la espina en mi pecho. Se había ido el único amigo que tenía, así, sin despedirse, que seguro que la Luisa no le había dejado, y «si Dios quería, nunca volvería». Yo sabía que daba igual lo que Dios quisiera, que si la Luisa no quería volver, se haría lo que ella dijese, así que de nada me serviría rezar. Y si se habían ido era por culpa de mamá. ¿Por qué había tenido que reírse de aquella forma? ¿Por qué no le pidió perdón ayer? Si lo hubiese hecho, ahora Chencho y yo estaríamos jugando a la gallinita ciega, al trompo o me estaría enseñando su álbum de cromos Nestlé.

Estaba enfadada, muy enfadada con mi madre. No pensaba volver a casa. No bajaría nunca más, me quedaría allí y ella tendría que subirme la comida. No me movería aunque sonara la sirena, aunque cayesen bombas, aunque lloviese o tronase. Me quedaría a vivir allí, con los gatos. Me haría una cama con ropa vieja y me echaría por encima algo de lo tendido que ya estuviese seco, como aquella noche con Chencho.

Decidí tumbarme en el solado, mirando al cielo. No se veían las estrellas porque era de día, así que cerré los ojos e intenté imaginar el carro y la cometa, el lucero vespertino y todo eso que me había enseñado él.

Sentí llegar a mi madre, pero no me inmuté. Seguí allí, echada boca arriba, con los ojos cerrados. Y no pensaba moverme. No quería verla ni hablar con ella.

«¡Hija! ¡Hija!».

Yo seguía rígida. Mi madre me tocó la frente, me pasó la mano por la cara, cogió un brazo y lo dejó caer; y entonces se dio cuenta de que tenía un papel en la mano. Lo cogió, y yo, abriendo una rendija en mis párpados, pude ver cómo la leía, muy rápido, porque mamá leía muy rápido, tanto que casi me pilla.

«¡Virgen Santísima!», exclamó. «¡Hija mía, hija, vuelve!».

Y lo decía con tanta pena, tan asustada, que me dio lástima... y volví. Pero por más que me preguntó que qué me había pasado, que qué había notado, que si me dolía algo, yo no contesté. Estaba decidida a no hablar nunca más; hasta que, ya en casa, mi madre me vistió de calle y me dijo que íbamos de nuevo a la consulta de don Pascual. Entonces ya sí que no me pude aguantar. Le dije que no quería ir, que no era lo de las otras veces, que lo había fingido; pero fue inútil, no me creyó.

Así que ahora estábamos de nuevo frente a aquel pisaverde; mi madre creyendo que yo lloraba desconsolada por lo del tintero, y don Pascual acariciándome la cabeza. «Se ha asustado, la pobre».

—¿En el Recoletos, entonces? —preguntó el virote—. Si me da su dirección mandaré un coche a buscarla.

—Pero, ¿quedan taxis en Madrid? —preguntó mamá desconcertada.

—A algunos aún no nos han requisado el vehículo, ya sabe, por si nos necesitan con urgencia —contestó el engreído médico de niños—. ¿Qué me dice entonces?

—De acuerdo, pero tendrá que ser mañana. Hoy tengo que resolver algo importante. Respecto a la alfombra...

—No hay nada más que hablar —interrumpió él.

Lo importante que tenía que hacer mamá no era otra cosa que pasarnos la tarde como hormigas, trasladando la comida de la habitación de mi hermanito al sótano del señor Joaquín.

—¿Por qué tenemos que hacer esto, mamá?

—Porque aquí está más seguro. Ya sabes que es un secreto y no puede enterarse nadie.

Mi madre acabó agotada, y yo también porque me dijo que era importante hacerlo cuanto antes y que debía ayudarla. Acabamos muy tarde, y cuando por fin pudimos sentarnos a cenar, llamaron con insistencia al timbre del portal. Mi madre se asomó al balconcillo.

—¿Qué ocurre? ¿Qué desean?

—Somos de Vigilancia de la Retaguardia. Ábranos.

—Mi marido está en el frente. Puedo enseñarles los documentos.

—Solo venimos a hacer un registro, señora.

Mi madre cerró los batientes y se atusó el pelo murmurando no sé qué de la felona de la Luisa, que ya lo sabía ella, y que menos mal, gracias a Dios. Me dijo que me quedase allí y ella bajó a abrirles el portal. Desde arriba, oí cómo subían dando pisotones fuertes en los peldaños. No se detuvieron en el primero. Subieron directamente a nuestra casa. Eran tres milicianos armados, con poca educación, pues habían dejado atrás a mi madre, y decía siempre mi abuelo que las señoras delante. No me saludaron. Entraron en «nuestro nuevo hogar», miraron alrededor, echando una ojeada a la salita. Uno de ellos le hizo una seña con la cabeza a otro y fueron hacia la puerta de la habitación secreta, que ya había dejado de serlo. Mi madre la había dejado abierta, pero se fijaron en la cerradura, y mientras los otros dos abrían las cajas y paquetes con las cosas de mis abuelos, el tercero interrogaba a mi madre.

—¿Por qué tiene llave ese cuarto? —preguntó.

—Porque hay cosas de mis suegros, que han estado viviendo aquí un tiempo. Se derrumbó la fachada de su casa, en la Gran Vía, y tuvieron que venirse; y ya sabe usted cómo son los niños, que todo lo tienen que trastear —dijo mamá señalándome.

—¿Y dónde están sus suegros ahora?

—En Valencia, evacuados.

—¿Y su marido?

—En el frente, ya se lo he dicho.

—¿En qué frente? —insistió el miliciano.

—Estaba en Santander, como miliciano de la cultura… Pero hace un tiempo que no tengo noticias.

—Sí, las notificaciones de «desaparecido en combate» tardan en llegar. Los de allí no se resignan a darlos por perdidos, pasados o prisioneros.

Mi madre le miró con los ojos llenos de odio y levantó la voz, enfrentándose a aquel hombre.

—Mi marido no está perdido, ni prisionero. Y mucho menos «pasado». No sé qué coño están buscando. Aquí no hay nada, así que si se largan de una maldita vez les haré el favor de no denunciarles a sus autoridades, porque ni siquiera me han enseñado su documentación. Mi marido es Juan Segura, pueden pedir sus referencias en la FETE, o si quieren pueden acercarse al Ministerio de Instrucción Pública y preguntarle a Jesús Hernández, el ministro.

El hombre calló y miró a sus compañeros, que ya salían del cuarto.

—¿Qué? —les preguntó.

—Nada —contestaron los otros.

Se volvió hacia mi madre y, acercándose mucho a ella, le dijo casi al oído:

—Me iré sin preguntarle dónde se refugian de los bombardeos.

—Puede preguntarlo —replicó mi madre—. Yo le contestaría bien alto que en los sótanos y en el metro, como todo el mundo.

El miliciano sonrió de medio lao', hizo un ademán a sus amigos y dijo: «Nos vamos».

Cuando salieron, mi madre cerró, se apoyó contra la puerta y respiró hondo. Volvieron a llamar. Ella se quedó parada un momento y luego abrió, con las manos temblorosas.

—No olvide cerrar la puerta del portal, señora.

La Luisa no ayudó a hacer barricadas, ni donó sangre, ni fue como voluntaria a hacer jerséis para los soldados, a pesar de que mi madre le consiguió un documento que decía que sí, para que no la evacuasen de Madrid. Tampoco nos devolvió la estufa eléctrica de mis abuelos, que le había prestado mi madre en cuanto faltó el carbón, ni volví a saber de ella hasta el final de la guerra, cuando me enteré de que había vuelto y que iba diciendo que debían estar pendientes de si pisaba por allí el vecino, porque era un rojo lujurioso que había intentado forzarla. Y es que hay gente que fabrica trampas con los cabos de salvación.

XV

—Hay un chico que pregunta por ti. Dice que te conoce.

Era una mañana abrileña. Se había convocado y seleccionado a jóvenes abulenses para acudir a un encuentro de convivencia en Salamanca. Yo no conocía la cuidad, así que me apunté con todas mis esperanzas en conseguir una plaza. Y allí estaba, en el recinto de Anaya después de la misa de rigor, junto a un grupo de chicas que había conocido en el autobús. Compartíamos nuestros bocadillos y reíamos mientras algunas de ellas se quejaban de lo sosos que eran los salmantinos, que no se atrevían a acercarse a nosotras. Dos de ellas se sacudieron las migas de la falda y dijeron que ya estaba bien, que no habíamos ido allí a perder el tiempo. Se dispusieron con arrojo a meterse entre la multitud. El resto las animamos, pero nos quedamos sentadas en las escaleras aguardando a que volviesen con novedades.

—Hay un chico que pregunta por ti. Dice que te conoce.

—¿A mí? —dije extrañada.

—Sí, un chico con gafas. Aquel, mira, no sé si le ves desde aquí; está entre el alto flaco y el del jersey azul. Les estábamos diciendo de dónde somos cada una, y al llegar a ti ha preguntado que cómo te llamabas —explicó—. Y dice que te conoce.

Me levanté con un presentimiento. Claro que podía ser él. Nunca pensé que volvería a verle. Tampoco le había extrañado demasiado debido a que otro había ocupado absolutamente mi cabeza, mi corazón y mis esperanzas.

Pero allí estábamos, frente a frente, mirándonos como se miran dos personas estragadas, como a través de unos prismáticos inversos. No sabíamos qué decir; se nos agolparon los sentimientos, la sorpresa, los recuerdos, la curiosidad del uno por el otro… y durante un minuto solo tartamudeamos.

Acabé casándome con él.

Dicen que si tienes que preguntar si te aman, la respuesta es no. Yo no tengo ninguna seguridad en eso, pues yo se lo decía a él y él no me lo decía a mí; sin embargo, mis palabras tenían reservas mientras que él se movía bajo mi mano para sentir mis caricias. Mi marido y yo nos conocíamos, nos entendíamos, nos queríamos, pero no estaba enamorada de él. Nunca lo estuve.

Ambos nos acostamos en la aparente calma del otro. Sin demasiadas preguntas; porque yo sabía que, de alguna manera, zaherir su pudor, zahería el mío.

Sin embargo, creo que él sí estaba enamorado; tanto como para casarse con una chica que trasgredía la imagen ideal de la alta burguesía de la época: la hija de un rojo vestida con ropa barata y corte de pelo vulgar; lo bastante como para apoyarme en mi decisión de estudiar Filosofía y Letras y, años después, volverse loco de felicidad cuando le anuncié que estaba en estado. Me amó siempre; de tal forma que soportó mis horas raras, mis noches locas, mis años de ausencia. Porque tuvo que notar que, aunque físicamente yo estaba con él, mi alma estaba en otro lugar, con otra persona.

Quizá lo sabía; tal vez lo supo siempre. Nunca dijo nada, pero yo veía cómo le dolían las heridas de aquella puerta rota. Ocurrió un día después de que nuestro amigo cenase con nosotros tal como yo propuse, y en casa, tal como él condicionó. Durante la velada, poco se habló acerca de nuestro pasado común; creo que los tres, por diferentes razones, tratamos de evitarlo. Solo salieron algunas anécdotas de cuando éramos críos y las preguntas obligadas, aunque incómodas, sobre ciertos conocidos. Se mencionó al Régimen de soslayo, apenas para celebrar la reciente apertura que le había posibilitado volver a España tras muchos años, llenos de luces y sombras, en el extranjero. Mientras, mis ojos iban del azul brillante de mi marido a la chispa negra de mi amigo. Azul. Negro.

Azul. Negro. Y trataba de no caer de nuevo en la sensación del primer momento, en no sufrir el brutal impacto del día anterior, cuando volvimos a encontrarnos y hubo dos universos estrellándose en una mirada, uniéndose en un solo instante.

Él se despidió de nosotros con «hasta la próxima, que espero que tarde menos en llegar que esta», nos invitó a ir a Barcelona, donde tenía ahora su residencia, y le dio un cálido abrazo a mi marido, que respondió de esa forma extrañamente efusiva que provoca el sentirse liberado. Después, buscó la manera de ponerse de espaldas a él para agradecerme la invitación, la cena, decir que había sido un verdadero placer reencontrarnos, y para depositar en mi mano la tarjeta del hotel donde se alojaba. La cerré instantáneamente, aun sin saber de qué se trataba, y mientras él se volvía hacia mi marido deseándole buena suerte, yo la metí en el bolsillo de mi chaqueta de punto gris.

Mi madre también vestía aquella tarde una chaqueta de punto gris sobre su blusa blanca de lazo en el cuello, y una falda negra de tablón. Se onduló la melena, se pintó los ojos y luego se los despintó. Se dio un poco de colorete y después se lo quitó, porque «así te mejora el aspecto pero no se nota que vas maquillada». Y es que mi madre estaba exhausta. Tenía los ojos tan hundidos y estaba tan pálida que cuando miraba las fotografías de antes, incluso solo de algunos meses atrás, suspiraba ya como mi abuela cuando veía su retrato de hacía treinta años.

Se calzó los zapatos de diario y el abrigo de todos los días. Me vistió y me peinó a mí también y me sentó a la mesa quietecita para que no me ensuciara. No me hacía ninguna gracia que mi madre hubiese quedado con el doctor, yo no quería ir. Le supliqué que me dejara subir a la azotea para echarle de comer a los gatos, puesto que ahora eran mi responsabilidad; pero ni hablar, no me lo permitió. Así que, a pesar de todo, cuando apareció aquel hombre con chaqueta y gorra en mano esperando al lado de un coche, me sentí aliviada. Por fin podía moverme.

El conductor dijo «Buenas tardes, señora» y nos abrió la puerta del automóvil. Después entró él, se puso a conducir y ya no volvió a hablar hasta que llegamos. Entonces salió del vehículo, se apresuró a abrirnos la puerta y dijo:

—Café Recoletos. Don Pascual le está esperando dentro.

—Gracias —dijo mamá—. ¿Cuánto es?

Pero él, fingiendo no haberla escuchado, entró en el coche de nuevo y se fue.

Mi madre me dio la mano y entramos en aquel lugar. Era un café muy elegante, con enormes espejos de marcos dorados, y tenía divanes tapizados en terciopelo rojo y banquetas a juego. No era tan grande ni había tanto bullicio como los que frecuentaban papá o el abuelo. Toda la gente estaba sentada en las mesas y hablaba en voz baja. Tan solo el doctor Pascual aguardaba en la altísima barra, acompañado por Clara, la criada, la que se había encargado de reparar el desastre del tintero. Ojalá lo hubiésemos hecho nosotras. Ahora no tendríamos que estar allí.

En cuanto nos vio entrar por la puerta, el doctor corrió a nuestro encuentro; bueno, al de mi madre, porque a mí ni me miró.

—Doña Elena, estoy encantado de que haya venido —dijo sonriendo y besándole la mano—. Le he dicho a López que nos reservase la mesa de ese ventanal. Así podrá ver a la niña mientras juega con Clara ahí fuera. Este ambiente no es bueno para los críos; hay demasiado humo.

Estaba intentando librarse de un estorbo, quedarse a solas con mamá; a mí no me engañaba. Pero no lo iba a permitir. Nada de eso; yo me quedaba allí, respirando todo el humo que hiciese falta y tomando una leche merengada o una limonada, lo que yo quisiera.

—¿Te vienes conmigo? —propuso Clara con una sonrisa, alargando su mano hacia mí.

Parecía simpática, pero no.

—Ve con ella —me dijo mamá—. Yo voy a estar aquí, mirándote por la ventana.

—No —contesté yo muy tajante.

—Si solo vais a estar ahí, jugando. ¿Es que quieres aburrirte aquí dentro mientras puedes estar divirtiéndote ahí fuera? No seas tonta.

—¡Claro! —intervino el medicucho—. Además Clara sabe juegos muy divertidos.

Era tentador, pero no.

—Lo siento —se disculpó ella—. Desde aquel día no ha habido forma de que se separe de mí. Es inútil. Es muy cabezota.

Solo consiguieron que me sentase en la mesa de al lado, con Clara, a jugar a un parchís que nos trajo el tal López a la mesa. El lechuguino nos pidió un chocolate a cada una, así, sin preguntar si nos apetecía. No lo probé, y no porque no me gustase. Acabó bebiéndoselo Clara.

—¿Sabes jugar al parchís? —me preguntó.

—Claro.

—Pues yo no —dijo ella—. ¿Me enseñas?

Así que sabía juegos muy divertidos, pero no jugar al parchís. Vaya, vaya.

—Bueno —cedí.

Y jugamos mientras veía de vez en cuando cómo don Pascual escuchaba ensimismado a mi madre, cómo sonreía y la miraba como si fuese un pastel en un escaparate.

—Ahora cuento veinte, ¿no?

—No, es solo cuando comes la ficha azul.

Confieso que no la enseñé a jugar muy bien.

—Oye, Clara. ¿Cuántos años tienes?

—Quince. ¿Por?

—Pues pareces mayor.

—Gracias. Tú también.

—Gracias.

—¿Por qué no eres miliciana? —pregunté.

—Por muchas razones. No me gustan los monos azules, ni los fusiles; pero sobre todo porque necesito dar de comer a mi familia.

—¿Cuántos hijos tienes?

—¡Nooo! —exclamó sonriendo—. Me refiero a mis padres y a mi hermano. Mi padre está enfermo de los huesos y no puede trabajar, y mi hermano es inocente, el pobrecillo.

—¿Inocente de qué, de la enfermedad de tu padre?

—¡No!—rio de nuevo—. Es que nació así, mal de cabeza.

—¿Y no le puede curar don Pascual?

—No.

—¿Porque no tienes dinero?

—No, no es por eso. Es porque no tiene enmienda.

—Mi madre dice que yo no tengo enmienda tampoco.

Y ella se echó a reír «porque no era lo mismo».

—¿Tienes novio? —le pregunté.

—No. ¿Quién va a quererme a mí?

—Pues un militar con fortuna. Eres más guapa que la tía Queti, así que con mayor motivo. Solo tienes que tener cuidado de que no se vaya a África, para que no te quedes viuda tan joven como ella, que no le dio tiempo ni a tener un hijo. Por eso tuvo a mi madre como a una hija hasta que se casó con mi padre. Mi padre es muy guapo, mucho más que don Pascual. Pero está en el frente y mi madre no sabe de él hace semanas, porque no tiene tiempo de escribir cartas por los exámenes, porque es que mi padre es miliciano de la cultura, ¿sabes? y tiene que enseñar a miles de soldados a leer y escribir. ¿Tú sabes leer y escribir?

—Sí, pero muy mal. No fui mucho a la escuela.

—La mía la cerraron por los bombardeos, hasta ver.

En la mesa de al lado se los oía conversar muy animadamente, cada vez más animadamente.

—¿Y tú tienes novio? —preguntó ella chupando la cuchara de mi cacao.

—No, solo un vecino: Chencho. Pero se ha ido.

—¿Evacuado?

—No sé. Su madre se lo ha llevado sin despedirse. Pero me ha dejado a sus gatos. Y es que yo les pedí a los Reyes Magos un perro, pero como no pueden traer perros en los sacos porque se mueren, les dije que me trajeran cualquier animal otro día que no tuviesen tanto jaleo. Y ya ves, ahora tengo dos gatos, Pulgarcito y Rataplán.

De repente oí la risa de mamá. La miré. Sí, estaba riendo. Hacía mucho que no escuchaba su risa. Porque la risa de cuando la Luisa en la azotea no era la risa de mamá, la verdadera risa de mamá. Me pareció maravillosa y por un momento me sentí ligera, nada me pesaba. Pero miré al medicucho y vi cómo le estaba contando algo, algo que la estaba divirtiendo; y entendí que era por él por el que se reía, y entonces ya no me gustó nada. Sentí la espina adentrándose en mi carne, un poco más con cada carcajada de mamá.

Pese al dolor, me habría levantado en ese momento y le hubiese obligado a mi madre a llevarme a casa con cualquier excusa: un dolor de tripa, de cabeza, fingiendo un desmayo… pero me paralizó pensar que si decía tales cosas, podíamos acabar de nuevo en la consulta de don Pascual.

Clara me estaba preguntando algo, pero ya no contesté. Intentó que jugáramos o siguiésemos charlando sobre alguna cosa. No hablé más.

Poco después, el camarero fue mesa por mesa diciendo educadamente que, muy a su pesar, debíamos abandonar el local debido a la nueva ordenanza de horarios. No sé cuánto tiempo habíamos estado allí, pero ya estaba oscureciendo.

—¡Dios mío! —exclamó mamá—. Pero si ya son las siete.

—No te preocupes —dijo él tuteándola—. Mi chofer te llevará de vuelta a casa.

¿«Te llevará»? ¿Y a mí qué? ¿A mí no me iba a llevar? Pronto comprendí su forma de hablar; porque para ese señor yo no existía en absoluto, o eso le hubiese gustado a él.

—Pero ya no se puede circular a estas horas—dijo mi madre.

—Con santo y seña, sí —aseguró él—. Y yo la tengo.

En el momento de entrar en el coche, que ya esperaba fuera, don Pascual cuchicheó algo a Clara, que se fue sola, y volviéndose hacia nosotras, le dijo a mi madre que nos acompañaba él, por si las moscas. Montó adelante y fue todo el tiempo con medio cuerpo volteado para mirar a mamá. Mientras íbamos con los faros apagados, casi a oscuras por las calles, hablaron sobre el cambio de los nombres de las avenidas y el aspecto tan pobre que estaba cogiendo Madrid.

Cuando llegamos, nos abrió la puerta del vehículo y se despidió de mi madre con un beso en la mano, y de mí... con otro beso en la mano.

—Adiós, señorita —dijo sonriéndome de mentira.

—No se dice *adiós*. Se dice *salud* —dije yo muy seria.

—¡Niña! —me reprendió mi madre mientras el doctor reía.

Subiendo las escaleras, mamá me riñó por mi impertinencia hasta el primero; luego sonrió hasta el segundo y mientras abría la puerta la miré y ya no estaba tan pálida. Observé sus ojos y ya no estaban tan hundidos. Por un instante parecía feliz de verdad, hasta que abrió la puerta de «nuestro nuevo hogar». Entonces se nubló y se dejó caer, triste y pesada, sobre el sillón de papá, acariciando los brazos tapizados de rayas.

Mi madre seguía haciendo llamadas al sindicato, al Ministerio de la Guerra, al Ministerio de Instrucción Pública... Seguíamos esperando carta de papá. No la hubo. Pero sí hubo otro café, el Roma, y luego otro, el Royal, y alguno más; todos nuevos para mí y para mamá. El doctor Pascual se las ingenió para que Clara llevase siempre a una sobrina suya de mi edad, con el fin de que jugase con ella y les dejase en paz. Yo ya no podía resistirme a jugar con otra niña, así que me rendí y casi estaba deseando que llegase el momento en que apareciese el cochero, que no llegó nunca a decir mucho más que «Buenas tardes», el nombre del sitio al que llegábamos y «Don Pascual les está esperando».

En esas citas, a veces, sonaban las sirenas, y Clara, su

sobrina y yo, corríamos a meternos en el establecimiento; pero don Pascual siempre decía que no había de qué preocuparse en el barrio Salamanca, y nos quedábamos allí, tan tranquilos, ellos con su charla y su bebida, y nosotras durante un rato jugando a algún juego de mesa o presumiendo de muñecas o amigos que me inventaba. Solo cuando se oían cerca los aviones o el explotar de las bombas, la gente dejaba de hablar y escuchaba, y era entonces cuando a mí me asaltaban las imágenes de aquel día con papá y corría a abrazar a mi madre.

Un día de esos me quedé en su mesa un rato. Charlaban acerca de la comida, de su escasez en Madrid. Lamentaban que se había aminorado la ración de pan, que la gente estaba pasando hambre y que gracias a Dios, ellos eran afortunados, al menos por ahora.

—Pero hay carencia de tantas cosas… —se quejaba mi madre.

—¿Necesitas algo? Porque si está en mi mano sabes que puedes contar con ello.

—No, no es bueno abusar de la amistad.

—Voy a hacerte una receta de azúcar para la niña.

—No, de verdad, no es necesario. Estamos bien. Aún me queda dinero y algunas cosas de las que hice acopio al principio.

—No importa. El azúcar nunca sobra, y de momento puedo recetarlo, que luego ya veremos.

Aunque teníamos un saco lleno en el sótano, mi madre acabó aceptando, y no por avaricia, claro, sino para que no sospechara. Pero nos habría venido mejor que nos hubiese recetado huevos, que llevaba semanas sin probarlos, con lo que me gustaban. Seguía siempre el mismo procedimiento para comerlo; mojaba la yema con el pan, y cuando ya no quedaba una sola gota, partía con cuidado la que había quedado cuajada y la extendía sobre una rebanadita de pan, y por último me comía la clara completamente limpia. Así lo hacía antes, lo hice entonces cuando pude y así he seguido haciéndolo siempre en casa. «Ríete, —le decía yo a mi marido— pero todo el mundo tiene su propia manera de comerse el huevo frito. Incluso tú».

—Y si necesitas algo más… —prosiguió don Pascual—. Ya sabes que me tienes para lo que haga falta. Para eso están los amigos. En cuanto pase la alarma, vamos a mi casa y te hago la receta.

Así fue. Cuando sonó de nuevo la sirena de fin de peligro, salimos y nos dirigimos a pie a su casa, que estaba muy cerca. Clara preguntó al doctor si podía llevar ya a la sobrina con su familia y éste le contestó que aún no, que se viniera con nosotros.

Ya en su piso, mamá y él se metieron en la consulta, y Clara nos llevó a la cocina y nos preparó un vaso de leche con galletas que mi amiga devoró en un santiamén. Mientras Clara pelaba unas patatas para la cena y su sobrina olisqueaba todo lo que había por allí, aproveché para escaparme. Recorrí el largo pasillo con baldosas blancas y negras que llevaban hasta el cuarto donde el doctor pasaba consulta. Esta vez no me entretuve en pisar solo las blancas, que es lo que solía hacer en todas partes donde había suelo de ajedrez, para evitar la mala suerte. Me dirigí directamente y en silencio hacia aquella puerta, que estaba entreabierta.

Don Pascual rodeaba la cintura de mi madre con un brazo y con la otra mano levantaba la cara de mamá por la barbilla. Ella tenía los brazos caídos. Estaban muy cerca.

—Te amo, Elena. Ahora que he conocido al amor de mi vida no puedo dejarlo escapar.

Y entonces la besó en la boca. Solo un segundo, el tiempo que tardé yo en abrir la puerta del todo y decirle en voz muy alta a mi madre:

—¡Papá no besó a la Luisa en la azotea!

No sé por qué dije aquello. Casi me sorprendí yo más que ellos.

Mamá retiró rápidamente hacia atrás a don Pascual con la palma de la mano; se estiró la chaqueta y vino hacia mí, muy seria. Tenía el rostro arrebolado, y no supe si se acercaba para darme un cate o para qué. Me cogió de la mano y sin decir ni *mu,* me llevó casi corriendo a lo largo del damero, blanco, negro, blanco, negro, blanco, negro..., hacia la puerta de salida mientras oíamos al doctor Pascual a nuestra espalda: «¡Elena... Elena..., la receta!».

Enfrente del portal estaba esperándonos el cochero para llevarnos a casa, como era ya habitual. En cuanto nos vio, abrió la puerta del automóvil; pero mamá, sin decir nada, pasó de largo. Yo me volví para mirarle y me pareció que me guiñaba un ojo.

Volvimos a casa en silencio y una vez allí, permanecimos calladas. Yo no me atrevía a hablar, por si acaso, y a ella supongo que la vergüenza le sellaba la boca. Luego, por la noche, me desperté y no estaba en la cama. Se veía un ligero destello de luz entrando por la puerta de la habitación. Era mi madre, en la salita, sentada frente a una vela; lloraba en silencio, con el pañuelo bordado teñido de tinta en las manos.

XVI

Los días trascurrían como de costumbre, pero con mamá cada vez más triste, más apagada. Nos levantábamos temprano, muchas veces de noche, para esperar en la cola del establecimiento del señor Jacinto, que ya estaba casi vacío, de un solo color, el color de la única cosa que se pudiese comprar aquel día. Muchas mujeres se llevaban sillitas de enea para esperar, y se las veía tejiendo una labor, arrullando o amamantando a sus bebés; los pocos hombres que había, viejos o muchachos jóvenes, se entretenían echando unas cartas sobre alguna mesa improvisada con una caja de madera o cartón. Los niños que esperábamos con nuestras madres jugábamos poco, pues teníamos demasiado sueño y frío a esas horas. Acurrucados junto a ellas, a veces nos quedábamos dormidos de pie un momento, hasta que la cola avanzaba.

—¿Por qué tenemos que venir, si tenemos comida en el sótano? —le preguntaba a mamá con los ojos casi cerrados.

—¡Chsst! —decía ella bajando su cabeza hasta mi oreja—. Porque no sabemos si será suficiente. Además, ¿querrás alimentar a tus gatos, verdad?

Yo me preguntaba cuánto iba a durar aquello. Y papá, ¿cuándo iba a volver?

—¿Cuánto hace que no vemos a papá?

—Cerca de tres meses —dijo despacio, como si esos meses hubiesen sido años, siglos. Y realmente lo habían sido. Luego suspiró y enfocó la mirada—. Desde Navidad. ¿Por qué lo preguntas?

—¿Le echas de menos, mamá?

—Pues claro. Mucho. ¿Y tú?

—Y a don Pascual, ¿le echas de menos?

Mi madre giró el cuello hacia la derecha y hacia abajo para mirarme, y yo la miré también, directamente a los ojos, porque decía mi padre que esos ojos color avellana no podían engañar a nadie. Pero antes de contestarme, volvió su cabeza al frente y dimos un paso siguiendo la cola.

—No —respondió al fin—. Fue un amigo, pero ya no lo es. Como Luisa, exactamente igual. También Luisa fue una amiga hasta que dejó de serlo. Como Chencho fue tu amigo hasta que se fue. Todo dura lo que dura, aunque nos duela. No podemos hacer nada por evitarlo. Como esta guerra, que durará lo que tenga que durar. Lo mejor es vivir cada día, sin pensarlo, manteniendo la esperanza, pero que sea lo que Dios quiera. Si no, es para volverse loca.

Hablaba como si hablase para ella misma. Luego, me acercó a ella, me apretó contra sí y me dijo que, además, estábamos muy bien las dos solitas; ella, yo, los gatos y nuestro sótano secreto.

Las cartas desde Valencia llegaban con asiduidad. Mis abuelos decían que se encontraban bien, que vivían en una casa muy bonita, con naranjos, de una gente que los había acogido como si fuesen de la familia; y siempre insistían en que nos fuéramos con ellos, que era mucho más seguro y había alimentos de sobra.

Pero un día llegó otra carta, una que mi madre no me leyó. Me mandó subir a darles de comer a los gatos, y cuando bajé, se había puesto el vestido del entierro de la tía Queti. Tenía los ojos llorosos e hinchados.

—¿Qué te pasa, mamá?

—Nada… que a la abuela la han mandado en un barco a Barcelona… Con lo bien que estaban en esa casa de los naranjos.

—¿Y al abuelo?

Dudó un momento, suficiente como para que yo desconfiase.

—Claro, a él también —dijo sonriendo de mentira.

Se puso aquel vestido teñido durante unos días, pero

acabó quitándoselo cuando recibió el séptimo mensaje de don Pascual. Lo traía, como siempre, el cochero, que ahora preguntaba siempre si esperaba a la respuesta. Mamá le decía que no, gracias. Y él se iba. Pero algo cambió en aquel último, porque le respondió que sí, que iba a escribir la contestación y que por favor se la entregase al doctor. Cogió una cuartilla y se sentó un momento a la mesa. El cochero esperaba en la puerta de casa porque se negó a pasar cuando mamá le invitó a ello. Desde allí, nos mirábamos; él de vez en cuando, yo todo el tiempo, fijamente, a ver si le veía guiñarme un ojo de nuevo, como aquel día. No sucedió. Mi madre acabó la nota y la metió en un sobrecito, que selló con lacre.

Al día siguiente estábamos de nuevo en el café Recoletos, volviendo a empezar.

—¿Vas a casarte con don Pascual? —pregunté a mamá una tarde mientras me frotaba la espalda en un baño, de cuatro dedos, calentado a cazuelas.

—Pero... ¿qué pregunta es esa? —contestó ella sorprendida—. Claro que no. Estoy casada con papá. ¿O es que no lo sabes?

—Como te besó como papá...

—Pero eso ya está aclarado. Fue una confusión —me explicó—. A veces la gente confunde sus sentimientos. Cuando una persona te cae bien, te llevas bien con ella y te gusta estar con ella, puedes creer que la amas de verdad. Pero no, es solo amistad. Lo que pasa es que es fácil equivocarse.

—¿Y quién se confundió? ¿Él o tú?

—Él —dijo rápidamente.

—Ya me parecía a mí, porque tú no te equivocas nunca. Tú eres muy lista, mucho más que don Pascual; aunque sea médico de niños.

Se le llenaron los ojos de lágrimas; me sacó de la bañera, me abrazó con la toalla y dijo que pasase lo que pasase, ella siempre estaría a mi lado. Me aseguró que yo era lo más importante en su vida y que no me preocupase por nada, que eran cosas de mayores que algún día entendería y que debía guardarle el secreto de lo que vi en la consulta de don Pascual, porque otra gente también podría equivocarse.

Recuerdo bien el día que el medicucho entró en «nuestro hogar». Habíamos pasado la noche en el sótano porque no pararon de bombardear, y aunque mi madre había bajado el colchón de mi cama para poder dormir allí abajo, no habíamos descansado como Dios manda. Llegó temprano y sin avisar, porque tenía algo importante que decirle a mamá. Tuve que bajar yo a abrirle la puerta del portal, pues mamá estaba en bata y corrió al cuarto a cambiarse y peinarse un poco.

—¡Hola, señorita! —me saludó más amable de lo habitual.

Parecía contento, relajado, y más alto aún de lo que era. Subimos las escaleras y entramos en casa. Se oyó la voz de mi madre desde su habitación.

—Pascual, toma asiento. Ahora mismo salgo.

—Tranquila Elenita, estoy bien acompañado —dijo él tirando su abrigo sobre el respaldo de una silla.

La había llamado Elenita, como mi padre. Le odié.

Dijo que estaba bien acompañado, pero yo, que había abandonado un dibujo a medias encima de la mesa, me senté de nuevo y seguí coloreando, sin fijarme ya mucho en los bordes, pues estaba más pendiente de sus movimientos que de los de mi mano. Además a él no le importaba mi compañía, ni siquiera se acercó a la mesa para ver lo que estaba haciendo. Le odié.

Deambuló de aquí para allá, estirado para no arrugar su traje de rayas, con las manos a la espalda, agarrando un periódico doblado que no soltó en ningún momento. Miró los cuadros colgados en la pared y cogió los portarretratos que teníamos encima de la consola de los manteles, para verlos de cerca. Se detuvo a examinar la fotografía de mi padre, me miró a mí y entonces bajé la cabeza rápidamente al dibujo. Seguí rascando el lápiz de color. Yo sabía que él me estaba observando y que sonreía, con esa sonrisa que me asustaba más que si me hubiera pegado una bofetada. No le temía a él, pero sí a su sonrisa. Esa mueca era una amenaza para mí. Era como si tuviese vida propia. Si pudiera borrársela de la cara…

Se sentó, cruzando las piernas, en el sillón tapizado a rayas que mamá se empeñó en comprar para papá y solo para él. Le odié.

En cuanto salió mi madre, se incorporó de un salto, se acercó a ella y, poniendo cara de preocupación, le dijo que había ido tan a deshora porque tenía que hablarle de un asunto urgente. Me miró a mí y susurró: «A solas».

Su rostro había cambiado totalmente. Ya no sonreía; arrugaba el entrecejo y parecía verdaderamente afligido. En ese momento me recordó al personaje de una célebre historia que me había contado el abuelo: el extraño caso de un doctor inglés que, cuando quería, se transformaba en otro hombre, en uno perverso capaz de matar, y que un día ya no pudo volver a ser el doctor y se quedó siendo el infame. Don Pascual también era doctor, y puedo asegurar que en nada se parecía aquel lechuguino que departía con mi padre en la consulta, al caballero educado que mostraba un carné de tapas rojas desde el coche si se lo pedían los de Seguridad. Ni era tampoco el mismo hombre el que besaba la mano de mi madre que el que se repanchingaba en el sillón de papá; el que hablaba ahora a mamá era muy distinto al que me había acechado burlón hacía un momento.

Mi madre me dijo que hiciese el favor de subir a recoger la ropa que estaba tendida. De sobra sabíamos las dos que no podía quitar las pinzas porque no llegaba bien a las cuerdas. Pero ella no reparó en ese detalle y yo no dije nada. Salí de la salita y me quedé agazapada en la entrada. El doctor Pascual no me la daba. Iba a volver a equivocarse. Pero yo estaba ahí, dispuesta a salir de mi escondite en cuanto fuese necesario.

—Elena, ¿has leído el diario?

—No. ¿Por qué?

—Mira.

Silencio.

—Como siempre. ¿No? —dijo ella.

—No, como siempre no. Ahora la amenaza es mucho

mayor. Dicen que van a bombardear a diestro y siniestro, sin piedad. Que hay que evacuar a la gente como sea, convencerles para salir de aquí, o al menos para que saquen a sus hijos.

—Llevan meses diciendo lo mismo, amenazando con retirar la tarjeta de abastecimiento, advirtiendo de esto y lo otro…

—Ahora va en serio, Elena. Han venido los de Retaguardia a la casa y mi secretaria ha tenido que darles todas las copias de las recetas que he hecho durante estos meses de atrás. Dicen que obligarán a irse a cualquiera que haya necesitado alguna.

—¿Y la de azúcar para la niña?

—También. No he podido evitarlo.

—¿Crees que vendrán por aquí?

—No lo sé, pero esa no es la cuestión, Elena. Lo que deberías pensar es en evacuarla.

—No. La niña debe estar conmigo, pase lo que pase.

—No seas egoísta, Elena. Es muy peligroso para ella. ¿No crees que ya ha visto bastante? Además tiene lo que tiene…

—¿No decías que no era nada?

—Y no lo es, pero tampoco es normal, y los sustos no le convienen.

—No. Yo no puedo irme. Tengo que esperar a mi marido.

—Pero ella sí puede irse, salir de este peligro hasta que pase, que tiene que pasar, y cuando todo se calme, volver. Pasado mañana sale una expedición de niños hacia Levante. Tienes que aprovecharla.

—No. Le prometí a Juan que no evacuaría a la niña.

—También me dijiste un día que habías prometido a tu marido que os mantendríais con vida hasta su vuelta. ¿Crees que estás haciendo lo correcto exponiendo a tu pequeña, cuando sabes que aquí se va a armar la de Dios es Cristo?

—No lo sé, Pascual, no lo sé. No sé si hago lo correcto. Es muy duro para mí tener que tomar decisiones yo sola, pensar en lo que estaría bien que hiciera, en si los demás lo aprobarían, en si…

—Todo el mundo aprobaría que pusieses a salvo a tu hija. Lo reprobable es lo contrario. Además, tú eres la que estás aquí en estos momentos, yo no veo a nadie más. Si los que faltan tomarían otra decisión, eso no debe preocuparte. Tú eres la que sigues aquí, la que tienes que apechar con todo: con los bombardeos, con las colas, con las carencias, con el miedo, con el sueño… Mírate. Estás agotada. No hagas pasar a tu hija por esto cuando tienes la posibilidad de que esté a salvo en una bonita colonia en Levante, o en Francia o Bélgica. ¿Sabes algo de Bélgica? Es precioso. Un aire sanísimo para los críos. Podría estar bien alimentada, bien vestida, escolarizada, jugando con otros niños, divirtiéndose… incluso aprendiendo otro idioma.

—Pero esta niña lo pasaría muy mal. No está acostumbrada a separarse nada de nosotros.

—Los niños son fuertes. Te lo digo yo, que los conozco. Enseguida se les pasa y se ponen a jugar. Por mal que lo pasase, te lo agradecería el día de mañana. Valorará tu gesto, tu sacrificio al separarte de ella; comprenderá que pensaste más en su vida que en ti. Pero si no lo haces y le pasa algo, no te lo perdonarás nunca.

Silencio.

—Elena, mira, esta tarde me paso por la Junta de Protección a Menores, cojo una maleta reglamentaria y que te la traiga mi chofer. Piénsalo. Piénsalo bien.

—Dios mío, no creo que pueda —dijo mamá gimiendo.

Silencio. Llanto de mi madre. Más silencio. Un silencio sospechoso.

Aparezco en la salita, temblando.

—No… no alcanzo… la ropa.

XVII

Se acercó a mí el niño mayor.

Yo estaba sentada en el suelo, con la espalda en la pared y miraba ese eterno panal de abejas del pavimento de la estación de metro. Intentaba contar con los ojos las teselas que había hasta el túnel, pero cuando ya llevaba muchas, algo llamaba mi atención y me desconcentraba. Empezaba de nuevo. No quería dormirme, solo esperar a que pasase la noche, y quizá parte de la mañana, por si acaso. Tenía las piernas dobladas sobre el pecho y me las había cubierto con la falda del vestido y el abrigo, pero por más que los estiraba, no era capaz de que llegasen hasta los tobillos y se me estaban quedando helados.

Junto a mí había una señora mayor, recostada sobre macutos de Dios sabe qué. Dormía con la boca abierta, y sus piernas servían de almohada a un muchacho que llevaba dos abrigos puestos, uno sobre otro, y que respiraba muy fuerte. A mi izquierda se habían instalado dos niños, uno más alto y otro más bajo con lentes, que llegaron dándose puñetazos en los hombros, pero yo entendí que era de broma porque reían. Llevaban un petate del que sacaron un par de juegos de plato, cuchara y vaso de metal, como el que llevó mi padre al frente, y una manta de rayas. Dispusieron aquel saco y una estera en el suelo y se tumbaron los dos, arropándose hasta la cabeza con la frazada. Un poco más allá, un grupo de personas que parecía ser familia, hablaba en voz baja mientras bebían algo que humeaba. A lo lejos, podía ver el suelo cubierto de gente tumbada sobre colchones, aunque en realidad también podrían ser sacos de ropa. Me quedaba mirándolos para ver si los bultos se movían. Había maletas y paquetes por todas partes, papeles y colillas por el suelo y olía a algo muy raro. «Es orín», dijo Ventura cuando se lo dije. Un señor mayor leía un periódico y de vez en cuando chistaba a los que tenía al lado para escuchar el sonido amortiguado de las bombas que caían afuera, en la ciudad, y cada vez que lo hacía terminaba exclamando: «¡Qué nochecita!»

No sé de donde salió aquella joven que apareció delante de mí y me preguntó si la señora de la boca abierta era mi madre. La miré desconcertada y luego miré a la mujer que roncaba. ¿Cómo iba a ser mi madre esa?

—Sí —le mentí.

No me fiaba de ella. Si se enteraba de que estaba sola, podía llevarme a casa a la fuerza. Y aquello era lo último que yo quería esa noche; esa noche que a ver si pasaba ya de una vez y podía volver junto a mamá.

—Ah, bueno. ¿Y tú no te duermes?

—No tengo sueño.

—¿Estás enfadada con tu madre o qué?

—Sí.

—¡Vaya por Dios! —dijo sonriendo.

Y se fue. La seguí con la mirada. Estaba situada no muy lejos, en un banco, con una abuela que tenía un niño en brazos. Cuando llegó le dijo algo, me miraron las dos y yo volví la cara porque decía mi madre que es de mala educación quedarse mirando a la gente.

En aquel momento empecé a tener miedo de nuevo. Lo había sentido mientras recorría las calles yo sola, oscureciendo, hasta llegar allí.

El chofer de don Pascual trajo la maleta y unos papeles. Mamá recogió los documentos y dejó la maleta en la salita.

—Mamá, ¿vas a evacuarme?

Mi madre me miró atónita. Claro; ella no sabía que yo había estado escuchando su conversación con el lechuguino.

—¿Te gustaría ir a un país muy bonito, donde no hay bombardeos y podrías jugar con muchos niños?

—No. Así estamos bien, las dos solas; tú, yo, Pulgarcito y Rataplán y el sótano.

—Podrías pasarlo muy bien, y solo serían unos días.

—No, no me gustaría.

Creí que con aquello estaría zanjada la cuestión. Pero al día siguiente cayeron muchas bombas. Mamá estuvo especialmente seria y pensativa, y cuando pudimos salir del sótano del señor Joaquín, se puso a planchar; a planchar vestido míos que ya estaban planchados y colgados en el armario.

Yo no era tonta. Había visto a mamá planchar la ropa planchada en otra ocasión, cuando nos fuimos a El Barquillo aquella vez, y fue para meterla en la maleta. Se plancha lo planchado para meterlo en las maletas.

No sé cómo tomé la decisión de escapar. A esa edad se sopesan muy poco los pros y los contras. El caso es que, le dije a mamá que subía a ver a los gatos. «Rápido aquí, ¿eh?», dijo ella estirando mi vestido azul. «Y ponte el abrigo, que hace frío. No te vayas a acatarrar».

En vez de subir, bajé. Salí del portal totalmente decidida. No tenía miedo. Sabría llegar al metro de Ríos Rosas. Había ido varias veces con mi padre, con mi madre, con mis abuelos… no había pérdida. Solo tenía que torcer mi calle, luego bajar esa otra más grande, llegar a la de Ríos Rosas y subir por ella todo recto hasta ver una dulcería que hacía esquina con otra calle que había que bajar un poco hasta la estación. Fácil.

Pero no fue fácil, pues el tiempo se ralentiza en momentos como ese. Nunca se me había hecho tan larga una calle como aquella vez. Temí haberme perdido, haber tomado la avenida equivocada o haberme pasado la dulcería. No reconocía las casas que había visto tantas veces. Por un momento, quise volver con mamá. Estaba anocheciendo y las farolas no se encenderían. Yo lo sabía, y lo temía. Si no llegaba antes de que oscureciese, tendría que sentarme en el umbral de cualquier edificio y gimotear hasta que le diese lástima a alguien y me llevase a casa. Sin embargo, no sé dónde se había metido la gente. Hacía un momento que me había cruzado con personas a las que había evitado mirar para no llamar su atención, y ahora había desaparecido todo el mundo. Aunque quisiese, ya nadie podía ayudarme. Tuve ganas de llorar, pero no podía parar de andar; como si me hubiesen dado cuerda, como si fuese aquel tren que le trajeron los Reyes a Chencho.

Vi un rótulo a lo lejos. ¿Ponía dulcería? Las letras se fueron aclarando según me acercaba. ¡Sí! Era la dulcería de la esquina. Ya estaba cerca.

De pronto, se oyó una sirena. Y por primera vez, aquel sonido, en vez de encogerme el estómago, me alivió, pues volví a ver gente: individuos que no sé de dónde salieron, apresurándose hacia a la boca de metro. Ya solo tuve que seguirlos. Se escucharon aviones, y justo cuando iba bajando las escaleras pude oír la primera explosión.

Estaba a salvo. A salvo de las bombas y de perderme en Madrid en plena noche. ¡Casi ná! Me sentí bien durante unos minutos. Me estimé valiente, aventurera, mayor. Cuando le contase esto a la sobrina de Clara y a Chencho, si es que la Luisa quería volver, no se lo iban a creer. Sonreía, orgullosa de mí misma entre todos aquellos desconocidos.

Poco a poco, esa satisfacción fue apagándose, a la par que desaparecía también la aglomeración y el bullicio. Alguna gente se iba marchando; otra se quedaba, se acomodaba, se disponía a pasar la noche.

Comenzó el aburrimiento, el sueño, el frío, el no saber cómo se me había ocurrido aquello, cómo había llegado hasta allí. Empezó de nuevo el miedo, porque cualquiera sabe cómo se lo va a tomar mamá, porque había mentido a esa mujer que me preguntaba, porque la verdad era que estaba sola. Me sentía desamparada. Aquella no era mi madre ni yo quería que lo fuese, pero necesitaba a alguien mayor, alguien que me diera seguridad, que me protegiese y me arropase. Tenía cada vez más frío. Empecé a tiritar.

¿Qué estaría haciendo mamá?; pensaba. «Seguro que me estará esperando en la salita, sentada, sin poder dormir, mirando la maleta esa de cartón preparada y lista en la puerta. Bueno no, estará en el sótano porque esta noche están bombardeando mucho. Tenía razón el lechuguino: se está armando la de Dios es Cristo. Luego, cuando vea que amanece y no he vuelto, quizá se ponga nerviosa porque voy a perder el tren. Seguirá esperando un rato y luego llamará a don Pascual para decirle que ya nada, que la niña no puede ir porque ya no llega a tiempo a la estación. Me va a caer una buena cuando vuelva. Podría llevarle churros, como aquella vez con Chencho. Pero no me acuerdo de dónde vivía la churrera. Además cuando vuelva ya será casi la hora de comer. Antes no, por si acaso. Nada, de ésta no me libra nadie. Pero me da igual. Para entonces ya estaré fuera de peligro, porque los trenes salen por la mañana temprano, como cuando fuimos a acompañar a los abuelos a Atocha, que estaba amaneciendo. Ya no podrá meterme en un vagón de tren y mandarme a Francia o a Bélgica. Ya no me vestirá de domingo ni llorará en el andén mientras yo saco mis brazos por la ventanilla. Después de reñirme, estará tan contenta de volver a verme que ya no querrá separarse de mí. Se enfadará de nuevo con don Pascual y esta vez no le perdonará su equivocación y ya no le veremos nunca más. Terminará la guerra, volverá papá con un montón de exámenes para corregir en casa y una botella de champán. Mamá forrará la maleta de cartón con un bonito papel de flores rosas, a juego con mi vestido nuevo, y ya tendré una maleta propia para llevar a El Barquillo».

Evoco imágenes; resucitan las emociones. No soy capaz de acordarme de lo que cené anoche y sin embargo, puedo volver a oler el perfume del jabón que desprendía la falda de mi vestido. Y es que, cuando llegas a un sitio nuevo, tú eres tan extraño para él como él para ti; por eso, estás más alerta, adquieres una sensibilidad especial, pues observas y aprehendes los más mínimos detalles, cosas que pueden servir para defenderte en el nuevo territorio. Para mí, esa noche, aquella boca de metro era una zona nueva; como nueva fue toda la cuidad a partir de entonces. Vuelvo a revivir aquello de forma tan detallada que me asusta; me siento otra vez como aquella noche, como un pequeño gusano, pues nunca es normal para una persona estar bajo tierra.

Tengo tanto frío que ya no puedo dejar de temblar. Estoy cansada, quiero tumbarme y dormir, pero el suelo está helado. Sigo acurrucada sobre mis piernas, me encojo cada vez más, pero es inútil. No sé si queda mucho de noche. Casi todo el mundo duerme. Espero. Canto en mi cabeza todas las canciones que me sé. Enumero todos los juegos que me sé. Sigo esperando; cada minuto es una hora, cada hora un siglo. Ya no se me ocurren más cosas en que pensar. Ya no funciona mi cerebro. Tengo demasiado frío y demasiado sueño. Estoy tan sola y tengo tanto miedo. Quizá lo mejor sería acercarme a aquella mujer que me preguntó, contarle la verdad y pedirle por favor que me lleve a casa, junto a mamá.

Tengo un nudo en la garganta. Trago saliva, pero no sirve de nada. Empiezo a llorar, lo más bajo que puedo y con la cabeza escondida entre las rodillas, pero no puedo parar y cada vez gimoteo más alto. Sorbo los mocos con fuerza, porque no tengo pañuelo.

Oigo un «chs, chss» y creo que alguien me llama la atención para que me calle porque estoy molestando. Aspiro de nuevo los mocos y me quedo en silencio, ni respiro. Pero se oye chistar de nuevo. Levanto la cabeza y veo al niño mayor, que ha sacado la suya de debajo de la manta y me mira con los ojos achinados. Me limpio las lágrimas con las manos y las velas con la manga del abrigo. Se levanta y se acerca a mí. Se sienta a mi lado, con las piernas dobladas, en la misma postura que yo. Me mira y me dice:

—¿Qué te pasa? ¿Por qué lloras?

—Por nada —digo yo.

—No se llora por nada.

En ese momento, el muchacho de los dos abrigos se da la vuelta y la mujer de la boca abierta chasca la lengua, abre los ojos un momento, nos mira y vuelve a cerrarlos. No le interesamos lo más mínimo y Ventura se da cuenta de ello.

Me ve temblar y me pregunta que si tengo frío. Le contesto que sí con la cabeza.

—¿Por eso lloras? Eso tiene fácil solución.

Se levanta, coge la manta de rayas dejando al descubierto al niño de los lentes, que sigue durmiendo como un tronco, y vuelve a mi lado. La extiende sobre nuestras espaldas a modo de capa y la cierra por delante.

—Ahora entrarás en calor —me dice.

Empiezo a encontrarme mejor. Noto el abrigo de la manta, el que desprende su cuerpo... pero sobre todo el de su compañía.

—¿Estás sola, a que sí?

—No. Esa es mi madre —contesto yo señalando con la cabeza a aquella mujer, que vuelve a roncar.

—¿Y por qué no te acercas y te arropas con su manta?

—Porque estoy enfadada con ella —sigo mintiendo.

—¡Pues sí que eres terca tú! —ríe—. No, venga, a mí no me engañas. Esa no es tu madre. No os parecéis en nada.

No se me ocurre qué decir. Tiene razón. Yo me parezco a mi madre. Mi madre es muy guapa; yo siempre presumo de eso y me da vergüenza que piense que es esa señora tan fea.

—¿Por qué estás aquí, sola? ¿Te has perdido?

Otra vez el nudo en la garganta y ese dolor por dentro de la nariz. Trago saliva, pero es inútil. Ventura mira cómo mis ojos se llenan de lágrimas y me tiembla el labio inferior.

—Venga, ¿qué te pasa?

Y no aguanto más. Rompo a llorar y le cuento todo en bajito, entre sollozos, con pelos y señales, como contaba yo las cosas. Él escucha, me echa un brazo por encima de los hombros y sigue escuchando.

—Eres muy valiente —me animó.

No tuvo en cuenta que estaba llorando como una magdalena. Me sequé la cara para que no cambiase de opinión.

—Yo también tuve que huir, ¿sabes?

—¿También estás solo?

—Sí, bueno no, con Isidro —dijo señalando al niño de los lentes, que se había encogido pero seguía durmiendo.

—¿Es tu hermano?

—No, pero como si lo fuese. Somos amigos desde antes de las navidades.

—¿Él también tuvo que huir?

—No, pero sus padres desaparecieron y ahora los dos vivimos en casa de su abuela, que está mal de la chaveta y a veces no nos quiere abrir la puerta.

—Entonces es inocente.

—No —rio él—. Dice Isidro que antes era normal, pero que se volvió loca cuando se llevaron a sus padres, a los de Isidro me refiero. Bueno, y por los bombardeos de noviembre, que dejaron *de atar* a muchos viejos.

—¿Quién se llevó a sus padres?

—No lo sabe. El caso es que desaparecieron, y ellos ya se temían algo porque le tenían dicho que si aparecían unos hombres armados en casa, se escondiera debajo de la cama, y que si después de unas horas no habían vuelto ellos, se fuera a casa de la abuela. Y eso es lo que hizo. Cuando una noche llamaron a la puerta, su madre le dijo: «Rápido, debajo de la cama», y él, desde allí, oyó cómo les decían que tenían que acompañarlos a la calle San Bernardo, que los tenían que hacer unas preguntas. Y hasta hoy.

—¿Y por qué no fue a esa calle a preguntar?

—Fue su abuela a no sé qué sitio y también preguntó en las Salesas Reales, pero nada. Luego se le fue la chola, y desde entonces no deja de decir y maldecir de los moros, de que si entran estamos perdidos, que si tal y que si cual… Así que Isidro cree que los que se llevaron a sus padres fueron los moros, pero entre tú y yo… —dijo en bajito acercándose a mi oreja—. Yo creo que están en la China.

—¿En la China? ¿Por qué?

—Que los han dado el paseo, vaya.

Recordé lo de los *paseos*. Creía que solo llevaban de paseo a los curas, y que no volvían porque los metían en la cárcel de la Casa de Campo. Me acordé de aquel día con Chencho esperando a que bajase la churrera, y volví

187

a sentir el escalofrío de aquella vez, cuando ese hombre maniatado nos miró fijamente hasta que desapareció a lo lejos en la calle María de Guzmán.

—Debería preguntar en la cárcel de la Casa de Campo —le propuse.

—¿Hay una cárcel en la Casa de Campo?

—Creo que sí —contesté.

Me quedé un rato pensando en si los moros podían aparecer por mi casa y llevarnos a la cárcel de la Casa de Campo o a la China a mi madre y a mí.

—¿Por qué se los llevaron? —pregunté.

—Porque eran ricos, supongo.

—¿Para llevarse la máquina de coser?

Me miró, sonrió y luego dijo que era muy chica, que no lo entendía. Aun así, yo respiré, porque nosotros no éramos ricos. Se lo había oído a mamá mil veces cuando le pedía que me comprase esto o lo otro.

Gracias a él, a su manta y al llanto, había entrado en calor. Estiré las piernas y bostecé.

—Anda, duérmete un rato —me dijo—. Apóyate aquí si quieres.

Puse mi cabeza sobre su hombro y me quedé dormida, aunque debió ser tan solo un instante.

—¿Y tú por qué huiste?

—Pero… ¿tú no te habías dormido? —preguntó riendo.

—¿Tu madre te quería evacuar?

—No —contestó mirando al frente—. No tengo padres. Murieron, bueno, o yo qué sé, porque no los conocí. Viví con las monjas hasta los seis años, en un orfanato.

Recordé a mi abuela diciendo que yo no tenía por qué ir a una escuela de cagones porque no era una pobre huérfana. Volví mi cara hacia él y olisqueé disimuladamente, como si sorbiera los mocos, para ver si olía a caca. Pero no. Olía como siempre olió, a Ventura.

—Luego… —continuó—. … como era listo, me metieron en el colegio de San Ildefonso. ¿Lo conoces? El de la Lotería. Y ahí he vivido hasta que un día nos dijeron que preparásemos la maleta, que nos evacuaban a Valencia porque los pilotos alemanes no sabían de niños ni de loterías y en la zona donde está el colegio hacíamos un blanco fetén. Yo no estaba dispuesto a irme, porque se comentaba en el colegio que la colonia de Valencia era solo la primera parada, que luego te llevaban a Rusia y dicen que allí… Bah, da igual. Que no quise irme.

—¿Y te dejaron quedarte?

—Ni hablar. Tuve que huir, como tú, y casi me trincan. Solo que tú regresarás a tu casa con tu madre, y yo… realmente, no tengo casa. Aunque, no creas, me da igual, como nunca la he tenido… Nos divertimos mucho en la calle. Nadie nos hace estudiar, ni lavarnos demasiado, ni ponernos esta ropa o la otra, ni nos castigan… ni nada. Mandamos en nosotros mismos.

Se quedó serio un instante y continuó:

—Solo que a veces este lloriquea —dijo haciendo un ademán hacia Isidro—. Se está acostumbrando ya, pero cuando le conocí…, estaba jugando al fútbol con otros niños y uno de ellos dijo que había hecho falta y como este decía que no, el otro quería partirle la cara. Bueno, él y todos sus amigos. Si no llego yo a estar allí, lo desarman vivo.

—¿Le pegaron?

—Sí, un poco, a los dos. A mí casi nada, pero a él le rompieron el labio. No veas, lo llevaba colgando. Pero solo era sangre, como de morcilla. Lo llevé a su casa y cuando nos vio aparecer su abuela, le curó a él y a mí empezó a llamarme Lolín. Yo le dije que me llamaba Ventura y me dijo que qué nombre era ese, que no le gustaba que jugara a esas cosas de cambiarse el nombre, que luego te quedaba el mote para toda la vida. Por lo visto, me estaba confundiendo con otro nieto mayor, de otro hijo suyo que vive en Salamanca. En fin, que ya estaba loca, la pobre. Así que, a veces soy Ventura, otras veces Lolín…y otras un moro que viene a matarla —dijo haciendo un gesto de corte en el cuello con el dedo.

Me reí.

—Tenías que verla cuando está mal y sale a la calle —me contaba—. Se pone la falda del revés, una media sí y la otra no…

Seguí riendo.

—Lolín, Lolín —decía Ventura con la voz chillona, imitando a la abuela—. Ve a por huevos, hijo, que no queda ni uno y no encuentro a la criada por ninguna parte. Estas mozas de pueblo, cuando menos te lo esperas, se echan novio y si te he visto no me acuerdo.

Yo ya no podía de la risa. Se me había pasado el frío. Casi sentía demasiado calor.

Isidro levantó la cabeza.

—¿Os reíais de mi abuela? —preguntó con su mirada incisiva.

Yo me puse muy seria, pensando que quizá se hubiese enfadado. Se levantó de encima del saco, estirándose con las manos detrás de la cabeza. Bostezó. Me miró y preguntó a Ventura que quién era esa.

—Una niña, ¿no lo ves? —le contestó él—. Anda, ponte los lentes, cuatro ojos.

Isidro se acercó rápidamente a darle un puñetazo en el hombro, con el dedo del medio un poco sacado.

Cuando la gente empezó a moverse, entendí que ya se había hecho de día, o al menos quedaba ya poco para que amaneciese.

—Bueno, niña, nosotros nos vamos a ver si nos dan el desayuno.

—¿Conocéis a la churrera de la calle María de Guzmán?

Los dos se miraron y se echaron a reír. No conocían ni la calle. Solo estaban allí porque el bombardeo les pilló por esa zona y a esas horas ya no podían llegar a casa de la abuela, que vivía en la calle Marqués de Villamagna, junto a la Castellana, y aunque hubiesen llegado, Dios sabe si los habría dejado entrar. Recogieron su petate, enrollaron la manta y la metieron dentro junto con sus cacharros.

—Yo tengo que esperar hasta la hora de comer —les dije.

—Ya —respondió Ventura—. Bueno, adiós.

Isidro no dijo nada.

Se marchaban. Yo no sabía qué hacer. Tenía hambre y sed, y sobre todo temía quedarme sola de nuevo. Vi cómo se alejaban. Me levanté para seguirlos con la mirada, y en ese momento apareció de nuevo la mujer a la que había mentido.

—Eh, niña —dijo arrugando las cejas y agarrándome fuerte por el brazo—. No te conviene andar con esos golfos. Te he estado observando y esa no es tu madre. Anda, dime dónde vives. Te llevaré a casa. ¿O es que ya no tienes casa?

Entonces yo, que seguía mirando a mis dos amigos para no perderlos de vista, le dije que me soltase, y como no quiso, empecé a gritar con todas mis fuerzas: «¡Ventura!… ¡Ventura!»

Ventura me oyó. Se dio la vuelta, me buscó con la mirada entre la gente que salía de la estación y cuando me localizó, vino corriendo hacia mí. Isidro le seguía.

—¡Déjela! —ordenó.

—No quiero. Esta niña no es como vosotros, que se ve a la legua. La voy a llevar a su casa o entregarla a los guardias.

Entonces, Ventura le arreó tal patada en la espinilla que hizo que me soltase inmediatamente. Me cogió de la mano y echamos a correr hacia la salida. No paramos de correr hasta que torcimos la calle.

—Bueno —jadeó Ventura—. Ahora, vamos a desayunar.

XVIII

Siempre hay algo que nos despierta. Ese algo, o ese alguien, se queda para siempre. Y lo amamos por siempre. Nos apegamos a ello como se apegan los patos a lo primero que ven cuando salen del huevo. La Naturaleza no permite que sea de otro modo; no está en nuestras manos cerrarnos a eso, negar el deseo. Por eso, aquella mañana, en cuanto mi marido y mis hijos abandonaron la casa, me vestí y me arreglé para ir al hotel en el que se alojaba. Desde el momento en el que me dio, a escondidas, aquella tarjeta, supe que no habría nada que pudiese sujetarme; no había nada que yo pudiera hacer contra la urgencia de mi instinto.

En aquella habitación de hotel, mirándome a los ojos, él volvía a tener una mirada limpia, como si nunca hubiese visto el horror, el lado sórdido de la vida. Se acercó a mí, sabiendo exactamente qué es lo que iba a suceder, y entonces fui consciente de que todo lo que había sentido hasta aquel momento habían sido implosiones en mi alma; supe que nunca había explotado, que mi pasión estaba reservada para estallar con él, que el amor era ígneo. Nos besamos. Ardíamos. Nos desnudamos entre aquellas llamaradas. Su piel me abrasaba. Y en aquel momento, justo antes de unir nuestros cuerpos, sé que los dos tuvimos miedo; que fue como cuando un marinero ve por fin el mar y no su contenido, el temor al abismo, a su enormidad. Volvió a besarme; poco a poco se hacía conmigo y me hacía saber que la única separación había sido el tiempo. Hicimos el amor con la fuerza sobrenatural de los sueños.

Luego vino un silencio de nieve. Nos miramos, serenos y pensativos; sabíamos que aquel momento podía ser irrepetible y quisimos retenerlo de aquella forma: suave entre los dedos. Aún no sabíamos que después, las ganas y el deseo, el amor, se volvería salvaje y doloroso.

Miré hacia la ventana. Me sorprendió la luz; aún no era mediodía. Pensé en la nota que le había dejado a mi marido: «Quizá llegue tarde. Voy de compras con Maruja, ya sabes cómo es. Un beso». Las notas siempre tienen algo inquietante. No puedo evitar que me sobrecojan porque una nota siempre implica un quiebro en lo cotidiano; grande o pequeño, pero siempre rompe la normalidad segura en la que nos movemos y de la que, con tanta frecuencia, resulta desastroso salirse.

«HE IDO A BUSCARTE. SI HAS LLEGADO Y NO ESTOY, NO TE MUEVAS DE CASA. CIERRA LAS PUERTAS Y NO ABRAS A NADIE».

Puse la nota de mi madre de nuevo en el sitio donde estaba: inclinada sobre unos libros encima de la mesa. Ponía lo mismo que en otra que dejó sobre una maceta, arrimada al marco de la puerta para que no se cerrase. Me iba a caer una buena.

Había encontrado el portal abierto.

—¿Aquí vives? —preguntó Isidro.

—Sí.

—Pues has tenido mucha suerte —dijo Ventura mirando cómo había quedado el edificio de al lado.

—Si subís os enseño mis cosas —dije entusiasmada por llevar amigos a mi casa; además pensé que así, al ir acompañada, mi madre no me reñiría tanto.

—No, mejor no —negó Ventura.

—Sí, anda. Y podemos subir a la azotea a ver a los gatos.

—Buah, gatos —se burló Isidro—. ¡Como si no hubiésemos visto nunca unos gatos!

—Tenemos que llegar a casa de la abuela a comer —se excusó Ventura.

—Pues si subís, mi madre nos puede hacer fideos largos con tomate frito. ¿Os gustan? A mí me encanta. Es mi plato favorito.

Se miraron los dos un momento. Ventura le preguntó a Isidro con la barbilla y este contestó desganado: «No, venga, vámonos».

—Adiós, niña —dijo Ventura.

Isidro, nada.

—Adiós —respondí con una mezcla de alegría y tristeza.

Estaba feliz por llegar de nuevo a mi casa, pero me daba pena despedirme de mis nuevos amigos; bueno, en realidad no sabía si eran amigos míos porque quizá no los volviese a ver. Quería subir rápidamente a abrazar a mi madre y, sin embargo, por otro lado, tenía miedo a la bronca que me iba a echar. Esta vez no llevaba churros, ni violetas… sino el bajo del vestido descosido y los calcetines sucios. Me armé de valor y empecé a subir las escaleras.

Me encontraba en casa; en la salita de mi «nuevo hogar», sola otra vez. Me quité el abrigo y, de un brinco, lo colgué en el perchero. La maleta de cartón aún estaba en la puerta. La tumbé en el suelo y la abrí. No había nada dentro. Los vestidos, míos y suyos reposaban sobre una silla, sin doblar; y la plancha estaba allí, encima de la mesa, sin recoger.

Estaba nerviosa. Cualquier ruido me parecía que eran las pisadas de mamá en los escalones, y me asomaba. Pero nada.

Me acordé de los gatos. ¿Tendrían hambre? No me atreví a subir por si, justo en ese momento, llegaba mi madre. Yo también tenía hambre. Miré el reloj de pared de la salita. Eran las tres. Ya había pasado la hora de comer. Mi madre no podía tardar mucho porque la hora de la comida era sagrada. «Me va a caer una buena», pensaba.

Bajé y me senté a esperarla en el primer escalón del portal, mirando hacia la puerta de la calle, deseando que se abriese ya de una vez y apareciese. Los gruesos cristales, pintados de azul, de los cuarterones altos del portón estaban totalmente resquebrajados, pero se sujetaban por el papel engomado y podía ver sombras yendo y viniendo. Había mucho ajetreo en la calle. La gente pasaba por la acera muy pegada a la puerta, pues la calle estaba llena de cascotes que todavía no habían acabado de retirar los bomberos. «¿Has cogido la vajilla?»; se oía. «Lo que queda de ella»; le respondía una voz triste. Entonces entendí que aquellas personas estaban recogiendo lo que podían para irse de allí. Se habían quedado sin casa; así, de la noche a la mañana se encontraban sin hogar. Sentí miedo de que pudiera pasarnos a nosotras, pero me tranquilizó acordarme de las palabras del librero: «Ya no hacen construcciones como esta, con estos materiales ni este grosor en las paredes. Ahora todo es subir alturas, escatimando hasta los cimientos».

Seguí un rato más allí. Cada figura que pasaba tras el portón me parecía que podía ser mi madre. Pero no lo era. Alguien se apoyó en el umbral y golpeó la puerta, supongo que para descansar un momento, y a punto estuve de echar a correr hacia ella y abrirla. De pronto, oí una voz aumentada por un embudo de aquellos, diciendo: «Orden de evacuar la zona. Abandonad vuestras casas. No son seguras. Os alojaremos en otras preparadas por el comité».

¿Estaban evacuando a todos los de la calle? Subí corriendo las escaleras, entré en casa y me dirigí hacia el balconcillo de la salita. Desde allí, miré a través de las rendijas de la persiana. Podía ver poca cosa, pero sí, había mucha gente subiendo macutos a camiones y a un carro de bueyes.

De repente, llamaron abajo, al timbre del portal. Me asusté porque no lo esperaba. Me quedé quieta como una estatua. Llamaron de nuevo. ¿Y si era mamá, que había perdido las llaves? Bajé los escalones a toda prisa, pero de puntillas, para no hacer ruido. Al otro lado de la puerta podía distinguir dos sombras. Al menos uno era un miliciano, pues se adivinaba la forma de su gorra. Hablaban entre ellos. Llamaron de nuevo, insistentemente. Yo miraba las siluetas de sus cabezas sin saber muy bien lo que debía hacer.

—Aquí no hay nadie —dijo uno de ellos—.Ya se habrán ido.

—Vuelva a intentarlo —pidió una voz familiar.

Era la voz de don Pascual. Entonces ya supe lo que debía hacer: no abrir por nada del mundo. Sentí deseos de subir corriendo las escaleras, escapar de sus garras, pero estaba paralizada. Ahora sí que estaba muerta de miedo.

—¿Qué es lo que quiere? ¿Que tire la puerta abajo? —le preguntó el miliciano en un tono muy seco—. Aquí vive la mujer de un compañero, y no quiero que se encuentre la puerta destrozada cuando vuelva. Y si usted de verdad es amigo suyo tampoco lo querrá, ¡digo yo! Ande, váyase a su casa, que aquí no hace más que interrumpir el paso.

De nuevo en casa, me acurruqué en el sillón de papá, me arropé con la mantita que ponía mamá en la mesa para planchar y me quedé dormida. Estaba muy cansada. En el metro solo había dormitado, y luego había estado toda la mañana de aquí para allá con Ventura e Isidro.

Cuando desperté era casi de noche. Se veía poco en la sala, pero no quise abrir las persianas. Si don Pascual volvía y notaba algo diferente, sabría que estaba allí dentro. Así que fui directamente a la mesilla de noche de mamá y cogí la linterna. La encendí y entré en la cocina. Tenía mucha hambre. No había comido nada que fuese comida de verdad en todo el día. Me dolía el estómago. Era ya casi la hora de cenar, que también era sagrada, y mi madre aún no había llegado. Subí a una silla para llegar al armario donde se guardaba la leche en polvo. Agarré un vaso del escurreplatos y lo llené de agua del grifo. Salía sucia. La tiré. Fui hacia el rincón donde mamá almacenaba garrafas. Puse el vaso en el suelo e incliné una de ellas para llenarlo. El suelo también se llenó de agua, que recogí como pude con los trapos que me encontré por allí, porque no era plan de que llegase mamá y viese aquel desastre, que ya bastante me iba a caer.

Y allí estaba yo, sentada en la mesa de la cocina con la tenue luz de la linterna, devorando mis galletas mojadas en leche, concentrada en lo que estaba haciendo, sin pensar en nada más que en saciar el hambre. Empezaba a sentirme mejor cuando comenzó a oírse la maldita sirena. Apuré el último sorbo, ese que nunca tomaba porque estaba lleno de grumos de galleta. Esta vez no había tiempo para la arcada, ni estaba allí mamá para colarlo ni para decirme que «no hay ningún marrano que no sea escrupuloso».

Con mi linterna en la mano, cogí apresuradamente a Federico, abrí la puerta de casa y bajé las escaleras hacia el sótano secreto. Solo cuando tuve la puerta delante me di cuenta de que no llevaba las llaves. Subí de nuevo. Estaba tan aturdida que no recordé que mi madre las guardaba en el cajón de su mesilla de noche. El pánico se apoderó de mí y solo se me ocurrió meterme debajo de la cama.

Estuve, con mi muñeco y mi linterna, escuchando explosiones lejanas, rezando lo que mi abuela me había enseñado, hasta que volvió a oírse la sirena de fin de peligro. Entonces, justo cuando me levantaba, vi la mesilla y me acordé. Abrí el cajón. Sí, estaban allí. Si volvía la alarma, podría bajar al único lugar en el mundo donde me sentía segura de verdad. Pero mamá ya no podía tardar.

Cogí una cuartilla y escribí una nota para mi madre.

ESTOY EN LA CAMA O EN EL SÓTANO.

Taché fuerte la última palabra, porque después de todo, era un secreto, y puse:

DONDE TÚ YA SABES.

La dejé en la mesa de la salita, sobre la suya. Hice pis, me puse el camisón y me fui a la cama.

No podía dormir. Estaba totalmente desvelada. ¿Dónde se habría metido mamá? ¿Se habría encontrado con don Pascual y habrían pasado la tarde en algún café? Escuchaba atentamente por si oía el ruido del coche del medicucho. Nada. El silencio era aún mayor que otros días. Me intranquilizaba esa quietud.

Quizá mi madre tardaba porque quería darme un escarmiento por fugarme, como aquella vez cuando era pequeña, que me senté en una acera, enfadada porque no me había comprado un helado y no quería moverme de allí; y ella se fue alejando y me dejó sola, hasta que me levanté. Yo era muy chica, pero no había sido posible olvidarlo, pues ella le contaba esa historia a todo el mundo para demostrar lo terca que era su hijita.

—¿Me hubieses dejado allí? —le pregunté un día.

—Claro que no, tonta. Yo no te quitaba ojo desde la esquina.

En ese momento se me ocurrió que quizá mamá estaba escondida por allí, mirándome, solo para darme un escarmiento como aquel día. ¡Sí, era eso! Seguro. Me levanté de la cama y cogí la linterna, que no había apagado aún ni pensaba apagar. Fui hacia el balconcillo del cuarto y retiré las cortinas de un golpe, para pillarla por sorpresa. No estaba ahí. Mi madre jamás se hubiese escondido en el armario ropero, pero también miré dentro, por si acaso. Recorrí todas las estancias, y nada. Aún me quedaba buscar en el sótano, incluso podía estar en la azotea. Agarré las llaves y bajé rápidamente. Cuando abrí la trampilla me di cuenta de que era imposible que estuviese allí con la luz apagada. Aun así la llamé: «¿Mamá?», reverberó. La oscuridad me devolvió un silencio absoluto.

Subí a la azotea. Allí estaban los gatos, pero yo no tenía tiempo ni ganas de entretenerme con ellos. Volví a casa.

«¿Mamá?... Mamá, sal, por favor… Te prometo que no lo volveré a hacer».

Nada.

«Mamá… por favor. Mamá… no quería irme a Francia ni a Bélgica. Yo quiero quedarme siempre contigo».

Empieza la presión y el dolor en la garganta. Lloro.

«Mamá… por favor, sal».

Y ya no hay quien me pare. Me convulsiono, lloro con toda el alma, porque no puedo hacer otra cosa, porque cuando lloras, alguien te atiende, alguien te pregunta qué te pasa, se lo cuentas y te ayuda, te arropa y te consuela. Pero no, esta vez no hay nadie, ni mamá ni nadie. Sigo sollozando con fuerza, hasta que me doy por vencida. Mamá no puede estar allí. Me voy a la cama con Federico. Lo abrazo y sigo llorando, ya de otra manera; es un llanto de soledad absoluta y de tristeza infinita. Hasta que me vence el sueño.

«¡Mamá!... ¡Mamá!»; dije al despertar, como las mañanas de antes, las mañanas en las que aún los rayos de luz no nos sorprendían al salir del sótano, o las que todavía no tenía que cogerme y llevarme medio dormida a la cola de comida. Mamá venía a la cama y me decía «buenos días, mi amor», sonriendo mientras me acariciaba la cabeza. Yo me desperezaba estirando mucho los brazos y ella me preguntaba qué había soñado, pero decía que si era malo, se lo contase después de desayunar, para que no se cumpliese. Pero siempre era bueno, antes.

Esa noche había soñado que corría por un campo. Alguien me detiene y me dice que mi padre ha muerto, que se ha caído a un pozo. Entonces yo sigo corriendo y me encuentro frente a un puente viejo. Lo cruzo, y al otro lado, junto a una iglesia, hay una fuente con una pila de piedra. Me asomo a ella y veo, entre el agua clara, a mi hermanito muerto. Una bruja se ríe de mí. Ella ha matado a mi hermano.

Despierto. No abro los ojos. Solo ha sido un sueño. Lo recuerdo todo para que no se me olvide. Mañana se lo contaré a mamá después de desayunar. Sigo durmiendo.

«¡Mamá…mamá!»; repito.

Pero mamá no contesta. Me cuesta abrir los ojos porque los tengo llenos de legañas. Me acuerdo de ayer, de que mamá no estaba. Siento una punzada muy grande en el pecho. La espina.

Me levanto a toda prisa. No puede ser que aún no haya llegado. Recorro de nuevo todas las habitaciones, llamándola. Nada. Quizá los milicianos no la hayan dejado volver aquí. Pero vendrá, tarde o temprano vendrá, porque cuando mamá se pone seria, puede con ellos, por mucho fusil que lleven. O también puede ser que don Pascual la convenciera para que aprovechase el tren de Francia o Bélgica y se fuera ella. «Yo me haré cargo de la niña hasta que vuelvas», le habría dicho él. A eso vino ayer, a hacerse cargo. Pues va *dao'*, porque no pienso ir con él a ninguna parte. Nunca le abriré la puerta, y si la echa abajo, me esconderé. Él no sabe nada del sótano secreto, porque es un secreto y mamá jamás se lo contaría a un medicucho lechuguino y engreído, por muy amigo suyo que sea. O tal vez me esté buscando por toda la ciudad y hasta que no acabe no vuelve. En eso se tarda, Madrid es muy grande. Sí, seguro que es eso. Esperaré. Me quedaré aquí, en casa, con las puertas cerradas y sin abrir a nadie, como ella me ha ordenado. Además, no me conviene desobedecer, que ya me va a caer bastante.

No sé cuántos días transcurrieron. Intentaba hacer una vida normal, como cuando estaba mamá; pero siempre se me pasaban las horas sagradas.

Cuando se me terminó la caja de galletas, busqué algo más por la cocina y encontré escabeche, un trozo de pan duro, algo de chocolate, naranjas, un trozo de tocino, un chorizo… y poco más que pudiese comer sin tener que cocinarlo. Había también una lata de leche condensada, a la que me costó mucho hacerle un roto para que saliese, pero una vez conseguido pude llevarles un tazón a Pulgarcito y Rataplán, que cuando abrí la puerta de la azotea, salieron escaleras abajo y tuve que llamarles «Mssss, msss» muchas veces para que volviesen. Se notaba que tenían mucha hambre, así que acabé dándoles el chorizo, que se comieron con tripa y todo. Les limpié el cajón de tierra donde hacían caca, con la palita, como hacía Chencho, y les llené el cuenco de agua, pero ya no volvieron a la azotea. Por más que los cogía, uno a uno, porque ya eran grandes, y los llevaba hacia arriba, lograban escaparse antes de que cerrase la puerta. Así que, con todas las manos arañadas, al final desistí y los dejé que recorriesen todo a sus anchas. Imaginaba a la Luisa saliendo al rellano y poniendo el grito en el cielo. Pero ella ya no estaba. Ni ella ni nadie. Me acordé de Ventura, que me dijo que no estaba tan mal estar solo, que nadie mandaba en él, que hacía lo que quería. Recordaba la mañana que pasé con ellos y sentía de nuevo esa curiosa sensación de vida y libertad que experimenté aquel amanecer cuando salimos corriendo del metro. Estaba lloviendo. Nos mojábamos, pero daba igual. Fuimos al mercado de Olavide. «Isidro, tú por allí y nosotros por aquí», a ver qué conseguíamos para desayunar. Caramelos y chufas, el desayuno más raro de mi vida. Luego, por las calles devastadas aquella misma noche, porque se había armado la de Dios es Cristo, buscamos restos de proyectiles para su colección. Yo, que era buena encontrando cosas porque rezaba a San Antonio, encontré uno, muy grande y muy raro. Se lo di enseguida a Ventura, que me dijo que era buenísimo; «¡Isidro, mira lo que se ha encontrado la niña!». Isidro dijo «Buah, los he visto mejores», pero Ventura le contestó que sí, que en sus sueños. Me miró con orgullo, dándome golpecitos en la espalda. Me había ganado su respeto, y creo que ahí ya estuve segura de que me acompañarían a mi casa.

Nos metimos entre los escombros hasta que los bomberos y los milicianos nos echaron de allí. Encontramos a un grupo de niños que le dijeron a Ventura que necesitaban gente para un «Pico, zorro o zaina» y nos quedamos a jugar con ellos. «La niña no», dijo uno. «Que sea la madre…o si no, no jugamos», contestó Isidro, y me indicó, muy bajito, las señas que debía hacerles con las manos por debajo. Trampas. Como las que hacía mi abuelo jugando a las cartas y a mi abuela se la llevaban los demonios.

Solo cuando los otros, cansados de picársela siempre, se dieron cuenta del engaño, se acabó el juego a empujones, insultos y bravatas.

—¡Quítate la gafa, cuatro ojos, que te voy a dar un puñetazo! —decía uno de ellos.

—¡Primero tendrías que darme a mí, pamplinas! —decía Ventura sacando pecho.

Nos alejamos burlándonos de ellos. Ya lejos, Isidro se quitaba los lentes y les chillaba: «¡Eh! ¡Venid a por mí, panolis!».

Ventura cogió a Isidro por la muñeca para verle la hora. Luego, paró a un señor que pasaba por allí y le preguntó por dónde se iba a la calle… «¿cómo decías que se llamaba?», me dijo a mí.

Me sorprendió en otra cosa, en otra vida. «¿Que cómo se llamaba qué?»

«Tu caaaalle».

El hombre le indicó el camino. No estábamos lejos.

Lo pasé en grande. De vez en cuando me había asaltado el temor de la que me esperaba cuando llegase a casa, pero de forma fugaz, pues rápidamente surgía algo excitante y nuevo para mí.

Pensé que Ventura podía tener razón, que no estaba tan mal estar sola hasta que llegase mamá. Imaginé que el edificio entero era mío, era mi palacio, y yo una princesa. Me puse un vestido de mamá que me llegaba hasta los pies y recorrí todo mi castillo, excepto el piso de la Luisa, que era la habitación de la rueca con la aguja envenenada.

Curioseé por ahí todo cuanto pude. Abrí todos los cajones, porque eran míos, salvo el cajón con llave de la cómoda de mamá, justo el que más me hubiese gustado abrir. Pero la llave la tenía ella, colgada del cuello con un cordón.

Cuando llegaba la noche, me ponía el camisón y me iba a la cama. Me costaba conciliar el sueño, pues con la lucecita de la linterna se despertaban todos los fantasmas. Ya me había acostumbrado a las explosiones lejanas, pero ahora también se oían crujidos y otros ruidos que a mí me parecían cadenas, suspiros, lamentos… y acababa tapándome la cabeza con las mantas.

Por la mañana, cuando despertaba, recordaba el sueño aquel, el que no pude contarle a mi madre después de desayunar. No quería olvidarlo. Pensaba: «mañana se lo contaré», «mañana…». Se me grabó a fuerza de querer recordarlo para mamá, y aún lo veo. Es un sueño atrapado en tierra de nadie, en un universo invisible que hay para ellos, para las pesadillas que no se cuentan ni antes ni después del desayuno, las que ni se cumplen, ni se dejan de cumplir.

Los hábitos se convirtieron en los pequeños motores de mi existencia. Cada día, recorría de nuevo mi palacio para ver si acaso había llegado mi madre; luego, daba cuerda al reloj de pared, barría la salita y me ponía de rodillas en una silla para fregar los cacharros sucios con el agua del grifo, que ya empezaba a aclararse.

Iba al baño y me lavaba bien la cara y las manos. Me peinaba casi todo el pelo; solo dejaba el nudo que se me había formado en la nuca, porque tiraba mucho y me dolía.

Cogí más chorizo del sótano y se lo di a los gatos. ¡Cómo les gustaba! Eran mis lacayos y campaban por toda la casa: por encima de las camas, de las mesas, de las sillas... por donde querían, que para eso teníamos una República y se podía andar por dónde se quisiese, siempre que yo, su princesa, se lo consintiera.

Ponía a mis muñecas en fila, como si estuviesen en un aula, y yo hacía de maestra. Marcelino era muy aplicado, mientras su hermano gemelo Domingo era terrible y tenía que castigarle de cara a la pared en muchas ocasiones. Otras veces jugaba a que estaban enfermos, en un hospital. Les ponía trapos liados a la cabeza, en los que siempre pintaba una mancha roja con mis lápices de colores. Yo les daba jarabes, les ponía mil inyecciones, y les obligaba a andar de un lado a otro y todas esas tonterías que me obligaba a hacer don Pascual en su consulta. Les decía: «No es nada, se os pasará en cuanto termine la guerra».

A veces la sirena me pillaba en pleno juego. Entonces, recogía a todos los muñecos, me los bajaba al sótano y seguía jugando, sin mis lacayos, porque no había forma de meterlos dentro. «Allá vosotros», les decía condescendiente; pero siempre temía por ellos. Estando allí, se me ocurrió abrir una de las cajas del librero. Eran tebeos viejos; un descubrimiento estupendo. Había tantos que no sabía por dónde empezar. Pero no me conformé. Había cruzado la línea de la corrección abriendo aquel paquete y ya nadie podía detenerme en mi propósito de entrar en la librería y jugar a la tendera librera.

XIX

Yo conocía ese silbido.

—¡Eh!, ¡Niñaaa! —llamaban desde la calle.

¡Eran Ventura e Isidro!

Casi ruedo escaleras abajo. A través de los cristales cruzados de tiras no se veía nada, pues no llegaban a esa altura, pero podía oír sus voces. Eran ellos, no había duda.

Abrí la puerta hasta atrás con una sonrisa que se salía de mi cara, y allí estaban los dos: Ventura con sus pelos de pincho, sus pecas y su petate al hombro; Isidro con su mirada azul y desafiante detrás de los cristales de su gafa.

—¡Hola! ¡Habéis venido!

—Sí —dijo Ventura sonriendo también.

—Por lo de los fideos largos con tomate —largó Isidro.

Ventura le dio un codazo y el otro se quejó de dolor: «Ay, ¿qué pasa?»

—No le hagas caso. Hemos ido al mercado del otro día y se nos ha ocurrido venir a verte. ¿Te pegó tu madre?

—No.

No me atrevía a decirles que mamá no estaba por si se iban. Yo nunca había hecho fideos largos con tomate.

—Entrad. No puedo tener la puerta abierta. Bienvenidos a mi castillo.

—Ya te dije que esta niña no era normal —cuchicheó Isidro a Ventura.

—Calla —le ordenó él.

Subimos las escaleras; Ventura de dos en dos, como hizo siempre y como yo acostumbré a hacer desde ese día.

—¿Estos son tus gatos? —preguntó.

—Sí, ese es Rataplán y este, Pulgarcito.

—Vaya unos nombres más tontos —replicó Isidro.

—Ya —asumí un poco avergonzada—. Es que se los puso Chencho, mi vecino; mi vecino de antes, porque ya se ha ido. Podemos ponerle otros.

—Zampabollos al más gordito, y Nabucodonosorcito al otro —propuso Ventura con su espléndida sonrisa.

Los tres estuvimos de acuerdo.

—¿Y tu madre?

—No está.

—Pues vámonos —dijo Isidro—. Lo mismo si nos pilla aquí nos la cargamos nosotros.

Ventura recorrió la estancia con los ojos. Luego se fijó en mí, en mi vestido con arrugas y mi pelo enmarañado.

—¿A dónde ha ido? —me preguntó Ventura serio, mirándome directamente a los ojos.

Yo me mordí el labio, bajé los ojos y confesé que no lo sabía, que no había vuelto a verla desde aquel día, que cuando llegué a casa no estaba y que me dejó esa nota en la que no aclaraba cuántos días iba a tardar.

—¿Cuánto tiempo se tarda en recorrer Madrid? —le pregunté.

Ventura cogió el papel de encima de la mesa y lo leyó con atención. No contestó a mi pregunta.

—¿Eh, Ventura? ¿Cuánto crees que…

—¿Y desde entonces estás aquí sola?

—Sí.

—¿Sin salir?

—Sí… pero, ¿cuánto crees tú que se tarda en…

—¿Y qué has comido?

—Cosas que había en la cocina y en el sótano.

Se me había escapado lo del sótano. Pero ya daba igual; estaba tan feliz de tenerlos allí que hubiera vendido mi alma al diablo por que se quedasen. Así que ni siquiera esperé a que me preguntaran que qué sótano; yo misma les invité a conocerlo.

Cuando vieron la cantidad de comida que había allí abajo se quedaron boquiabiertos. Isidro preguntó enseguida que dónde estaban los fideos largos.

—Creo que es ese saco —le contesté.

Ventura curioseaba en todas las cajas, las abría y exclamaba: «¡Chorizos!»... ¡Leche condensada!... ¡Galletas!... ¡Dulce de membrillo!...» Y yo sonreía feliz por verle a él feliz y porque sabía que aquello les retendría a mi lado.

Cogimos los ovillos con las manos, un tarro de tomate en conserva de los muchos que embotó mamá a finales del verano y una lata de dulce de membrillo. Lo llevamos todo arriba y Ventura encendió el hornillo eléctrico que, por suerte, ese día o al menos ese rato, funcionó. Él sabía cómo cocinar los fideos.

—Isidro, saca el chusco de pan, para acompañar.

Jamás fue tan deliciosa una comida, ni la de mi abuela, tenía que reconocerlo. Y el pan, después de días sin probarlo, me supo mejor que el especial de Viena que compraba mi abuelo en su barrio.

Cuando terminamos, temí que se fueran. Ya se habían zampado los fideos, así que tenía que inventarme algo, y rápido.

—¿Queréis que bajemos a la librería a jugar a los libreros?

—¿La librería es de tu padre? —preguntó Isidro.

—No, es del señor Joaquín, que es muy bueno. Si no le rompemos nada seguro que no le importa.

—¿Y ese señor... no abre la librería?

—No, se fue al frente y ahora es pirata en Levante.

—Entonces... estás tú sola en el edificio —observó Ventura.

—¡Y creo que en toda la calle!

—¿Y no te da miedo?

—No —dije yo levantando la cabeza, mintiendo, porque a veces lo tenía, y no poco.

—¡Isidro! Tenías razón. Esta niña no es normal.

Bajamos, pero ellos no querían jugar a los tenderos. Estuvimos curioseando todo: las estanterías, los cajones, los libros de cuentas..., rebuscamos por todas partes, cualquier cosa nos llamaba la atención y todo lo que encontrábamos nos parecía un tesoro. Fue muy emocionante estar allí dentro, en un sitio en el que no se podía estar y mucho menos tocar, iluminando aquellas alhajas imaginarias con la linterna, chistándonos cuando alguno exclamaba en alto: «¡Mira esto!», «¡Qué bárbaro!».

Cuando nos aburrimos, cogimos un tebeo cada uno y salimos de allí. Subimos a la azotea y me enseñaron a jugar a «campo quemado». Aún puedo escuchar sus voces infantiles, forzadas para parecer mayores, cantando aquella retahíla que siempre utilizaban para rifar quién se la quedaba:

> «*Quién-se ha-cagao*
> *Que huele a-baca-lao*
> *Tú-por-tú*
> *Que has -si-do-tú*».

También estuvimos paqueando a gente con fusiles imaginarios. Ventura asomaba la cabeza por encima del muro, disparaba «Pac» y se agachaba rápidamente pegando la espalda a la pared mientras sostenía el arma invisible con las dos manos. «Creo que le he dado», decía. «No, aún se mueve», le contestaba Isidro desde otro lado. «Niña, mira a ver», me decía a mí. «Sí, le has dado», le contestaba yo en voz bajita. Para mí, Ventura era ya infalible, en todos los sentidos.

Luego Isidro echó un escupitajo a la calle, y Ventura nos retó a ver quién era capaz de llegar más lejos. Cogían carrerilla desde el centro de la azotea y cuando llegaban al muro se agarraban a él e impulsaban con todo el cuerpo un gargajo que fue un misterio para mí, porque salía en un cuerpo único, y no en miles de gotas pequeñas como los míos. Ya no esperaban mi turno. Era una competición entre ellos solos. Pero no me importaba, mientras se quedasen conmigo.

—Oye, Ventura, vámonos —dijo Isidro mirando el reloj de pulsera de su padre.

Ventura me miró en silencio; no sabía qué hacer conmigo. Yo noté la duda, y antes de que la balanza se inclinase hacia donde no me interesaba, busqué un último recurso: el cajón con llave de la cómoda de mamá. Ya no me quedaban más enredos que pudiesen acaparar su atención, ya no se me ocurrían más medios para ganar tiempo.

—¿Tienes una horquilla? —me preguntó Ventura.

—Sí, mi madre tiene, en el baño.

—Tráeme una.

Al final lo consiguió, pero no fue fácil; así que cuando el cajón empezó a ceder, Isidro y yo empezamos a aplaudir.

—¡Chsst! —nos advirtió llevándose el índice a la boca y abriendo muchísimo los ojos—. ¡Coño, lo que hay aquí!

Isidro veía el interior del cajón si se aupaba, pero yo no.

—¿Qué hay, qué hay? —preguntaba yo empinándome, saltando ya para conseguir atisbar lo que fuese.

Ventura metió la mano en el cajón, despacio, mirando muy fijamente hacia algo que yo no tenía ni idea de lo que podía ser.

—¡No la toques! —exclamó Isidro, asustando a Ventura.

—¡Anda ya, vete por ahí! —le empujó él.

—Nos estamos metiendo en un lío, ya lo verás, por culpa de esta niñata.

Como yo veía que me estaban haciendo caso omiso, corrí a buscar una silla para subirme. Cuando llegué allí, Ventura tenía una pistola en la mano. Me quedé con la boca abierta. Nunca pensé que podía haber algo así en aquel cajón.

—A ver. ¿Qué más hay? —pregunté yo rebuscando, porque en realidad a mí no me importaba tanto aquel arma.

Yo buscaba objetos más interesantes, cosas que durante mucho tiempo había supuesto que estarían allí metidas: monedas de oro, joyas de nuestros antepasados, alfileres y broches valiosos de mamá… misterios, a saber cuántos, porque de pequeños creemos que los mayores tienen muchos secretos; siempre haciendo cosas raras, cuchicheando y mintiendo cuando les preguntas.

Mientras ellos estudiaban centímetro a centímetro aquella pistola y su caja de balas, yo exploraba el cajón. Vi objetos que ya conocía; allí estaba el borlón de los polvos, el monedero de plata y demás… y luego me empecé a fijar en otras cosas: documentos, carnés, papeles con el sello de la FETE; la cartilla de racionamiento, recibos de la luz y esas mandangas, revistas de Pedagogía; las cartas de papá, las de los abuelos de El Barquillo y las de los abuelos de Madrid desde Valencia, cada montoncito anudado con una cinta de diferente color; las llaves de papá, las del piso de Serrano de la tía Queti … y una caja de latón muy bonita que tenía pintado un paisaje oriental, con una montaña nevada al fondo, un río con unos barquitos y dos mujeres muy blancas con palos en el moño y unos bonitos quimonos de colores. Pensé que debía ser japonés porque decía mamá que las japonesas eran más guapas que las chinas. Abrí la caja y dentro había mucho dinero, muchos billetes y monedas. Isidro y Ventura se acercaron.

—¡Hala! ¡Cuánta pasta! —exclamó Ventura.

—¿Sois ricos? —preguntó Isidro examinando el cuarto de mi madre.

—No… bueno… —miré la caja—. Al menos mamá siempre dice que no.

—Anda, vuelve a dejarlo todo como estaba si no quieres que tu madre te dé una buena zurra —me dijo a mí—. Y nosotros, vámonos.

—¿Estás loco? —le increpó Ventura—. Para cuando lleguemos, no habrá nada para cenar, quizá ni nos abra ya la puerta tu abuela.

—¿Y si llega su madre?

Ventura le miró, hizo una mueca y le dijo que si estaba en la higuera. Creo que Isidro no entendió la pregunta, y yo tampoco.

—Yo me quedo. Tú haz lo que quieras —le dijo dándole la espalda.

Isidro se quedó también, por supuesto, y esa noche cenamos carne en conserva y sardinas de lata en el sótano. Después, aunque no había sonado sirena alguna, nos quedamos allí abajo a dormir, los tres en el mismo colchón y arropados con las mismas mantas; yo en un extremo, al lado de Ventura, porque Isidro decía que él no dormía con niñas pequeñas, que se meaban en la cama.

—Ventura…

—¿Qué?

—¿Dónde crees que se habrá metido mi madre?

—No sé. Mañana la buscaremos.

«Mañana la buscaremos» significaba que no me iban a dejar sola, que me llevarían con ellos y me ayudarían a encontrar a mamá. Pensé que iba a desobedecerla saliendo de casa... pero ella tendría que haber puesto en la nota cuánto tiempo iba a tardar. Era culpa suya, y si se enfadaba, me daba igual. Le dejaré una nota, pensé. Algo así como: «He ido a buscarte. Si llegas y no estoy, no te muevas de casa. Cierra las puertas y no abras a nadie, ni siquiera a mí, que tengo las llaves de papá».

Ventura había dicho «mañana la buscaremos», y jamás tuvo una frase una promesa tan preciosa, una esperanza tan viva; nunca unas palabras procuraron tanto sosiego. Era como si ya la hubiese encontrado. Me sentí feliz y tenía ganas de abrazarle, pero me dio vergüenza.

—Ventura...

—¿Qué? —contestó adormilado.

—Mañana cogemos tres pesetas de la caja china y nos vamos al cine, ¿vale? —propuse en agradecimiento.

—Bueno.

—¿Sabes lo que están echando?

—*La novia de Frankenstein*, creo —balbuceó.

—Sí, vamos a esa —dijo Isidro desde el otro lado del colchón—. Dicen que da más miedo todavía que *La hija de Drácula*.

Dormí mal, no porque me diese miedo ver aquella película, sino porque estuve pendiente toda la noche de no hacerme pis.

—Lo primero que necesitamos es un plan —anunció Ventura después de desayunar—. A ver, niña. ¿Tu madre puede estar presa por fascista?

—¡Mi madre no es fascista! —repliqué molesta.

—Pues entonces puede que la hayan trincado los moros —dijo Isidro.

—¡Calla, hombre! Ahora no hay moros en Madrid.

—Dicen que sí los hay, emboscados y disfrazados de milicianos.

—¿Estaban disfrazados los que se llevaron a tus padres? —le pregunté.

—No lo sé, yo no los vi —me respondió con desgana.

—Entonces, ¿cómo sabes que eran moros?

—¡Porque sí! —gritó sin querer darme explicaciones.

Sin embargo, Ventura me explicó que Isidro lo sospechaba porque, desde el día que dijeron en la radio que el ejército de África se había levantado contra la República, sus padres no volvieron a estar tranquilos.

—Ah —dije yo sin entenderlo—. ¿Los moros hablan en español?

—Sí —contestó Isidro muy convencido—. Y se llevaron el coche de mi padre... los muy hijos de puta.

Ventura, que ya no nos hacía caso porque estaba elaborando el plan de búsqueda, seguía paseándose por la salita con las manos cogidas por detrás.

—A ver, esa noche era día... ¿Tienes un calendario?

—Sí, ahí —le señalé el almanaque.

Lo miró, contó con los dedos murmurando algo y dijo al fin que aquel día era lunes... que si el día antes domingo... que si fue tal día...

—A ver, niña. Tu madre salió a buscarte esa noche. ¿A dónde pudo ir?

Imaginé por primera vez a mamá por las calles de Madrid en plena noche. Siempre pensé que habría salido a buscarme por la mañana, después de que sonase la sirena de fin de peligro. Entonces sentí la espina, porque recordé que aquella noche se había armado la de Dios es Cristo. Mi madre podía estar herida, en algún hospital, por eso no había vuelto.

—¡Tenemos que ir a los hospitales!

Cogimos bastante dinero de la caja, porque en aquellos días había muchos hospitales en Madrid y tendríamos que tomar el metro y el tranvía, quizá varias veces. Y además, contamos con que tenía que sobrar para las entradas de

La novia de Frankenstein; aunque yo no iría, pues estaría cuidando de mamá y de su pierna rota.

Ellos sabían que el Frontón Recoletos había sido habilitado como hospital, así que comenzamos por ahí; pero al preguntar en la puerta y decirles que buscábamos a una mujer posiblemente herida en un bombardeo la noche del día tal, nos dijeron que allí solo había combatientes, que fuésemos al Provincial, al de la Princesa, que ahora estaba en el colegio del Pilar, al de Maudes o a los de la Cruz Roja. Ventura apuntó los nombres y las direcciones en un papel que le dieron.

Los recorrimos casi todos. En alguno hasta tuvimos que hacer cola para llegar al mostrador donde informaban de los pacientes. Preguntaba Ventura, porque era el mayor, y cuando le decían que si la persona que buscaba era pariente suyo decía que sí, que era su tía. Miraban en una lista por orden alfabético y luego en otra que tenía los nombres de los ingresados aquella noche. Nada.

Llegamos a uno de la Cruz Roja, instalado en un palacio. Ventura, una vez más, preguntó en la mesa que había en la entrada; pero esta vez, en la lista de esa noche, había una mujer que...

—¿Qué edad tiene? —preguntó la enfermera a Ventura.

—No sé, es joven, una madre joven... un poco mayor que usted —dijo él.

Yo estaba sorprendida porque él no conocía a mamá y no me preguntó, ni siquiera me miró. Yo le dejaba hacer, en silencio, con toda la confianza del universo.

—Mmm... puede ser...

La enfermera miró a Ventura y dudó un momento.

—Bueno, verás —dijo ya decidida—. Hay una mujer que trajo una ambulancia esa noche... pero no se sabe quién es, porque no puede hablar. Está muy mal. Voy a consultarle al doctor a ver si puedes pasar a verla.

La enfermera se fue un momento de la entrada y Ventura aprovechó para preguntarme cómo era mi madre, si rubia, morena, pelo largo o corto... pues a mí quizá no me dejasen pasar.

—Tiene el pelo por aquí —le señalé con la mano por debajo del hombro— muy negro, y los ojos color avellana más bonitos que hayas visto nunca. Es muy guapa, no tiene pérdida.

Ventura franqueó la puerta acompañado por la enfermera, que nos dijo a Isidro y a mí que esperásemos fuera. Pero dejó abierto, y los vimos caminar entre dos filas de camas hasta que llegaron al fondo de la sala y se detuvieron delante de una de ellas. Desde donde estábamos, pudimos ver cómo la enfermera hablaba con él, le explicaba alguna cosa, y después se fue a atender a otro paciente. Ventura se acercó a decirle algo a aquella mujer, que en realidad a simple vista ni siquiera se sabía si era una mujer, porque tenía toda la cabeza cubierta de vendas.

Yo temblaba desde la puerta. Esperaba una mirada de Ventura, una señal de que sí con su cabeza, para echarme a correr hacia mamá. Pero él se puso al otro lado de la cama, dándonos la espalda. Se inclinó hacia la mujer vendada, como si le estuviese hablando al oído, y me pareció que agarraba su mano.

De pronto, la enfermera se acercó también a ella por el otro lado. Tomó su muñeca, la soltó rápidamente y salió corriendo hacia un médico, que acudió enseguida al lado de aquella mujer. El doctor hizo lo mismo que la enfermera; luego se acercó a tocarle el cuello y la miró de cerca con una de esas linternillas que llevan siempre en el bolsillo de la bata. Le dijo algo a Ventura y este negó con la cabeza. Después, el médico se quedó hablando con la ayudante mientras mi amigo se acercaba a nosotros andando por ese largo pasillo entre camas, sin mirar a nadie, con las manos en los bolsillos. Y yo intentaba adivinar en su rostro un gesto, de que sí o de que no. Pero tuve que esperar a que llegase, pues hasta ese momento no hizo otra cosa que mirar al suelo.

—Tranquila, no era ella.

—¿No?

—Esa mujer tenía la cara toda vendada, pero se le veía un mechón de pelo y era rubio. Además tenía los ojos verdes… y se ha muerto.

Ventura se puso muy triste, porque decía que era la primera vez que veía morir a alguien así, tan de cerca.

Yo no quise seguir buscando más.

Ventura siempre me decía que ya aparecería. Miraba en las esquelas de los periódicos que caían en su mano y decía: «¿Ves? No está. Buena señal». Me llevaba al Ministerio de la Guerra a ver las listas de bajas, «¿Ves? No está. Buena señal». Nos quedamos un día espiando en la puerta de don Pascual a ver si salía, pues él decía que a lo mejor mamá se había ido con el doctor un tiempo fuera de Madrid, y que ya volvería; como la madre de aquel amigo suyo del Colegio de San Ildefonso, que se fue con un señor un tiempo y luego volvió a recoger a su hijo; porque las madres a veces hacen esas cosas, y luego se arrepienten, lloran, te abrazan y te compran lo que tú quieras. «¿Ves? No está. Buena señal».

No. Don Pascual no estaba. Mucho después, casi al final de la guerra, me encontré con Clara, que trabajaba en un comedor colectivo sirviendo una especie de sopa con cuatro lentejas flotando. Estaba tan delgada que me costó reconocerla. Me contó que se quedó sin trabajo de la noche a la mañana; que un buen día fue a la cola y cuando volvió se encontró la puerta cerrada. Dijo que se había enterado de que el lechuguino, como no le habían quitado el coche y gracias a su profesión podía moverse por donde quisiera, logró pasarse al otro lado, y que estaría tan ricamente en Salamanca o en Burgos.

—¿Sabes si mi madre se fue con él? —le pregunté.

—¿Tu madre? —dijo extrañada. Se quedó parada un momento sujetando el cazo lleno de sopicaldo y su rostro se nubló—. ¿Por qué me preguntas a mí por tu madre? ¿En dónde os metisteis?

No respondí. Entonces ella prosiguió.

—Os estuvo buscando durante días por todo Madrid… y nos tuvo a todos como lazarillos, mirando en este café, entrando en este sitio y en el de más allá. Y nada, tu madre que no aparecía, y hasta donde yo sé, no la encontró. ¿Qué os pasó?»

No contesté. Solo sonreí y me fui. Así que, después de

todo, mi madre no estaba con él. Nunca lo estuvo, y en ese momento era ya tarde para plantearse de nuevo dónde podía estar o qué había pasado con ella; demasiado tarde para elaborar otro plan de búsqueda. No quería abrir esa herida por nada del mundo. Gracias a Ventura, mantuve la esperanza hasta el final, hasta ese final en el que ya, a fuerza de vivir la ausencia, no duele tanto.

XX

—¡Yo soy el Diablo Rojo! —decía Isidro con uno de sus aviones de juguete en la mano.

—¡Bah!, ese ya está muerto —le contestaba Ventura—. Yo me pido ser Lacalle, que es el más grande aviador del mundo.

—Entonces yo soy Juan Comas.

—Vale.

Ellos jugaban a los combates aéreos de la Gloriosa, que así llamaban a la aviación republicana, mientras la abuela de Isidro me cortaba el pelo.

—¡Ahora te vas a enterar, asqueroso fascista! —gritaba Isidro sobrevolando con su avión a un enemigo imaginario.

—No hables de esa manera, Isidro —le reñía su abuela—. No me gusta que hables de esa forma.

La habíamos encontrado lúcida al llegar a casa, o eso creí. Cuando preguntó que quién era yo, Isidro le dijo que «Una niña. ¿Es que no lo ve?»

—Pues una niña no puede estar con esos pelos, aunque estemos en guerra. Es indecente —dijo ella.

Así que, calentó agua, me sentó en una silla y me lavó el pelo en una palangana.

Me estremecí cuando noté sus dedos sobre mi cabeza, pues tuve la sensación de que hacía años que nadie me tocaba. Y es que Isidro y Ventura apenas me tocaban. Aquellas manos que cogían mi pelo podían ser perfectamente las de mamá. Cerré los ojos imaginándolo, y una lágrima me corrió por la mejilla y se coló en mi oreja.

Masajeaba despacio, suavemente, sacando mucho partido al poco jabón que tenía. A mí ya me dolía el cuello, pero ella seguía frotando mientras entonaba una canción sobre un cántaro que debía callarse lo que había visto camino de una fuente. Cuando dio por terminada la faena, me secó bien el pelo con una toalla, y sin peinarlo, «porque este nudo no hay quien lo deshaga», se dispuso a cortar con unas tijeras muy largas.

—Ya verás qué guapa vas a estar —decía—. Y qué a gustito. Además, las niñas con el pelo largo no crecen. Vas a dar un estirón.

Yo la dejaba hacer. Me encontraba tan bien siendo cuidada, sintiendo una mano de mujer después de tantos días... Ese contacto humano me reconfortaba enormemente.

Ventura e Isidro seguían jugando a derribar Fiats italianos con sus *moscas* y sus *chatos*. Con el tiempo, aprendí bastante de aviones, sobre todo enemigos, porque siempre me tocaba a mí ser una *pava*, una *viuda negra* o el Zapatones, todos ellos aparatos facciosos que acababan derribados sin remisión por *natachas y katiuskas*.

Oía el frisar de las tijeras y veía caer mechones de pelo; demasiado largos para que, después de aquello, mamá pudiese hacerme tirabuzones. Pero ya crecería.

—¡Ya crecerá, mujer! —me dijo Ventura poniéndome en la cabeza una gorra de miliciano.

Yo me había ido a mi casa muy enfadada, porque cuando la abuela retiró la toalla que me cubría los hombros y dijo que había terminado, ellos me miraron y se echaron a reír sin compasión. Yo les preguntaba que de qué se reían y ellos no eran capaces de articular palabra. Fui hacia el espejo que había en la entrada de la casa, y entonces sí que no comprendí sus crueles risotadas porque aquello no tenía gracia alguna. Lo que daba era mucha pena. Me lo había dejado tan corto que parecía un chico, y tenía trasquilones por todos lados. Me eché a llorar y bajé corriendo las escaleras del edificio a riesgo de caerme porque lo veía todo borroso a causa de las lágrimas. Ya en la calle, crucé la Castellana sin dudar un momento; quería llegar a mi casa como fuese, abrazar a los gatos, meterme en el sótano con mis muñecas, acurrucarme sobre el colchón y no volver a salir de allí hasta que me hubiese crecido el pelo. Además mamá quizá estuviese en casa, ella me lo arreglaría y si no tenía solución daba igual, siempre que me abrazara y me dijera que «no pasa nada, mi niña». O quizá mi padre hubiese vuelto, que algún día tendrían que darle permiso, aunque estuviera desaparecido o pasado, que no lo estaba, que solo es que tenía que corregir muchos exámenes y lo mismo ya había terminado. O también podría suceder que hubiesen vuelto los abuelos. Hacía algunos días que no caían tantas bombas y a mi abuelo a lo mejor le habían dado una nueva medicina en Valencia y ya no padecía del corazón. No, con los de El Barquillo no podía contar hasta que acabase la guerra porque era «como si estuviesen en el extranjero, peor». Pero quizá el librero... o si Dios hubiese querido convencer a la Luisa... Cualquier cosa menos estar con Ventura e Isidro. Los odiaba. No quería volver a verlos en toda mi vida. Me sentía como un trapo sucio, traicionada por mis amigos, humillada en lo más profundo y con ganas de pegarles; deseaba que les sucediera algo malo, vengarme, vengarme y reírme, reírme mucho, muchísimo, hasta que se sintieran bastante peor que yo. Pero para eso tendría que verlos de nuevo y no, mejor no, estaba demasiado avergonzada por mi facha. Volverían a reírse. Cuando me creciese el pelo se iban a enterar.

Estaba desorientada, pero preguntando se llega a Roma; así que fui buscando a un anciano, porque son los que mejor se saben las calles y nunca te engañan, que hay mucho gracioso sin piedad con los paletos... Además Ventura e Isidro ya me habían prevenido contra los que cazan niños sin padres para meterlos en un orfanato y que se los veía venir claramente porque eran jóvenes, casi siempre chicas que miraban raro, y que yo debía andarme con ojo si no quería acabar en el refugio del convento de las Hermanas de San Vicente Paúl. Luego, a lo largo de la guerra, fuimos esquivando con éxito todas las redadas de Protección de Menores, las de organizaciones como la de Victoria Kent o de las Agrupaciones de Mujeres

Antifascistas; y es que cuidábamos a la abuela de Isidro muy bien, hasta el punto de suplicar una receta de leche para ella, porque decía Ventura que la abuela Blanca era nuestro seguro de libertad.

—Anda, mujer, no llores —decía Ventura sonriendo—. Ya crecerá. Además, te queda muy bien la gorra.

Pero yo no lloraba por eso. El pelo ya me daba igual.

Ellos también traían puesta una gorra cuartelera.

—Mira y ríete un rato, anda —me dijo, al tiempo que le daba un codazo a Isidro.

Se quitaron la gorra los dos a la vez. ¡¡Estaban pelados casi al cero!!

—Mira a este pollo —dijo Ventura señalando a su amigo—. ¿A que parece que va a echar a volar con esas orejas?

Isidro se puso la gorra de inmediato y le asestó un puñetazo a Ventura en el hombro, sacando un poco el dedo largo para hacer daño con el nudillo, como hacía siempre.

No pude evitar reírme. Me sequé las lágrimas, me sorbí los mocos y ellos se dieron por perdonados; aunque en realidad yo había olvidado que los odiaba y que había jurado vengarme en cuanto entré por la puerta de mi casa.

Con aquellas cabezas peladas y esas risas también olvidé que cuando llegué, Pulgarcito y Rataplán habían desaparecido, que los había buscado por todos los rincones del castillo y, no sé por dónde, pero se habían ido. Olvidé que había olvidado que la curiosidad mató al gato y que no pude con la tentación de leer la carta de mi abuela en la que informaba a mamá sobre la muerte del abuelo de un ataque al corazón; ni esa otra de mi padre combatiendo en el valle del Jarama, en vez de estar enseñando las cuatro reglas en Santander. Olvidé que, tratando de olvidar, había estado jugando a bañar a mis muñecas en un balde con agua, y que Rita era de cartón.

Ventura cogió la maletita que trajo el chofer de don

Pascual para evacuarme, y metió en ella las cosas del cajón con llave de la cómoda de mamá.

—Todo esto estará más seguro en el sótano —dijo metiendo también la pistola.

Durante aquel tiempo de guerra, no sé si alguien se preocupó de ir por allí para saber de nosotras. No sé si alguna compañera de mamá, amigo de papá o algún colega del sindicato llamó alguna vez a la puerta. Si así fue, supongo que pensaron que estábamos evacuadas, o con mis abuelos en algún otro piso más seguro, o en algún refugio... pero yo creo que no, que no fue nadie; en esas circunstancias todo el mundo va a lo suyo, que ya bastante tiene.

Cogimos comida y nos fuimos a casa de la abuela Blanca, que parecía que tenía un buen día. A veces los tenía, y entonces estaba normal, o casi. Se le notaba en la cara. Si estaba triste, es que tenía un buen día. Entonces se iba a la cola a conseguir comida, se ocupaba de lavarnos la ropa, de limpiar la casa, nos regañaba por hablar mal o jugar a voces, me preguntaba a mí que de dónde había salido yo... Pero otras veces, las más, debíamos ocuparnos nosotros del sustento y del abrigo, nuestro y suyo, porque había que cuidar a la abuela Blanca, que era nuestro seguro de libertad.

Por mi parte, nunca jamás dejé que volviese a cortarme el pelo; pero ella era la única figura adulta y femenina que yo tenía, y aun en sus días malos, sobre todo en esos, la única persona que me acariciaba de vez en cuando; porque Isidro y Ventura rozaban, chocaban, golpeaban, palmeaban, como mucho pasaban el brazo por encima, pero no besuqueaban, ni arrullaban, ni atusaban el cabello,... esas cosas que una niña necesita dar y recibir; y luego estaba lo de la risa, pues muchas veces, olvidando que yo misma lo había sufrido en carne propia, nos burlábamos de ella y nos descuajaringábamos por las cosas que hacía cuando se le iba la chaveta. Así que acabé perdonándole lo del «escamondao». Meses más tarde incluso llegué a comprenderla. Entendí que era una vieja niña y que lo único que quería era jugar conmigo como si fuese una muñeca.

Exactamente lo que yo hacía con las mías y lo que quise hacer con la niña perdida que nos encontramos aquel día en el que un bombardeo nos sorprendió en la plaza de Cibeles cuando mirábamos, comiendo pipas, cómo había quedado la fuente cubierta, con ladrillos y sacos terreros, para que no la destrozasen los malditos facciosos que, como eran gente inculta e insensible, no tenían ningún miramiento con el arte. «La Linda Tapada» la llamaron desde entonces. Estábamos allí, sentados en la acera, en silencio, escupiendo las cáscaras al suelo, contemplando embobados aquella protección más de lo que habíamos observado nunca la fuente al descubierto, y sonaron las sirenas. Ventura, Isidro y yo nos alejamos corriendo hacia la boca de metro de Banco de España. Allí abajo, nos acomodamos en el enlosado y, durante un rato, seguimos comiendo nuestras pipas, sin importarnos ya mucho el asqueroso hedor debido a los calores del verano y a que había empezado una seria restricción de agua en aquellos barrios.

Luego, como la cosa se alargaba, nos dedicamos a recoger colillas. En el suelo se encontraban cada vez menos, así que atábamos un trocito de madera con un cordel, lo llenábamos de saliva y lo tirábamos a las vías. Las pavas se quedaban pegadas. Recogíamos la cosecha, le quitábamos el papel e íbamos acumulando la picadura en una bolsita para después venderla como «selecta». Al principio nos pagaron seis pesetas el medio kilo, pero luego llegaron a darnos el triple, y después eso mismo e incluso más pero por una mezcla hecha de lechuga seca y picada, mondas de patata y cáscara de cacahuete.

Y es que, para entonces, ya se nos estaba acabando el dinero de mamá. Aún ese verano, y hasta las navidades, tuvimos comida en el sótano, pero el dinero lo malgastamos de la forma que solo tres niños en la calle pueden hacerlo, y todo el mundo lo recogía sin hacer preguntas. Íbamos a los mercadillos y comprábamos lo más caro que encontrábamos en los puestos. Si nos apetecía chocolate, visitábamos a la Trini, que vendía de estraperlo y se lo cogíamos al precio que fuese. Los dulceros y los vendedores de revistas infantiles como Pionerín y Libertario hicieron el agosto con nosotros. Fuimos al cine cada día y vimos «Una noche en la ópera» catorce veces, contadas por el taquillero del Capitol. Llegamos a entregar la suma de treinta pesetas por un trozo de proyectil que luego resultó no serlo y Ventura tuvo que partirle la cara a aquel granuja, pero no recuperó el dinero; y pagamos con un billete de cien pesetas, porque no tenían para darnos cambio, las cincuenta que costaba una locomotora eléctrica que regalamos a Isidro por su santo. Fumamos cigarros, escondidos entre escombros, bebimos chinchón, vino y otras cosas, y reímos mucho entre toses mortales y vomitonas. Después tuvimos que pagar el silencio de dos niños mayores que nos pillaron empinando la bota y cantando «los de Madrid somos la hostia, viva la madre que nos parió» y que amenazaron con chivarse. Me compré vestidos para mí y para mis muñecas a precios desmesurados; nos paseábamos por el centro con nuestro helado en la mano, con trajes nuevos y nuestras gorras cuarteleras y disfrutamos de todo lo que podía ofrecernos la vida: la fotografía del *minutero* en la puerta del Fontalba, que guardé siempre como un pequeño tesoro; una horchata en la terraza favorita de Isidro mientras un pequeño limpiabotas sacaba lustre a los zapatos nuevos de Ventura; un perro que compramos a un niño y que se murió de moquillo a los tres días… Aquel verano fue el más divertido de mi vida, a pesar de todo. Tenía razón la abuela Blanca: con aquel corte de pelo iba a dar el estirón.

Ese día, el del bombardeo, tuvimos que dejar de recolectar tabaco porque se formó un tumulto inusual. Llegaban los trenes y la gente se quedaba en la estación esperando el final de la alarma. Entre todo aquel caos, me fijé en una niña pequeña, como de año y medio o dos años, que lloraba desconsoladamente con una muñeca de trapo en la mano. Busqué con la mirada a alguien que, cerca de ella, pareciese su madre o persona al cargo; pero nadie hacía caso, incluso llegaron a empujarla y se cayó de culo. Entonces el llanto se transformó en un grito muy agudo y decidí acercarme.

—¿Estás solita? —le pregunté.

Pero ella no contestó. Quizá no sabía hablar aún. O era muda. Solo lloraba. Pero le ofrecí la mano y me la dio. La llevé junto a Isidro y Ventura.

—¿Qué traes? —dijo Ventura con una sonrisa.

—¿Quién es esa? —preguntó Isidro.

—Una niña. ¿O es que no lo ves? —contesté—. Creo que está perdida.

—¡Pues está esto como para encontrar a alguien! —exclamó Ventura.

Hicimos un recorrido por la estación; fuimos paseándola para ver si alguien la reconocía, pero nada.

—Déjala donde te la encontraste —sugirió Isidro.

—No —dije yo decidida—. Nos la quedamos.

—¡Tú estás loca! —exclamó Ventura—. Es muy pequeña. Seguro que aún se caga y se mea.

—Pues la limpio yo.

—Que no.

—Que sí.

—Que nooo.

—Que sí, que si no la meterán en un orfanato, Ventura.

—¡Buf! Qué cabeza más dura tienes —se quejó—. Tú sabrás.

—Esta niña no es normal, te lo digo yo —farfulló Isidro.

Tardaban mucho en dar el aviso de fin de peligro, así que decidimos coger el tren e irnos hacia Ríos Rosas, a mi casa. Llegamos casi de noche y yo le preparé un vaso de leche condensada a la niña. La miré a ver si tenía pis o caca en la braguita. Tenía pis, así que se la quité, la puse a secar, y le coloqué una mía que ya me quedaba pequeña y aun así a ella se le caía. Mientras se tomó la leche y le enseñé mis muñecas hubo tranquilidad, pero cuando nos acostamos en el sótano y apagamos la linterna para ahorrar batería, comenzó el llanto. La encendimos de nuevo, la consolé y la arrullé tarareando una nana que me cantaba a mí mi abuela cuando yo era pequeña, hacía siglos. Pareció que se dormía y entonces apagamos la linterna de nuevo. Otra vez llanto. Esta vez los gritos duraron más.

Ya no apagamos la luz en toda la noche, ni ella dejó de berrear hasta por la mañana, que se tomó otro vaso de leche condensada y siguió bramando. Jamás pensé que se pudiera chillar tan alto. Nos tenía los oídos reventados.

Justo cuando Ventura dijo que había que devolverla, se quedó dormida. Entonces yo intenté convencerle de que no, de que había llorado tanto solo porque había extrañado y que en cuanto se acostumbrase sería otra cosa; pero el sueño no le duró mucho y cambié de opinión yo solita por las arcadas que me dieron al quitarle la caca que se había hecho en mis braguitas.

Sí, había que devolverla. Pero no de cualquier manera, porque decía Ventura que podían creer que la habíamos robado, y que eso de birlar niños se castigaba con la cárcel o algo peor.

—Necesitamos un plan —dijo Ventura.

—Lo mejor es dejarla donde la encontramos —aseguró Isidro.

—¡Cómo vamos a abandonarla en el metro, idiota! —le reprochó—. Podría caerse a las vías.

—¡Pues que se encargue la niña loca esta, que es la que se empeñó en quedársela!

—Lo que hay que hacer es dejarla en un refugio para niñas —decidió Ventura.

—En el de las Hermanas de San Vicente —sugirió Isidro.

Pero a Ventura ese sitio no le pareció el mejor, pues esa zona estaba bastante concurrida siempre. Además había que dejarla de noche, para que nadie nos viera. Así que se acordó de un hotelito muy lindo que había de camino hacia la Castellana, cerca de las obras del viejo hipódromo, donde un día, jugando, se subieron a la verja y una señora les dijo que no anduviesen por allí, que eso era una *casa de niñas* y se les podía caer el pito.

—¿Te acuerdas, Isidro? Está aquí al lado, como quien dice.

—Sí, sí que me acuerdo. Pero yo no me acerco allí.

—¿No te creerás lo del pito, no? ¡No seas memo, hombre!

Así que esperamos ansiosos a que comenzase a caer la tarde. La criatura, aferrada a su muñeca de trapo, no paró de llorar en todo el día. Al final la dejamos sola en el sótano sin misericordia alguna, pues ya no la aguantábamos más y además temíamos que si la sacábamos de allí, alguien oiría su llanto y entonces estábamos perdidos.

Cuando llegó el momento, ni muy de noche como para no ver nada ni muy de día como para encontrarnos con mucha gente, emprendimos camino hacia la Castellana. Gracias a Dios, la niña estaba ya tan rendida que se había quedado frita, y Ventura tuvo que llevarla en brazos.

—Esta niña loca algún día nos va a meter en un buen lío —refunfuñaba Isidro—. Como nos trinquen yo digo que es culpa suya.

—¡Tú te callas! —ordenó Ventura—. Y da gracias que no te haga llevarla a ti… que parece pequeña, pero no veas si pesa. Además creo que se ha cagado.

Yo fui todo el tiempo calladita, porque sabía que aquello era por mi culpa, que había sido una tontería aquel capricho mío.

—¿A dónde vais tan tarde? —nos preguntó una mujer al paso.

—Ahí, a nuestra casa —respondió Ventura con total seguridad, sin pararse—. Mi madre nos está esperando.

La señora no dudó de su palabra porque Ventura era un gran embustero o un buen actor, según se mirase.

—Pues hala, que ya es muy tarde —oímos decir a la buena mujer.

Oscureció muy rápido. Cuando llegamos era ya completamente de noche, pero no encendimos la linterna para no llamar la atención. El hotelito, tan solo iluminado por una farola de la calle pintada de azul, parecía realmente muy lindo. Estaba rodeado de un murete de piedra y tras la verja, que estaba abierta, podía verse un pequeño jardín que se adivinaba bien cuidado, con flores; rosales y margaritas quizá. La puerta de la casa tenía un cristal en la parte superior, y me gustó especialmente la cálida luz roja que salía por ella.

—Es aquí —me dijo Ventura en voz bajita.

—Es un sitio muy bonito. Seguro que la niña estará bien.

—¡Chsst! Vamos, no hagáis ningún ruido.

Atravesamos la verja, y Ventura quiso que nos desviásemos del sendero que llevaba hasta la entrada, para evitar que nos viesen si de repente abrían la puerta. Así que nos metimos entre las matas de yo qué sé qué y fuimos avanzando hacia delante despacio y en silencio. Pero antes de que nos diera tiempo a llegar a la puerta, oímos hablar a alguien detrás del muro y tuvimos que escondernos muy quietos detrás de los arbustos. El corazón se me salía por la boca cuando vimos aparecer a aquella pareja entrando en el jardín. Iban riendo, muy agarrados, y andaban tambaleándose hacia la entrada. De pronto, se pararon a medio camino y se besaron en la boca. Fue un beso muy largo, eterno nos pareció a nosotros. Nada parecido a los que papá daba a mamá, ni al que le dio el lechuguino, ni al que se dieron los chavales que apedreamos en aquellos escombros de la calle Viriato.

El hombre era un miliciano muy alto, con su fusil colgado al hombro.

—*Beibi bi main* —le decía el soldado a aquella muchacha, dulcemente, como suplicándole algo en un susurro.

—Dímelo otra vez, prenda, que hay que ver lo que me gusta eso del *bimain*.

Y volvieron a besarse como si se estuviesen comiendo; para un lado, para el otro, la mano de él por debajo de la falda de ella, la mano de ella entrando por la bragueta de él… hasta que por fin, se fueron hacia la puerta porque ella tenía que darle a él lo suyo.

Estábamos un poco desconcertados, pero ya no era cuestión de echarse atrás, ni era tiempo ni lugar de andar preguntando.

Nunca más supimos de aquella criatura. No debimos dejarla allí, pero eso solo lo supimos más tarde, cuando el farmacéutico de la calle Recoletos nos daba el diez por ciento de lo que ganásemos vendiendo, en la puerta de aquella y de otras «casas de niñas», loción «Ladilline» y camisetas «La Discreta», ambas cosas para evitar que se cayera el pito.

Pero ese día no. Ese día, dejamos el paquete en la puerta y echamos a correr.

Cuando estuvimos bien lejos, Ventura empezó a bromear con Isidro. Le alumbraba con la linterna y se le arrimaba una y otra vez, poniéndole morritos, y le decía «Bimain, bimain». Yo reía sin parar. Isidro le pegaba puñetazos en el hombro, con el dedo largo un poco sacado.

XXI

—Perdona, estaba en otra cosa —me disculpé con mi marido, que se dio cuenta de que no le estaba escuchando.

—Tú estás en otra cosa desde que naciste —respondió él con esa mirada que yo llamaba de humor vítreo.

Había llegado a casa más allá de las tres de la tarde. Los niños y él ya habían comido. Me senté en la mesa de la cocina y me serví un plato de canelones que había hecho Marga, nuestra asistenta. No fui capaz de meterme nada en la boca. Enredé con el tenedor mientras los niños me hacían el relato de su día de colegio. Yo intentaba concentrarme en la excursión de Carlos a Valladolid y el traje de zíngara que necesitaba Marta para una obra de teatro; pero mi corazón me estallaba dentro del pecho; podía oír mis propios latidos sonando más fuerte que sus voces. Tuve miedo de que ellos también los oyesen. Les preguntaba cosas banales, con la intención de que no se dieran cuenta de mi estado y, sobre todo, porque quería que siguieran allí, conmigo, protegiéndome de alguna forma del peligro que suponía que mi marido me mirase a los ojos. Sin embargo, era tarde, y tuvieron que correr a buscar sus carteras para irse a clase.

—¿No comes?

—No tengo nada de hambre. Es que hemos estado picoteando; ya sabes cómo es Maruja.

—Maruja —repitió él clavando sus ojos en los míos.

Se levantó despacio y salió de la cocina. Unos segundos después se oyó un fuerte golpe; el sonido seco de una patada en la puerta del salón. La marca de la madera dañada fue lo único que llegué a ver cuando, asustada, corrí hacia allá. Él se había ido.

—Maruja —le dije por teléfono—, tienes que hacerme un favor.

—Huy, qué serio suena. ¿De qué se trata?

—Hazte a la idea de que esta mañana hemos estado juntas. Si te encuentras con mi marido...

—Me he encontrado con él esta mañana.

Ya está. Todo encajaba. Y ahora, ¿cómo recomponer una fotografía rota cuando te arrepientes de haberla rasgado? Ya sabía que lo que había hecho no estaba bien, pero solo en ese instante me asaltó el verdadero remordimiento. No lo había sentido hasta entonces, porque había amado, y eso no podía ser malo; sin embargo, Dios nos creó para que hasta lo bueno de nosotros pueda torturarnos.

Sabía que era una locura lo que estaba sucediendo. Era consciente de que no podía aceptar la proposición de irme con él a Barcelona al día siguiente, y creo que él también estaba seguro de que no lo haría. Pero el desasosiego se apoderó de mí durante toda la tarde y la toda la noche. Aquella propuesta, aquella promesa de felicidad me venía muy grande. Yo tenía hijos que aún eran pequeños y que nunca abandonaría por nada del mundo; y tenía, además, un marido perfecto al que quería y al que le debía todo cuanto era, que me amaba y que lo último que se merecía era una esposa adúltera. Pensé mucho en mi madre aquella tarde; en todas las mujeres de mi familia. Ninguna de ellas había tenido planes para sí misma; su dicha pasaba por la dicha de los otros. Para todas ellas, los momentos de felicidad estaban siempre bajo la espada de Damocles, siempre a punto de desplomarse y acabar con ellos. Había que tener eso muy presente so pena de caer en la desesperación absoluta cuando sucediera, porque según ellas, era seguro que sucedería; siempre caía. ¿Por qué habría de ser yo diferente? Mis circunstancias eran más favorables, pero estaba claro que la fortuna era muy voluble. Eso, por desgracia, lo sabía yo mejor que nadie. Era de locos ponerlo todo en peligro, renunciar a mi vida acomodada y tranquila por algo que había llegado como un rabión a mi vida y que, desafortunadamente —ahora lo veía así— había activado eso que siempre estuvo ahí, latente. Lo latente se convirtió en acechante en la primera mirada, y lo acechante en peligro real al cabo de dos días.

Pero era agua que debía dejar correr.

A la hora de cenar, mi marido telefoneó. Sabía que sería Marta la que cogería el teléfono porque le encantaba hacerlo. «Dile a mamá que llegaré tarde». Cuando llegó, yo fingí que dormía y él se metió en la cama sin encender las luces. Olía a alcohol. No tardé mucho en oír su respiración fuerte y supe que ya podía levantarme. Fui a la cocina, me tomé una tila y luego me senté en un sillón de la salita. Pasé allí toda la noche, sin hacer nada; solo esperaba. Esperaba a que pasasen las horas. Debía mantenerme despierta y sobria para poder cambiar las agujas de aquel tren; para poder desviar de mi vida ese convoy de pasiones que amenazaba con alterar toda mi vida y que se fuera lejos, lejos, a mil sueños de distancia.

Me había dicho que vendría a buscarme. Una locura. Que me fuese con él y que juntos resolveríamos después lo que hubiese que resolver. Una locura. Que no podíamos cerrar los ojos y dejar pasar lo que sentíamos. Una locura. Una locura que yo debía frenar, aunque para esas horas, ambos sabíamos ya que construir aquel amor sin licencia de obra nos llevaría al derribo.

Fue puntual. El taxi estuvo en la calle, esperando bajo la lluvia, durante quince eternos minutos. Y en cada milésima de cada segundo de aquellos quince minutos, creí morir. Quería morir.

Cuando por fin partió, sentí que mi vida, la que había tenido hasta entonces, de alguna manera acababa, como cambia el tiempo tras un túnel, como termina el verano con una tormenta de septiembre. Siempre he visto la lluvia como algo vivo; viene de visita, te habla, te cuenta o te grita. Luego se va; y te deja enfangado o limpio, empapado o brillante, renovado y con reservas para seguir la vida o chafado y arruinado como una cosecha madura; así, como esa última fue la lluvia de aquella noche, igual que tantas que vinieron después.

Por la mañana, intenté mantener el tipo hasta que se fueron mi marido y los niños. Solo quería quedarme sola de una vez para llorar. Necesitaba llorar mucho, muchísimo. Lo hice; lloré con toda mi alma. Y después del llanto, pensé que la vida seguiría, que solo tenía que dejarme transcurrir, como de niña, como mi perro deja que pasen sus días. Pero no fue así. Él llamó por la mañana, media hora después de que mi familia saliera por la puerta. Apenas hablamos; ninguno de los dos podía.

—Te enviaré un libro —dijo en un susurro—. Busca un número a lápiz; será el de un apartado de correos que abriré en Barcelona. Así estaremos en contacto.

—Puede que algún día te escriba. Con otro nombre.

—Yo te estaré esperando. Siempre.

Entramos en los corazones por ósmosis, pero solo podemos salir de ellos desgarrándolos. Y ya no había remedio. Creo que en ese momento me dispuse para el sufrimiento. Debía sacarlo de mis entrañas. Ya sabía que sería imposible y sin embargo, tenía que intentarlo. Debía abandonar mi lucha con el tiempo, contra las agujas de todos los relojes del mundo; dejar de querer otra vida paralela, solo eso. Vencer al deseo. Sin embargo, pasaron los días, días mudos; y en el silencio, el deseo se hizo más fuerte. Caí en un estado de limerencia absoluta.

¿Y ahora qué?; me preguntaba. ¿Ahora qué?; esa pregunta, insistente en mi cabeza. No era capaz de asumir la pérdida, no podía aliviar el vacío con nada. La desazón de la impaciencia, pero hueca; una impaciencia sin perspectiva de calma; la sed sin posibilidad de agua. ¿Cómo aliviar eso? ¿Cómo tajar algo que se sabe eterno? ¿De qué forma sobrevivir con esa certeza? Era algo antinatural. Todo perdía sentido: mi casa, mi familia, mis amigos… todo inútil si el aire no podía entrar en mis pulmones.

Me preguntaba qué había cometido para tener que sufrir esa distancia, para tener que enfrentarme a esa sensación de irrealidad en medio de mi vida cotidiana, a ese hacer en falso. Había jugado tanto tiempo al amor que me lo tenía merecido. Pero era extremadamente duro; tanto que, a veces, entre el esfuerzo sobrehumano de continuar, me sobresaltaba y miraba mi piel con la certeza de que la explosión interna habría hecho que sangrase por cada poro.

Un día más; pensaba. Decidía sobrevivir un día más. Un día más y estaré más cerca de lograrlo. Pero mientras, cada momento del día, me aniquilaba ese amor perdido. Y lloraba. Y lloraba. Y dejaba de llorar y volvía a hacerlo, a pesar de mi esfuerzo, al día siguiente. Y me desesperaba porque pensaba que no tendría fin, y quería matarme; y otras veces en cambio tenía miedo de enfermar, porque sabía que esto podía hacerme morir de verdad.

Tenía que domeñar mi deseo. Y debía hacerlo callada, librar una batalla en silencio; porque la mayor tristeza de un niño es ver la tristeza de su madre, sentir sus heridas, eso lo sé muy bien. Por eso yo intentaba por todos los medios evitarle eso a los míos. Pero bajo esa tranquilidad que yo aparentaba, estaba violentando mi vida.

Mi vida se convirtió en un caos. Solo podía ver las cosas por partes, nunca del todo, como si sufriese una especie de agnosia que no me permitiera percibir mi vida al completo. Mi casa comenzó a serme ajena; aparecía cada mañana con ese aspecto que tienen las casas sin vida, esas estancias que se vuelven rancias de no usarlas; pues aunque yo pasaba horas allí, vivía en otra parte. Dejé de interesarme por ella y rápidamente adquirió un aire apolillado. Tenía la esperanza de que eso fuese algo que solo yo detectase, pero no; mi marido se dio cuenta, y advirtió también que el brillo de mis ojos se debía ahora a otra cosa, a ese estado en el que estás siempre a punto de llorar. Me propuso viajar. Los dos solos. A donde yo quisiera. Acepté, pero le dejé decidir a él el destino. Solo puse una condición: a un lugar donde haya mar. Y no era por esa obsesión de la gente de interior, sino porque recordé las palabras de Eurípides: «El mar lava todas las manchas y todas las heridas del mundo». No sirvió de nada. Me sentaba en la orilla, esperando que alguna ola me trajera lo que tenía a la deriva, pero solo podía ver barcos imantando gaviotas. Recorrimos viejas ciudades, y yo solo veía empedrados como puzles, rompecabezas de piezas arrancadas. Los campos amarillos no doraban mis pensamientos, ni el olor del bosque existía más allá del aroma a setas. Los ríos, siempre importantes para mí, no eran ahora más que una sobra, un desecho, el sumidero de la tierra saturada. Viajamos; no paramos de viajar en un intento desesperado por sustituir ciertas imágenes, crear otros recuerdos que fuesen más soportables. Para él también; para mi querido esposo también.

XXII

Siempre había creído que Isidro no me quería. Pero ya ves, allí estábamos los dos untando pan en el mismo huevo; en mi huevo, porque el suyo se lo había tirado a la cara a un niño que me había llamado piojosa.

Aquel gesto suyo me dejó boquiabierta, y a Ventura también. A pesar de que era mi plato favorito, le habría regalado el mío si no hubiera sido porque, por primera vez en mi vida, había sentido eso tan terrible que llamaban hambre. Fue el día de Año Nuevo. El Gobierno nos dio un huevo y un trozo de longaniza a cada madrileño; y aunque aseguraron que había para todos, estuvimos esperando en la cola casi tres horas porque ya no estábamos para bromas. Y es que, una semana antes, el día de Navidad, prácticamente habíamos dado por terminados los recursos de mamá. Incluso con el último dinero que nos quedaba, nos permitimos el lujo de comprarle turrón a la Trini, que lo vendía de estraperlo a quince pesetas la libra.

Pasamos la Nochebuena con la abuela Blanca, que no la tenía muy buena y se pasó la cena llamando al servicio para que sirvieran de una vez la sopa de almendras. «El que come y canta algún sentido le falta»; nos regañaba porque entonábamos villancicos de letras más bien profanas; pero como casi se bebió ella sola la botella de vino que habíamos traído del sótano, acabó cantando más fuerte que nosotros, y al final hasta hubo que llevarla a la cama porque, muerta de risa, decía que no podía levantarse de la mesa.

Disfrutamos unas latas de sardinas, el final de un salchichón y el último bote de melocotones en almíbar como si nadásemos en la abundancia, como si al día siguiente pudiésemos comprar más, como si la guerra fuese a terminar por la mañana.

Hasta entonces, no nos habíamos preocupado mucho de las colas, de utilizar la cartilla de racionamiento de mi madre o de cuánto era la pensión de la abuela Blanca. Pero con el frío llegó también la escasez. Supongo que desaprovechamos la comida que había atesorado mi madre, que podíamos haberla dado un poco más de sí; sin embargo, eso también nos había procurado reservas para lo que se avecinaba. Respecto al dinero, sí, lo malgastamos, pero luego en realidad no hubo mucho en qué gastarlo. No; a pesar de las privaciones que vinieron, nunca nos arrepentimos del mejor verano de nuestras vidas.

Isidro era un cascarrabias que siempre decía que yo no era normal, pero me defendió aquel día sacrificando su huevo. A la mañana siguiente, cuando nos levantamos, había nevado, y él me empujaba para que resbalase con el hielo sin consideración de que era una niña y además año y medio menor que él, y me tiraba bolas de nieve tan fuerte como si me odiase; pero el día del Niño, me cedió algunas de sus golosinas de las que repartió el Socorro Rojo Internacional. Una de cal y otra de arena. Con Isidro siempre era así, y yo, aunque quería más a Ventura, entendía mejor a Isidro.

Isidro y yo teníamos algo en común: la rabia. Ventura no la tenía, y eso era porque él nunca se sintió abandonado. Isidro y yo sí. Isidro y yo, un día, habíamos disfrutado de unos padres, que nos cuidaban y nos querían, que fuimos todo para ellos; y aunque, en cierta forma, logramos asumir la pérdida, de vez en cuando nos salía la pena, y entonces hubiésemos dado la vida por un abrazo de nuestra madre. Justo después aparecía la rabia.

«Hijos de puta»; decía Isidro mirando los camiones llenos de cadáveres. «Han sido los de la quinta columna, seguro». Estábamos en la cola para conseguir unas lentejas y unas patatas cuando se oyó una tremenda explosión. Enseguida nos dimos cuenta de que no habían sido bombas aéreas, ni tampoco obuses. No nos movimos de la cola. A esas alturas ya nadie se salía por no perder la vez, aunque cayesen cerca. Pronto llegó la noticia de que había estallado el polvorín que guardaban en la línea de metro de Diego de León. Según un señor, se rumoreaba que habían sido los de *la quinta columna*, esos fascistas emboscados en Madrid, y dijo que seguro que habría decenas de muertos. Al rato llegó más gente con información sobre lo sucedido, y según una mujer había centenares de víctimas. Para cuando nos tocó el turno, ya había miles. Así que decidimos acercarnos por allí a comprobarlo con nuestros propios ojos.

—Están despedazados —susurraba Ventura observando la caravana de camiones con gente muerta que subía por la calle Torrijos.

—Algún día vengaremos estas muertes —dijo Isidro con un odio infinito.

Nos fuimos de allí con una sensación terrible en el estómago, pero quizá fuese también hambre. Le dejamos a la abuela Blanca las lentejas para que les quitara los chinos y las pusiera a remojo. Ventura cogió el petate y salimos por ahí a ver qué pillábamos ese día.

Fuimos al mercado Central de Pescado, pero no hubo suerte, y al de San Ildefonso, pero solo conseguimos unos boniatos y algunas naranjas. Hacía muchísimo frío. Gracias a Dios, aún nos quedaba algo de carbón del que el bueno del librero había almacenado en el sótano, y decidimos ir por él. Habíamos estado cogiendo lo que necesitábamos y llevándolo en un saco a casa de la abuela Blanca, que solo un día preguntó de dónde salía aquello. «Pues de las minas de Asturias, abuela»; le contestó Ventura sonriendo.

Cogimos el metro dirección Ríos Rosas. Había un desconcierto increíble debido a la explosión del polvorín, pues por lo visto, la onda expansiva llegó a otras estaciones y algunos trenes se vieron afectados. Entre el desorden general, un grupo de milicianos se estaba impacientando porque el tren no llegaba. Cuando lo hizo, entramos en un vagón y nos acomodamos como pudimos; pero al acercarnos a la puerta para salir en la estación de mi barrio, el convoy no paró. La gente comenzó a protestar con voces y silbidos, pero no les sirvió de nada, porque ni paró allí, ni en las tres estaciones siguientes. Solo cuando llegamos a la última, a Tetuán, el tren se detuvo y entonces vimos salir corriendo a los milicianos que viajaban en el vagón contiguo. «Ah, bueno, si era una emergencia... ¡Coño, que lo hubieran dicho!»; se disculpaban los que habían protestado tanto.

—¡Vamos! —dijo Ventura señalando la salida al exterior.

—¿A dónde? —pregunté.

—A conocer Tetuán.

Nunca habíamos estado allí, y aquello me pareció apasionante, como si acabásemos de desembarcar en el Nuevo Mundo y nos esperasen miles de aventuras. Quizá las personas eran diferentes por allí. ¿A qué jugarían los niños, si es que los había? ¿Tendrían más comida que nosotros? Es posible que hasta hubiese aún perros y gatos.

Pero no. Cuando salimos lo único que se veía eran ruinas y más ruinas, y entre ellas destacaba lo que fue una plaza de toros... una plaza de toros que, tal vez fuese a la que había ido con mi abuelo una vez. Sí, me llevó a ver un espectáculo infantil con enanos que corrían delante de una vaquilla y que saltaban por encima de ella; y como también había una niña vestida de luces, que no veas con qué gracia movía el capote, a mí se me metió en la cabeza durante unos días que quería ser torera; «como Lolita Pretel», decía mi abuelo que podía llegar a ser.

El abuelo trataba de engaitar a papá. «Tenías que haber visto el otro día a Manolete». Pero a mi padre no le interesaba nada lo que se cocía en Las Ventas ni en ninguna plaza; no leía lo que decía don Modesto en el periódico, ni discutía con nadie sobre quién había sido el mejor, si Joselito o Belmonte, que «si éste se hubiese enfrentado al toro «Bailaor», veríamos a ver...»

—No le gusta la tauromaquia —le dijo riendo mi abuelo a un amigo suyo en la horchatería—. Yo creo que es marica.

—La juventud de ahora, que no sabe divertirse. ¡Ya hubiésemos tenido nosotros su suerte!

—La primera vez que le llevé, de muy crío, en cuanto vio las tripas del caballo por el albero, empezó a arrojar de una manera que nos tuvimos que ir de allí.

Estaba recordando yo todo aquello, de pie, frente a las ruinas de la plaza, sintiendo de nuevo la espina clavándose muy dentro, cuando Isidro me hizo volver al presente con un puñetazo en el hombro.

—Los caballos se morían —le dije como si él hubiese estado oyendo mis pensamientos.

—Para caballos muertos los que vi yo cerca de Atocha una vez —dijo Ventura—. Por lo menos cien.

Isidro siempre decía que los padres de Ventura tenían que ser del sur, por lo exagerado que era.

No había mucha gente por ese barrio, pero las personas que vimos en aquel lugar eran como todas, si acaso vestían con ropa más vieja aún, y por lo flacos que estaban, no creo que tuviesen más comida que nosotros. Tampoco vimos ningún perro ni ningún otro animal que no fuese alguna rata; y respecto a los niños, sí, los había, pero se divertían con lo mismo que los demás. Nos encontramos a un grupo de ellos jugando a las canicas.

—Eh, tú —llamó Ventura a uno de los chavales—. ¿Qué calle es ésta?

—La carretera mala de Francia —le contestó.

—¿Por aquí se va a Francia?

—Sí, pero mal.

Y todos se echaron a reír.

Ventura e Isidro siempre llevaban algunas canicas en el bolsillo, porque nunca se sabía dónde podías conseguir la de oro, aunque yo creo que eso era una leyenda.

—¿Se puede jugar? —preguntó Ventura frotándose las manos para que entrasen en calor.

—A ver qué traes —dijo el chico.

Ventura le enseñó sus posesiones y luego Isidro hizo lo propio. El niño de Tetuán dijo que «vale» y todos se pusieron manos a la obra.

Dos niñas jugaban allí cerca a «pan, vino y tocino» con

una soga que habían atado a la reja de una ventana. Una de ellas se acercó y me preguntó si quería jugar. Le dije que, si no me tocaba dar a mí primero, sí; que si no, no. Aceptaron y me puse a saltar a la comba, pero no estaba acostumbrada a esas cosas de chicas y enseguida tropecé. Como no quise jugar más, dijeron que era una tramposa, y yo no tuve más remedio que defenderme gritándoles que ellas eran unas piojosas; piojosas y mocosas. Lancé un escupitajo y me fui al lado de los chicos.

Como siempre, Ventura fue ganando las canicas a aquellos muchachos, pero lo bueno surgió cuando el cabecilla de aquel grupo, que había ido perdiendo una tras otra, se sacó del bolsillo el *as* que guardaba: una preciosa canica de plata. Era la única que le quedaba, y no pudo resistir la tentación de jugársela y poder recuperarlas todas. Era niño, no podía hacer otra cosa.

—Si gano, me devuelves todas, y si ganas tú, para ti —dijo lanzando la brillante bolita al aire y recogiéndola de nuevo—. Es de plata.

—Sí, de la que cagó la gata —replicó Ventura—. ¡Buah!, no me lo creo, pero bueno… como quieras.

La expectación fue increíble. Chillábamos, cantábamos, animábamos a nuestro jugador. Ventura ganó. El muchacho de Tetuán casi lloraba de la rabia, y mi amigo, viendo que nos superaban en número y que las cosas podían ponerse feas, le dijo que no se preocupase, que tendría la oportunidad de desquitarse y recuperarla mañana mismo, que nos había gustado el barrio y que volveríamos por allí. Pero el chico no estaba dispuesto a arriesgarse a perder aquella canica. Parecía ser verdaderamente importante para él. Dijo «¡Reunión del comité!», y sus tres amigos se acercaron a él. Se agarraron por los hombros y juntaron sus cabezas.

—Vámonos echando leches, que aquí se barrunta follón —nos dijo Ventura en voz baja—. Pero no corráis.

Nos dimos la vuelta y echamos a andar simulando total normalidad; pero yo no pude evitar dar un respingo y casi salir pitando cuando oímos a nuestra espalda un «¡Eh, vosotros!». Ventura se giró, y andando para atrás como los cangrejos, les gritó que qué querían. «Deciros una cosa», contestaron. Ventura se paró. Isidro y yo también, y nos pusimos a su lado. Yo les veía acercarse; estaba temblando. Isidro me dijo: «Si nos peleamos, tú no te metas».

—Tenemos algo que os puede interesar —aseguró el chico de Tetuán—. Os lo enseñamos si nos devolvéis las canicas.

—Muy bueno tiene que ser eso —dijo Ventura.

—Es un tesoro —anunció otro de los chicos haciéndose el interesante.

—A ver. ¿Qué es? —preguntó desconfiado Isidro.

—Venid con nosotros y os lo enseñamos.

Isidro y yo miramos a Ventura con un gesto de interrogación. Él decidía si íbamos o no.

—Vale —dijo Ventura—. Pero como sea una trampa, me trago la canica de plata.

Le imaginé tragándose aquella bolita, y a esos chicos luego buscándola entre sus heces, como tuvo que hacer la pobre abuela con las de mi padre cuando era pequeño, que se tragó una bala y no pudo comer otra cosa que espárragos durante una semana hasta que por fin salió. Por eso, decía papá siempre que él era la única persona a la que le había atravesado una bala sin pasarle nada.

La cosa tenía su gracia, pero en aquel momento la tensión era mucha pues no sabíamos lo que podía suceder. Nos llevaron calle arriba hasta un cruce, donde giramos a la izquierda. Vimos algún edificio en pie entre montones de ruinas; allí no había casas de muñecas ni andamios para sujetar las fachadas, pues los edificios eran bajos. Nos metieron detrás de una de aquellas pilas de escombros y entramos por un hueco bastante pequeño hacia el interior de lo que un día fue un hogar, quizá el «nuevo hogar» de alguien. Puede que esa habitación pintada de azul hubiese sido de un niño; quizá la alcayata clavada en la pared, rodeada de un cerco de polvo, sujetase un bonito cuadro, y tal vez había una preciosa cama que escondiese aquel orinal con el esmalte saltado.

Los chicos de Tetuán se acercaron directamente a un montículo de piedras y ladrillos que había en un rincón y empezaron a quitarlos, de arriba hacia abajo, con precisión, como si cada uno supiese qué piedra era la que le tocaba retirar. Poco a poco fueron descubriéndonos su secreto, el gran misterio que escondían allí. Demasiado despacio para nosotros, fue dejándose ver un rostro. El haz de luz, lleno de brillantes motas de polvo, entraba por el roto del tejado y lo iluminaba con la misma magia con la que el humo del cine hacía aparecer las imágenes vivas. Era una cara de mujer, muy bonita, con las mejillas rosadas, los finos labios carmesíes y unos brillantes y muy, muy tristes ojos negros. No daba miedo, solo pena.

—¿Una muerta? —preguntó Isidro incrédulo.

—No, «abobao». ¿No ves que es una muñeca? —le respondió Ventura.

—No es una muñeca, idiotas —dijeron los chicos de Tetuán.

Siguieron destapando hasta mostrarla por completo. Aquella figura me llegaba hasta la barbilla. Llevaba un vestido blanco, un poco sucio, y el polvo cubría un manto bordado de oro, con un pequeño jirón y rematado con una puntilla algo raída por algunos sitios. Tenía los brazos doblados: uno sobre el regazo y el otro hacia adelante con el puño cerrado. Por eso decían ellos que era la Virgen Republicana.

Ventura se quedó absolutamente prendado de aquella imagen. Yo se lo noté en sus ojos, que brillaban como nunca había visto antes.

—Muy bien, muy bonita —dijo disimulando su entusiasmo—. ¿Y ahora qué?

—¡Pues que nos devolváis las canicas, mira este!

—¿Por ver esto? —preguntó Ventura señalándola—. ¡Tú sueñas! En todo caso si nos la dieseis…

Se miraron los unos a los otros.

—¿Qué tenéis en ese saco? —preguntó el cabecilla.

Y así, terminamos dejando allí todas las canicas, las naranjas y los boniatos, el trompo de Ventura, un trozo de proyectil y cinco pesetas,… y metiendo a la Virgen en el petate.

A Ventura le costó llevarla en brazos hasta la estación

de Tetuán, y de la de Ríos Rosas hasta mi casa, pero no se quejó. Una vez en el sótano, la sacó con cuidado, y mostrando una dulzura increíble, le colocó bien el vestido y el manto. Después, ante la mirada atónita de Isidro y mía, acarició su rostro, primero una mejilla y después la otra, lentamente. Y así estuvo un rato; y luego, cada vez que íbamos, siguió haciendo lo mismo. Durante el tiempo que estuvo la imagen allí, Ventura no le rezó ni una sola vez, pues él era ateo, pero decía que le gustaba mirarla porque sentía algo extraño, como si la conociese. Sin embargo, cuando Isidro cayó enfermo, no dudó en deshacerse de ella. Y es que Isidro se puso malo por culpa de un coche, un Ford negro que vio pasar por la calle de Ayala un día que andábamos por ahí jugando a «chepita en alto» con otros niños.

—¡Es el coche de mi padre! —exclamó de pronto.

Y sin más, empezó a correr como un loco detrás de aquel vehículo que tenía pintadas las letras C.N.T. Ventura y yo abandonamos el juego y fuimos tras él. Como corría mucho más que yo, me adelantó bastante; casi no le veía ya, pero seguí hasta que no pude más y tuve que parar porque me dio el flato. Me quedé allí, jadeando unos minutos. Por fin, vi a Ventura a lo lejos, que venía de vuelta, solo.

—Le he perdido de vista.

—Los que van en esos coches no son moros —le dije ingenuamente—. Yo ayudé en una barricada que mandaban ellos y no había ningún moro. Porque los moros son todos negros, ¿verdad? Yo no he visto nunca a un negro en esos coches.

Ventura me miró sorprendido. No sabía de qué le estaba hablando, y cuando se pudo hacer una idea, lo dejó estar. No me dijo nada, ni que sí, ni que no. Nada.

Volvimos a la calle de Ayala. Los chicos con los que habíamos estado jugando ya se habían ido. Se estaba haciendo tarde y hacía muchísimo frío. Nos sentamos en el umbral de un edificio a esperarle, pero no llegaba. Para colmo de males, empezó a llover.

—Vámonos a casa —decidió Ventura—. Si no nos

vamos ya, la abuela echará el cerrojo. Además, nos estamos congelando y luego nos costará más entrar en calor.

A nosotros nos llevó un buen rato templarnos, pero Isidro ni siquiera lo consiguió cuando por fin, media hora más tarde, llegó completamente empapado. Se dejó caer en una silla, rendido. Se quitó la gorra cuartelera y la dejó, chorreando, encima de la mesa. Jadeaba.

—¿Me crees ahora, Ventura?

—¿El qué, que tu padre tenía un Ford?

—¡No, hombre, no! Que hay moros disfrazados de milicianos en Madrid.

Isidro tiritaba tanto que se oía su castañear de dientes desde el cuarto en el que yo dormía. Fui a su habitación. Ventura le había echado otra manta encima y se había arrimado a él para darle calor; pero nada, no dejaba de temblar.

—Trae tu manta —me dijo manipulando una estufa eléctrica—. Si hubiese suerte y viniese la corriente por un momento.

Pero no la hubo. Ventura llamó a Isidro, le traqueteó, pero éste no le contestaba. Solo se estremecía. Le tocó la frente.

—Tiene fiebre, y no poca. Voy a llevarlo a la salita, al lado de la estufa.

Pero ya no quedaba nada de carbón. Llevábamos semanas quemando vigas de los escombros, maderos de ventanas que encontrábamos entre las ruinas, carteles que arrancábamos de las paredes de las calles, ramas de los árboles de los paseos… lo que pillábamos que pudiera arder. Pero en ese momento no teníamos nada. Así que, Ventura, sin pensarlo un momento, fue a la cocina y apareció con el hachilla de cortar los huesos. Agarró una silla, la hizo pedazos y fue metiéndola poco a poco en la estufa. Aunque olía un poco raro, la salita cogió una temperatura agradable. Se estaba realmente bien, y Ventura y yo nos habríamos quedado dormidos si no hubiese sido porque Isidro no dejaba de tiritar.

—Hay que llevarle a un médico —dijo Ventura—. Esta familia debe de tener alguno de confianza.

Entonces, como yo era chica, me tocó a mí entrar en la habitación de la abuela Blanca, que dormía plácidamente.

—Abuela, abuela —la llamé zarandeándola—. Isidro no para de temblar.

—¿Isidro? ¿Mi hijo Isidro?

—No, su nieto Isidro.

—¡Ah, ese granuja!

Se dio la vuelta en la cama y yo entendí que la abuela Blanca no tenía una buena noche.

Ventura decidió ponerle paños de agua fría en la cabeza, porque lo había visto hacer en la enfermería de su colegio, y aunque a mí me parecía que aquello no podía ser bueno para alguien que tenía mucho frío, el caso es que dio resultado y por un momento dejó de temblar.

Nos quedamos dormidos, pero al poco rato Isidro empezó a toser, y ya no paró hasta por la mañana, que despertó pidiendo agua, y entonces Ventura le preparó un caldo caliente con un cubito Caldolla. Mientras se lo tomaba, nos miraba con su cara oscurecida por unas grandes ojeras, y se notaba que hacía esfuerzos por sonreír cuando, para animarle, nos pusimos a cantar los dos aquello de:

«Desde hoy, la mujer no es esclava
ni tan solo ya de la olla,
pues ella prepara su caldo
con cubitos de Caldolla.
¡Oh!, Caldolla
¡Oh!, Caldolla
Qué sabor tan piramidal.
Este caldo no tiene rival.»

Ventura le ayudó a vestirse para ir al hospital a que le viese un médico. Le estaba subiendo la fiebre otra vez y volvía a temblequear. Estábamos tan asustados que cuando bajamos y salimos a la calle, unos milicianos que pasaban en un coche nos preguntaron que hacia dónde íbamos tan serios a esas horas tan tempranas. Ventura les contó que su hermano estaba muy enfermo, y ellos se prestaron a llevarnos en su automóvil.

Allí, tuvimos que esperar un rato, sentados en un banco, hasta que una enfermera nos dijo que podíamos pasar. El médico, con un aspecto muy cansado, examinó a Isidro. Le hizo respirar muy hondo varias veces, y cada vez que lo hacía, tosía. Dijo que era una pequeña pulmonía, que tenía mandanga la cosa ahora que por fin llegaba la primavera, y que necesitaba estar en cama, abrigado, sin hacer esfuerzos y alimentado lo mejor posible.

—¡Qué mierda de vida esta, coño! —se quejaba el médico mientras buscaba un medicamento en su armario blanco de cristal—. Esto se le pasaba rápido con un buen caldo de jamón.

Pero como eso no nos lo podía recetar, nos dio un jarabe para la fiebre y nos dijo que siguiésemos con los paños de agua fría cuando fuese necesario.

—Para la tos le vendría bien hacer gárgaras con Pasteurine —recomendó el doctor—. ¿Tenéis dinero?

—Sí, en casa —contestó Ventura.

—Anda, toma —dijo el médico dándole tres pesetas—. Compra medio litro en la farmacia de ahí al lado y marchaos a casa lo antes posible, que aquí solo puede coger algún andancio más.

Cuidamos todos de él, incluso la abuela Blanca, que tuvo unos pocos días bastante lúcidos, pero Isidro no mejoraba. Seguía teniendo a ratos fiebres muy altas, incluso de vez en cuando deliraba y llamaba a su madre o gritaba que se vengaría de todos los moros. Entonces la abuela Blanca le daba la mano, lloraba y decía: «Mi niño, mi niño…»

En esos días, Ventura fue él solo a la cola para comprar lo que hubiese, rastreaba algo para quemar, iba a buscar suerte por ahí… y a mí me hizo quedarme en casa, porque no se sabía a ciencia cierta cuándo se le podía volver a soltar el cable a la abuela. Pero al tercer día me dijo que le acompañase, pues a lo mejor necesitaba mi ayuda.

Fuimos a mi casa, al sótano del señor Joaquín, a por la Virgen de Tetuán. Ventura la tenía apalabrada ya con una mujer, vecina del edificio de la abuela Blanca. Él sabía que en la casa de esa señora se celebraban cultos católicos en privado. El gobierno lo autorizaba, siempre que fuesen discretos; y esa gente, que hubiese dado cualquier cosa por poder entrar en una iglesia, abrió un ojo como un queso cuando Ventura le ofreció una virgen auténtica. No discutieron el precio de ochenta pesetas que Ventura le puso a su preciosa imagen, quizá la única figura materna que tuvo en toda su vida.

Con el dinero en el bolsillo, fuimos a casa de la Trini, pero dijo que no tenía jamón. Le contamos para qué lo queríamos, y con la cara de tristeza que puso, quedamos convencidos de que realmente es que no lo tenía. Nos dio la dirección de otra señora que sabía ella que también vendía de estraperlo, que quizá, Dios sabe si... Pero tampoco tenía jamón. «Podéis llevaros carne de caballo, que sí que tengo, y para el caso es lo mismo»; dijo aquella señora.

Pero Ventura no creyó que diese igual. Así que nos dirigimos hacia un colmado de lujo, que si no lo tenían ahí, es que no lo había en todo Madrid.

Y allí estábamos Ventura y yo, de pie, en silencio esperando nuestro turno, mirando angustiados el cartel de «FICTICIO» que colgaba encima de los botes y latas de conserva vacías; en aquel colonial donde yo, un día, de la mano de mamá, soñaba con hadas y varitas mágicas iluminando aquel lugar; donde un chico llamado Pedro, que probablemente ya estuviese muerto, me había regalado un caramelo de piñones; ese sitio en el que había decidido que, de mayor, sería la dueña de un comercio así. Y el caso es que, en ese momento, año y medio después, yo ya era mayor; tanto como para parecerme una chiquillada aquello de querer ser tendera.

Tuvimos que volver donde aquella señora y comprarle el caballo a cuarenta pesetas el kilo.

Cuando nos acercábamos a casa, vimos a unos milicianos en el portal, hablando con los chicos del barrio. Observamos desde lejos cómo uno de ellos nos señalaba y luego se iban corriendo. Ventura se dio cuenta enseguida de lo que sucedía: se estaban yendo de la lengua. Me pasó a mí el paquete y dijo: «Pase lo que pase, tú te subes a casa y le preparas el caldo a Isidro. ¿Entendido?».

Cuando estuvimos frente a ellos, los milicianos le preguntaron a Ventura el nombre, la edad, y le dijeron que aquellos muchachos aseguraban haberle visto llegar con un saco, que se le rompió en la acera y que pudieron guipar claramente que contenía una figura de iglesia.

—¿De iglesia? —preguntó Ventura—. ¿De qué iglesia?

—No lo sabemos, pero tú nos vas a acompañar para ver si, entre todos, resolvemos el misterio.

—¿Y a dónde me llevan, si puede saberse? —preguntó Ventura desafiante—. Es para que la niña se lo diga a mi abuela, para que no se preocupe.

—¡Mira este, qué valiente! —dijo riendo uno de ellos—. Solo queremos saber de dónde ha salido y sobre todo qué has hecho con ella. ¿Se la has dado a alguien? ¿Te la ha comprado alguna persona?

—¿No ves, chaval, que pueden ser traidores, gente de la quinta columna? —advirtió el otro.

De improviso, apareció un tercer miliciano saliendo por la puerta del portal.

—Nada. En la casa no hay más que una abuela que no sabe nada del asunto, un niño con catarro y unos cuantos muebles caros... pero nada de imágenes religiosas. ¡Vamos, que ni una estampita!

—¿Qué dices tú? ¿Qué has hecho con ella?

—No sé de qué me hablan —contestó Ventura—. Esos niños me tienen manía porque les gano siempre a las canicas. Por eso se lo han inventado todo.

—¡Ea, a los calabozos de Sol! ¡Niña, dile a tu abuela que nos lo hemos llevado a los calabozos de Sol!

Cuando subí y se lo conté todo a la abuela Blanca, que seguía bien, puso a cocer un trozo de carne con una patata, unos garbanzos y unas verdolagas, y me dijo que cuidase del puchero, que ella iba a Sol a ver qué es lo que pasaba.

Según le dijeron, podía estar tranquila, que no le iban a hacer nada a su nieto. Solo estaría allí tres días, a ver si se le bajaban los humos y decidía contarles de dónde había salido la pieza y a quién se la había colocado; que solo era por seguridad, pues había que mantener la vigilancia en la retaguardia porque había mucho emboscado.

Isidro se curó. Parece ser que el caldo de caballo es igual de bueno que el de jamón; «¡O mejor!», decía el pobre, porque cuando se levantó de la cama aseguraba que veía mejor sin las gafas.

Isidro y yo contemplamos el amanecer de aquel día de primavera sentados en un bordillo frente a la Puerta del Sol. Por fin, a media mañana, le vimos aparecer con las manos en los bolsillos, silbando y con una gorra nueva.

—¿Dónde has metido los lentes, cuatro ojos? —le preguntó a Isidro.

E Isidro, esta vez, no le pegó un puñetazo en el hombro. Ventura nos echó a cada uno un brazo por encima, sonriendo, y nos fuimos los tres al Actualidades, a ver *La Apisonadora de Mickey.*

XXIII

Ahí estuvo el germen de «la idea».

Desde el momento que salimos corriendo hacia él y nos miró, yo me di cuenta de que su eterna sonrisa no era la misma. Algo había cambiado en los tres días que pasó en aquel lugar; aunque tampoco era de extrañar, pues realmente Ventura me faltó durante tres siglos. Comprendí a mi abuela cuando no me veía en una semana y decía que cómo había crecido.

—¿Te han pegado? —le pregunté.

—No —contestó sorprendido—. ¿Por qué iban a hacerlo?

—¿Qué les has dicho?

—Que nos la encontramos entre unos escombros y nos la llevamos para echarla a la estufa, para calentarnos.

—¿Y se lo han tragado? —preguntó Isidro.

—¡Pues claro! —dijo él riendo—. ¿Por qué no iban a creerlo? ¡Si soy mejor actor que Clark Gable! ¿O no?

Su gorra nueva, de esas de cuero con orejeras que llamaban «de Durruti», se la había regalado un chico de diecisiete años que había conocido allí dentro. Se llamaba Jaime, pero le llamaban Malatesta, y le habían trincado por montar bulla en el bar Miami, pero porque estaban dando para beber alcohol de quemar, y claro, con eso se calienta el más pacífico. Sin embargo a mí, al principio, no me pareció que con ese nombre se pudiera ser pacífico, hasta que Ventura me explicó que Malatesta había sido un revolucionario anarquista muy famoso y que por eso le llamaban así. Aunque entonces no entendía muy bien lo de revolucionario ni lo de anarquista, me quedé conforme.

Se notaba que había hecho mella en Ventura, nuestro Ventura, porque nos hablaba de él y de todas sus hazañas como si fuese su hermano mayor, como si le conociese de toda la vida. A menudo nos llevaba por la puerta del Miami; unas veces nos decía que para ver si andaba por allí su amigo, y otras, quizá para no delatar tanta querencia, que los de la renacida revista «Blanco y Negro» le habían ordenado anunciarla en aquella zona. Pero la verdad era que anhelaba encontrarse con él, y que no le hacía ninguna falta mentir porque nosotros también. Isidro y yo le veíamos como un héroe aún sin conocerle.

El racionamiento era cada vez menor, y las colas cada vez mayores. Como pasábamos el día por las calles, a veces teníamos suerte y encontrábamos algún camión repartiendo latas de carne rusa en conserva o algún tarro de las bolitas negras que tanto me costó creer que eran huevos de pez. No sé por qué, pero me acordaba más de las comidas que no me gustaban que de las que sí. Recordaba los callos, especialidad de mi abuela; la oreja a la plancha y la carne al desarreglo que hacía mi madre; las gambas al ajillo que comía mi padre en la tasca frente al sindicato; las setas y el besugo de Navidad; todos ellos platos que antes odiaba y que mamá tenía que luchar a brazo partido para que los probase, ahora se me hacía la boca agua al recordarlos. Cosas.

No teníamos mucha dificultad para conseguir algo de dinero, pues siempre había gente que prefería niños para algunos recados que se pagaban bien, como por ejemplo ir a alguna cárcel a preguntar por alguien sin decir de parte de quién, entregar una carta a alguna chica, dar unas llaves a algún señor, la entrega secreta de paquetes, mensajes de viva voz que a veces enredábamos aposta para que nos mandasen con otro y poder deshacer el malentendido a base de soltar la guita… En ocasiones también conseguíamos «dinero limpio» de otras cosas, como anunciar productos, vender periódicos por las calles o despachar un traje de mi padre por cien pesetas; pero la mayor parte de las veces siempre había algo que callar, tanto en la forma de conseguirlo como en la de gastarlo, pues solo con mucho dinero podíamos adquirir lo que, a veces, vendían la Trini y otras muchas Trinis que visitamos con el tiempo.

Cuando Isidro y yo conocimos a Malatesta estábamos revendiendo periódicos usados y cajitas de mixtos en la puerta del Café Acuarium. Un señor se había dado cuenta de que la mitad de las cerillas de la caja estaban usadas y había agarrado del brazo a Ventura.

—¡Devuélveme los cincuenta, tunante!

—¡Suélteme! ¡Si me suelta se los doy! —le gritaba Ventura intentando escurrirse.

—¡Si te suelto vuelas, gorrión! ¿Te crees que me he caído de un guindo?

Isidro y yo mirábamos la escena con el corazón en un puño, que es un decir, porque en realidad lo que quiere es salirse del pecho. Yo ya me imaginaba sin Ventura quince días por lo menos, cuando de pronto, entre un grupo de muchachos que salían del Café, uno de ellos gritó:

—¡Eh! ¿Qué pasa aquí?

—¡Este calavera, que me ha «birlao» cincuenta céntimos!

Ventura comenzó a sonreír con los ojos muy abiertos y brillantes, e Isidro y yo nos miramos sin entender por qué.

Era su amigo, que le dio a aquel señor un trozo de papel dinero, un golpecito amistoso en el hombro y le dijo que ya se hacía cargo él.

Cuando el hombre se fue, Malatesta se dio la vuelta, sonrió enseñando sus blancos dientes y se dieron un abrazo de esos que se dan entre hombres, palmeándose la espalda dos veces, como llamando para que salga el que vive dentro. El gesto me resultó un tanto extraño, quizá por la diferencia de altura.

—¿Ya estás metiéndote en líos, balarrasa? —le preguntó a Ventura riendo.

—¿Cuándo saliste?

—Hace unos días… pero todavía no he visto el sol

como quien dice. ¿Esos son…? —preguntó señalándonos a Isidro y a mí, que observábamos callados como ratas.

—Sí, Isidro y la niña —nos presentó Ventura sin mucho entusiasmo.

Ventura solo tenía ojos para él. Estaba feliz de haberle encontrado y quizá temiera que Malatesta no le hiciese caso por andar con unos críos como nosotros. Pero él se acercó a Isidro y le dio la mano como quien se la da a un hombre, y luego se agachó para ponerse a mi altura, me dio un beso y dijo: «Salud, preciosa».

Nos conquistó desde el primer momento.

—¡La guerra lo jode todo! —decía Malatesta a un miliciano.

Se quejaban de que España había tenido que retirarse de la Copa Mundial de fútbol en la clasificatoria.

—Béisbol es mejor —aseguraba un brigadista.

—Eso será para vosotros, que nosotros ya somos mayorcitos para darle a una pelota con un palo.

Malatesta nos había llevado al río, cerca de donde había una piscina destruida que llamaban La Isla, pues alguien le habían dado el aviso de que había por allí tirado carbón a medio quemar.

Cuando llegamos al sitio indicado estaban sus amigos haciendo guardia al lado del alijo. No había nadie por allí. Era ya verano y hacía mucho calor, pero decían que no nos podíamos bañar porque el frente estaba muy cerca, y que nosotros no debíamos ir más allá. Además era peligroso incluso para ellos, pues estaban minando todo aquello «por si entraban los moros por allí, dejarlos sin huevos».

Llenamos el saco de Ventura y nos sentamos un rato a charlar con ellos.

—Béisbol es divertido —chapurreaba el americano—. ¿Sabéis béisbol?

—Ni falta que les hace —rio Malatesta.

Pero el americano se levantó y sacó de su petate un bate y una pelota hecha de tiras de caucho.

—Ya estamos con la pelotita y el garrote —dijo su compañero—. Hay que joderse con el yanqui.

Y nos enseñó a jugar al béisbol. Malatesta y el otro soldado también acabaron jugando, solo «para demostrar al americano que los españoles, cuando nos ponemos, somos los mejores, incluso haciendo mariconadas».

Una vez demostrado esto, también hubo que convencerle de que teníamos mejor puntería. «Son buena gente, pero siempre están porfiando», nos decía el compañero. «No hacen más que llevar mancuerna y no escarmientan, coño».

Así que, pusieron una lata de sardinas a unos metros y acabamos disparando todos «porque hasta una niña española donde pone el ojo pone la bala», primero con la P17 del americano y después con la Lee Enfield que llevaba el otro. Tiramos una y otra vez, y cuanto más lo hacíamos más queríamos disparar. Aquello era realmente divertido. Ventura, Isidro y yo estábamos eufóricos, ansiosos porque nos tocara el turno y volver a coger el arma, sentarnos en el suelo, apoyar el fusil en la rodilla, la culata en el hueco del hombro, apuntar, aguantar la respiración y apretar el gatillo. Ventura y yo dimos casi siempre en el blanco. Malatesta, tras de mí, me protegía del retroceso con su mano, y cada vez que le daba a la lata, me alzaba por los aires. «¡Esta es mi niña, una española de raza, sí señor!» y Ventura me revolvía el pelo, orgulloso de que fuese amiga suya. Incluso Isidro me sonreía tímidamente. Yo me sentía importante, y jamás había sido tan feliz en toda mi vida. Le dimos una buena paliza al americano, y es verdad que eran buena gente aunque porfiasen, pues tuvo muy buen perder e incluso nos regaló el bate. Lástima que tuviésemos que quemarlo unos meses más tarde.

En la vida unas cosas te van llevando a otras, de manera que casi nunca una sola cosa es responsable de algo, pero siempre tiendo a buscar el principio del principio, el pistoletazo de salida. Y creo que sin ese día, Ventura no habría tenido valor para hacer lo que hizo en el sótano.

Habíamos ido para coger algunos cuentos y tebeos del pobre librero y venderlos en el mercadillo de libros usados que ponían en la calle Montera, en un solar de un edificio destruido por las bombas.

Abrimos con la llave la puerta del portal, que milagrosamente aún no estaba forzada, pero olvidamos cerrarla tras de nosotros. Escogimos algunos tomos de la librería, y luego bajamos al sótano a por los pocos tebeos que aún no habíamos quemado.

De pronto, oímos una voz masculina justo en la trampilla.

—¿Quién anda ahí? —dijo.

Después del sobresalto, nos quedamos tiesos, mirándonos los tres con los ojos muy abiertos, sin saber qué hacer ni qué decir. Isidro y yo miramos a Ventura esperando una señal. Pero Ventura no decía nada. No se movía, únicamente miraba hacia la trampilla de entrada de aquel sótano. No había salida, no teníamos escapatoria posible. Solo podíamos esperar. Peldaño a peldaño, fueron apareciendo unas botas militares, un pantalón gris, una cartuchera, una camisa blanca remangada, un fusil colgado al hombro y por fin, una cabeza de miliciano con su correspondiente gorra.

—¿Qué andáis haciendo aquí? —preguntó con muy malos modos.

—Es… nuestra casa —contestó Isidro con un hilo de voz.

—Ya… y yo soy Tarzán de las Fieras —dijo muy serio—. Vivo aquí al lado, y esto es de Joaquín, el librero. Y vosotros solo sois unos mentirosos, unos ladrones, unos jodidos maleantes… y esta acabará siendo vuestra golfa.

Y entonces, llegó hasta nosotros en dos zancadas y le cogió a Isidro de la oreja con una mano, y con la otra, agarraba el fusil señalándonos con él la salida.

—¡Vamos, saliendo! —gritó—. Vosotros dos primero. ¡Para arriba, he dicho!

Isidro se quejaba porque le tiraba mucho del lóbulo. Le estaba haciendo tanto daño que casi lloraba.

—¡Suelte a mi amigo! —exclamó Ventura.

El hombre le miró un instante, incrédulo, y luego se echó a reír.

—¿Y si no, qué? —preguntó con una mueca desafiante.

Tiró más fuerte de la oreja del pobre Isidro, y Ventura

tuvo que levantar la voz entre sus gritos de dolor para que ese hombre le oyese decir que si no lo hacía tendría que matarle.

—¿Que qué? ¡No te oigo! —decía aquel bruto mientras tiraba más y más de la oreja de nuestro hermano.

—¡Que voy a tener que matarte, cabrón!

—¿Cómo? ¡Dilo más alto, que por aquí hay una maricona chillando y no te oigo!

Y tiraba más y más. Isidro estaba ya de puntillas e intentaba colgarse de su brazo. No dejó de tirar, así que Ventura tuvo que matarle.

Metió la mano por debajo de su camisa, que la llevaba por fuera del pantalón, y sacó la pistola que encontramos en la cómoda de mamá. Isidro y yo no supimos en qué momento la había cogido, pero nos sentimos aliviados cuando le apuntó y sin pensarlo un segundo disparó directamente a su corazón. El miliciano, ya con otro gesto, siguió con la mirada fija en él durante dos segundos y luego se desplomó, soltando al fin la oreja de Isidro, que cuando se vio liberado, empezó a dar patadas al cadáver con toda la rabia del mundo, hasta que Ventura le cogió del brazo y le dijo que ya valía, que un poco de respeto a los muertos.

Ventura sacó unos cuantos libros del saco para hacer sitio al fusil del miliciano. Nos lo llevábamos, y también la pistola y mi maleta de cartón con mis cosas. Dejamos a aquel animal pudriéndose en el sótano del pobre señor Joaquín, y nunca más volvimos a entrar allí.

La miseria te endurece; la violencia sostenida te hace insensible, te acostumbras a ella. Porque el miedo tiene sus niveles: a poco temor, eres solidario y sientes piedad; pero cuando sobrepasa cierta barrera, te vuelve de piedra. El miedo perpetuo puede convertirte en un psicópata. Y esa falta de humanidad se extiende a todos los campos; solo lo más allegado se salva; los demás están, estamos, expuestos a que nos aten latas en la cola, a ser pájaros en mano de niño. Sin embargo, esa psicopatía es temporal, pues cuando las condiciones se tornan benignas, puedes volver a estar en gracia, ser clemente y confiado.

Pero en aquellos días bárbaros nos convertimos en mala hierba, esa que nunca muere, la que te da la mejor idea de resistencia, el ejemplo de lo que hay que hacer para sobrevivir: nada de belleza, nada de utilidad. Y así pasaban los días como si estuviésemos en un túnel; veíamos la claridad al final pero nunca llegábamos. Vivíamos así, con el fulgor prometido del fin de la guerra en el horizonte, sin mirar a los lados, pero no pensábamos ya en llegar, sino simplemente en seguir viendo esa luz.

Era octubre cuando llovió pan. Lo recuerdo bien porque el americano tuvo que irse, junto con todas la Brigadas Internacionales, en octubre. El día que se despidió se empeñó en enseñarnos a rifar con un cántico que decía «Piedra, papel, tijera».

—Ol raich, ol raich. Es mismo que P.C., República y C.N.T. —intentaba explicar—. P.C. machaca a República, República atrapa a anarquistas y anarquistas... ¿cómo se dice?... cortan a comunistas. Aquí, poder es juego como: Roja, Rojanegra, Trescolor.

—¡Mariconadas! —le decía otro compañero—. Aquí es, entérate bien, yanqui, pares o nones, vencer o morir. Punto.

El americano tenía razón, y no se la daban solo porque era americano, pues ellos pensaban lo mismo aunque fuesen únicamente capaces de expresar, delante de él, lo que deseaban: la unión absoluta de todos los que luchaban contra el fascismo. Pero no era así. Ya desde muy al principio de la guerra, mi padre decía en una de sus cartas que no era así.

Nosotros no comimos el pan que tiraron los aviones facciosos porque, ese día, nos habíamos alimentado casi como cuando no estábamos en guerra, gracias a las sobras del rancho que conseguimos en los búnkeres del Palacio Real: unas patatas con carne bien guisadas que nos supieron a gloria, y que me sentaron de maravilla por más que Ventura e Isidro me dijesen que a lo mejor eran Pulgarcito y Rataplán con papas.

El comité se apresuró a imprimir unos banderines que prevenían del peligro de comer aquel pan envenado. Los repartimos a cada grupo de niños que encontrábamos por la calle para que los pasearan por Madrid, avisando a la gente, pero yo creo que la mayoría se lo zampó. Yo misma lo hubiese hecho tan solo una semana después, harta de comer puré de almortas, mondas de naranja fritas y caldos de palulú, por mucho que hubiese dicho Malatesta, Ventura o el comité.

Para entonces ya estábamos muy metidos en el mundo de Malatesta. Sobre todo Ventura, que a partir del encuentro comenzó a irse muy a menudo con él a sitios donde Isidro y yo no podíamos entrar, como el Bar Miami o el Chicote, al que iban porque Malatesta había conocido a «una manola que estaba riquísima», o a reunirse con otros chicos mayores que ya tenían un fusil colgando del hombro.

Al principio Isidro y yo nos sentimos un poco traicionados, pero Ventura siempre volvía con algo: unas botas para Isidro, unos huevos *de a uno veinticinco la unidad* para mí, una receta de leche para los doloridos huesos de la abuela Blanca…, y además nos contaba las historias que había oído, lo que había dicho no sé quién en su mitin del domingo en el teatro tal, lo que escuchaba en una emisora que llamaba «Radio Hostia», y , lo mejor de todo, conocimos una nueva forma de hablar, maldiciendo continuamente; y nosotros tomábamos buena nota de todas y cada una de aquellas palabrotas para utilizarlas después en la calle, jugando con otros niños a las peleas de las colas de abastos, a los fusilamientos de facciosos, o a dar el paseo a un emboscado de la quinta columna mientras yo, que hacía de madre, lloraba desconsoladamente ante el cadáver de su hijo muerto, porque aunque fuese fascista, una madre era una madre. A pesar de que había más niñas, siempre interpretaba yo ese papel, pues decían que lo hacía muy bien; y es que si Ventura era tan buen actor como Clark Gable, yo era como Shirley Temple, esa niña actriz por cuyo cromo para el Álbum Nestlé de Estrellas de Cine eran capaces de matar. Un día llegó Ventura y me encontró sollozando encima del Moqueras, que era el infeliz al que siempre le tocaba ser fascista. Quedó impresionado y luego, en casa, nos enseñó un folleto y nos dijo a Isidro y a mí que íbamos a ser actores de verdad en un teatro callejero mucho mejor que el de *Cuatro Batallones de Choque*.

Así, también nosotros nos fuimos introduciendo en su mundo. Yo superé el miedo a pasar por la Gran Vía, que se había convertido en la *Avenida de los Obuses* y donde era difícil refugiarse por la cantidad de escaleras que tenía el metro. Dejé atrás también la pena de ver mi rascacielos agujereado y de sentir el dolor de la espina al contemplar, tras los andamios, la casa de muñecas de mi abuela. La verdad es que ya no sentía mucho, todo era un lejano recuerdo, de cuando era pequeña; sin embargo, aún estaba ahí, y seguro que lo habría olvidado si no me hubiese empeñado en no hacerlo, y es que seguía teniendo la certeza de que todo volvería a ser como antes en cuanto la guerra terminase.

Empezamos sintiendo orgullo y cierta superioridad por poder reunirnos con ellos y ser observados con envidia por otros niños; placer, por la aceptación de quien admiras, gente mayor que ha vivido cosas que tú aún no; después percibimos el ansia de la experiencia propia, de conocer, de saber hacer. Continuamos también por diversión; lo pasábamos en grande disparando fusiles de compañeros, riendo con sus ocurrencias, escuchando con la boca abierta todo lo que decían, burlando a los retratos de Stalin y compañía cuando pasábamos por la puerta de Alcalá, leyendo las hazañas de los héroes del «Romancero de la Guerra Civil» de El Mono Azul, sintonizando a las nueve de la noche el Altavoz del Frente..., sintiendo la sensación, al fin, de pertenencia a algo. Y acabamos matando a Franco.

XXIV

Después de todos aquellos viajes con mi esposo, vino un periodo de una calma extraña, como si por fin hubiera muerto esa mosca que se lanza insistente contra el cristal una y otra vez. Se hizo un silencio que no esperaba; una quietud sospechosa de muerte. Tal vez, había logrado matar al deseo; pero había sido a costa de una buena parte de mi existencia; porque cuando pasó ese tiempo, me di cuenta de que había estado en coma, manteniendo mis constantes vitales, sin más; no había sido capaz de disfrutar de nada, no había saboreado nada porque todo me sabía a nada. Y sin embargo, el esfuerzo de seguir con vida me había dejado extenuada.

Nunca me reconfortó descubrir en un libro mi propio daño. Jamás creí en el consuelo del mal ajeno. Por eso me cuesta escribir esto si imagino que alguien lo leerá; es el pudor de pensar que saben, por este acto atroz, que no soy una buena persona; pues si has sufrido ciertas emociones hay que ser infame para hacérselas sentir a otro. Confío en que quien llegue a tenerlo en sus manos, no identifique estos sentimientos en toda su magnitud, que pueda pasar por ello ligeramente, como pasa un rezo.

Tampoco quisiera excederme en los detalles de mi pena, pues corro el riesgo de exagerarlo todo; soy consciente de que los sentimientos, pasado un tiempo, no convencen ni a uno mismo. No me gustaría faltar a la verdad, pero tampoco restar importancia a mi dolor. Lo hubo, y fue muy intenso, porque yo era una roca; una roca rajada por el hielo.

Pero la vida comienza después de cada caída y, poco a poco, empecé a acariciar la idea de amarle en la distancia.

Su recuerdo ya no me quemaba; ahora se había vuelto cálido, suave, dulce…, y era capaz de resistir la presencia de las imágenes; simplemente podía con ellas. Habían llegado a traspasarme de tal modo que ya no sentía dolor, y aunque yo sabía que de alguna forma había quedado mutilada, lo acepté, lo asumí como se asume la pérdida de la juventud.

Y ahora que podía soportar eso, me centré en conservarlo en la medida de lo posible; comprendí que hay momentos que valen la vida entera. Un minuto puede convertirse en la razón de toda ella; porque las dificultades pasan, los momentos alegres terminan, los hijos se van…, pero el recuerdo de ese instante permanece dando sentido a tu vida, haciendo de tu existencia algo justificado.

Con ese bagaje, me eché de nuevo al mundo. Y logré ser feliz la mayor parte de mis días, a pesar de que la pena es caprichosa y que a veces me atacaba en los momentos de más dicha, como si mi mente me recordase que no depende de lo bueno o lo malo que te suceda, sino que en realidad está en ti mismo, dentro de ti. Esa exigencia del espíritu, tan difícil de controlar para algunos de nosotros, es lo que puede llevarte a la locura.

Mi esposo acompañó mi enfermedad hasta el final, y luego siguió estando a mi lado mientras convalecía. Yo no le había sido fiel; pero ¿cómo no amarle, cómo no respetarle hasta que la muerte nos separarse?

Unos minutos de silencio por los caídos durante casi dos años y medio de contienda.

Eso pidieron, y eso hicimos aquella tercera navidad que nos sorprendió aún en estado de guerra. Esa vez ya no hubo sardinas ni melocotón en almíbar para cenar. Hubo que conformarse, y dando gracias, con las lentejas con chicha de gusanos de siempre y unos despojos que conseguimos en el matadero de la Arganzuela. Creo que fue la última vez que comí carne, si es que aquello lo era, hasta que acabó el conflicto, porque el guiso que hicieron un día los del comité era de topos del río, y yo no lo probé, porque una cosa es sospecharlo y otra muy distinta saberlo a ciencia cierta.

A partir de entonces tuvimos que hacer un doble esfuerzo por conseguir la cuarta parte de comida; así que lo que ganábamos lo perdíamos en los largos paseos de mercado en mercado o desde cualquier comedor social al hotel-hospital Ritz a ver si había sobras. Tampoco volvimos a probar esa sensación de sentirse limpios, pues no disponíamos de agua caliente y decía Ventura cada vez que entraba en el aseo y veía esa enorme e inútil bañera, que el día menos pensado se daría un largo baño, de una hora por lo menos, con el agua humeante y con mucha espuma de jabón perfumado. Y es que tampoco había jabón. Sin embargo, no recuerdo que oliésemos mal, supongo que por la costumbre.

Las cosas se pusieron tremendamente difíciles. El frío era insoportable, y no solo porque hubiese nevado y estuviesen hasta las fuentes heladas, sino porque estábamos eternamente destemplados; ya teníamos helada la sangre... y el alma.

Tuvimos que quemar libros, muebles, trapos viejos... Salíamos al Paseo o a la azotea, a comer al sol porque en casa no se podía parar. En la calle, a todas horas, veíamos el ir y venir de fantasmas, mujeres de luto, con su toquilla y su fardel siempre pegado a la mano, yendo y viniendo, con las caras huesudas y los ojos saltones, negros y brillantes, buscando y no encontrando nada con que alimentar a su familia.

Ya ni siquiera recordábamos algunos sabores, como el dulce, e incluso el salado escaseaba. La vida se volvió solo agria y amarga. No había variedad, la existencia se simplificaba enormemente en lo cotidiano de las lentejas de siempre, lo agrio de unas mondas de habas fritas o el amargo del café de cebada tostada, mientras que todo se complicaba para los que jugaban en el gran juego de la guerra.

—Nada, chicos —dijo Malatesta con una triste sonrisa—. Que me voy. Dicen que a lo mejor soy el más joven de la *quinta del chupete*.

Apareció por nuestra calle, con un par de cervezas Águila para Ventura y para Isidro y una gaseosa *Rayo* para mí; pero a los tres nos corrió un escalofrío por la espalda cuando le vimos, porque no era lo normal. Venía a despedirse, y cuando dijo que le mandaban para el parapeto, Isidro y yo miramos a Ventura, que se había quedado pálido, y le pusimos la mano encima del hombro como quien da el pésame, porque aunque nosotros dos también sentíamos mucho su marcha, sabíamos que para Ventura podía significar una enfermedad.

—¡Viva la revolución libertaria! —se despidió Malatesta alzando el puño.

—¡Viva Oliver!

—¡Viva Bakunin!

—¡Viva Federica Montseny! —dije, tal como él me había enseñado y tal y como le decía yo cada día al despedirme.

No estando él, Ventura tampoco se atrevía a buscar a los otros, y mucho menos a entrar en los sitios que frecuentaban. O quizá no lo hacía porque no le apetecía, no sé. Así que, pasamos un tiempo como los abuelos, manteniéndonos de recuerdos, reviviendo momentos y aprehendiendo todo lo que nos había enseñado; cosas importantes, como disparar bien la Star de mi padre, manejar con soltura el cerrojo del fusil que le robamos al miliciano muerto, diferenciar las municiones de un mosquetón y de una carabina Tigre, apuntar correctamente con un Winchester y, algo que aprendí muy bien, evitar el culatazo del Mauser. Pero también otras no tan importantes, como que en el *Estado ideal* —*el no Estado*— todo era de todos, que no existía dinero y que el amor era libre y no hacía falta casarse. No sé, pero a mí no me parecía tan ideal no tener dinero, que mis cosas no fueran mías y que no pudiese llevar un precioso vestido el día de mi boda.

Antes de que acabase el invierno, Malatesta había vuelto.

Vino a nuestra casa con el uniforme de soldado, su fusil y un petate bien lleno de algo. Nos alegramos mucho de verle, pero él estaba muy nervioso. Decía que la guerra tocaba a su fin, que todo se había torcido. Contó que los habían mandado a casa porque ya no había nada que hacer. Maldijo a Líster y a Negrín.

—Esos malditos chinos de mierda son los culpables —decía refiriéndose a los comunistas—. Mera ha hecho lo que ha podido para ayudar a Casado, pero ya era tarde, coño, ya era tarde. Ahora no hay nada que hacer.

Estaba sentado en la cama de Ventura y de vez en cuando se doblaba hacia delante y metía la cabeza entre las manos. Luego se quitaba la gorra y se revolvía el pelo en un gesto desquiciado. Tenía los ojos hundidos y sus blanquísimos dientes no se dejaron ver aquella tarde. Isidro y yo le mirábamos sin decir ni pío.

—No va a haber paz negociada. Franco ha dicho que sin condiciones, el muy hijo de puta. ¿Sabéis lo que eso significa? Pues que estamos jodidos. ¡Bien jodidos! Que esto va a ser una masacre, coño, que al que trinquen no le arriendo las ganancias.

—¿Crees que irán a por ti? —preguntó Ventura, que se había sentado a su lado.

—Dicen esos cabrones que el que no haya robado o matado, no tiene nada que temer, y yo digo que ¡miau!

—¿Qué vamos a hacer? —preguntó Ventura.

—Vosotros no tenéis nada que temer —nos tranquilizó Malatesta—. Sois menores y ni siquiera tenéis carné de nada. No figuráis en ninguna parte… y eso es una gran suerte en estos momentos, creedme. Pero yo no me puedo quedar aquí, porque vendrán a por mí, y no es lo malo que me frían, no tengo miedo a la muerte, lo malo es que me encierren e intenten tirarme de la lengua, ya sabéis… Jamás traicionaría a mis compañeros.

—¿Y a dónde piensas ir?

—Voy a intentar coger una plaza en algún coche hacia Valencia. Me quedaré allí, esperando un milagro… o un barco que me lleve fuera de España, a Méjico, quizá.

Nos miró a los tres, uno por uno, dijo que había estado encantado de conocernos y que esperaba volver a reunirse con nosotros algún día en el Estado ideal.

—Necesito que hagáis algo por mí.

—Tú dirás —dijo Ventura.

—¡Lo que sea! —exclamó Isidro.

—Tenéis que quedaros con mi Winchester —dijo sacándose la cinta por la cabeza.

La miró, la acarició y dijo que no podía llevarla, porque si le trincaban, eso sería suficiente motivo para llevarle al paredón, que ahora era mucho más seguro andar sin armas que con ellas. Le dio un beso al fusil y le dijo que volvería, como si fuese su novia.

—Escondedla bien. Nadie sospechará de vosotros.

Malatesta se levantó, dio un abrazo de esos con golpes en la espalda a los chicos, se agachó para darme a mí un beso y le dije con un nudo en la garganta:

—*Si al nano filo de hundido se le ocurre entrar aquí, le damos una patada y lo mandamos pa' Pekín.*

—Eso es, preciosa —me dijo él, esbozando una triste sonrisa.

A Malatesta lo mataron. Nos lo dijo el camarero de Chicote, con el miedo en los ojos, escondiéndose entre los cuellos de una gabardina cuando le encontramos por la plaza del Carmen tres días después del fin de la guerra. Nos contó que lo trincaron, que lo llevaron a la Modelo y que se lo habían cargado en la primera saca, sin un juicio siquiera sumario y sin miramientos por la edad.

Gritamos con un odio absoluto, maldijimos con ira, corrimos como desesperados, lloramos de impotencia, vomitamos de asco... y juramos vengarnos. Lo juramos de verdad.

Malatesta murió, pero no pudieron exterminar su idea, porque aunque no saliera de su boca, él fue el origen de *la idea*. La idea de matar a Franco.

XXV

Paseo por la Gran Vía. No me cuesta identificar lo que fue el Teatro Popular; la franquicia de ropa que lo ocupa ha respetado los arcos de su fachada. Al lado, tal como indicó mi nieto cuando vio aquella fotografía del minutero, hay un rótulo que pone Starbucks. Entro en el establecimiento y lo primero que pienso es que debió equivocarse cuando me dijo que era una cafetería. Sin embargo, sí, parece que venden café. Hay cola para pedir. Muchos recogen su pedido en un vaso de papel y se van a la calle; otros se quedan. Estoy tan distraída observando la naturalidad con la que actúan estos jóvenes que, cuando llega mi turno, pido un café. Así, sin apellidos. La chica que me atiende, una cría a la que le sienta muy bien el uniforme, comprende, y amablemente me recomienda el capuchino mediano. Bien, le digo, y me pregunta el nombre. «Es para llamarla cuando esté listo», me explica. «Niña, me llamo Niña», le respondo. Y las dos nos sonreímos abiertamente.

Se salta el protocolo y me lo trae a la mesa. «Si quiere azúcar, canela o polvo de cacao, lo tiene en aquel aparador». Su dulzura es de una belleza tal que contrasta enormemente con la conversación que escucho a otros chavales sentados a mi izquierda. Utilizan la palabra como si tal cosa, como si nada; sin tener en cuenta que a mí me llega su onda expresiva. Recuerdan un viaje a Lisboa. Se ríen de las hembras bigotudas, de los gitanos, de los coches destartalados, de los mendigos que piden con un vaso. «¿Qué piden? ¿Vino?». Ríen. «Lisboa tiene mucho encanto. Es tan decadente...», dicen. No puedo evitar mirarlos. El gusto por la decadencia tiene algo de perversión. Solo el que ha sufrido el desplome de lo bello lo sabe. Pero no, en su mirada no hay atisbo de maldad; son miradas limpias. Entonces recompongo mi actitud para con ellos: solo son jóvenes. Y yo estaba cayendo en ese talante chocho de sentir que los chavales se comportan impulsivamente para molestarnos, de presentir el final de nuestro tiempo porque no podemos visualizar un futuro distinto; pero es lógico: la imaginación decae estrepitosamente con la edad.

Ay, es tan fácil imaginar y reír cuando eres joven. Aunque se ríe por fuera. Yo voy sabiendo lo que es reír con las manos descansando, la izquierda bajo la derecha; no veo lluvia de colores, pero sé lo que es troncharse sin que se alteren las amargas arrugas de una boca; ya no me deslizo entre las sábanas como pez en el agua, pero ahora puedo ver, tras las escleróticas amarillentas de unos ojos, ventanas ardientes.

Se acerca el momento; mañana es el día esperado. Nos hemos citado aquí mismo, por lo simbólico de la fotografía o porque fue el primer sitio que se me ocurrió, no sé. «Dice mi nieto que en el local que tenemos a nuestra espalda hay una cafetería», le dije. No es que me disguste el lugar, pero no nos quedaremos aquí. He hecho bien en venir a conocerlo antes. Buscaremos un café tranquilo en el que haya gente que no me recuerde a mis nietos continuamente.

Me doy cuenta de que llevo un rato sin escuchar a esos jóvenes; su conversación se ha convertido en un gárrulo rumor velado por mis pensamientos. Son pensamientos fuertes, nervudos, altos y claros; quizá los provoque así la excitación por la proximidad del encuentro. Me recuerdo hace un año y medio, destrozada por la muerte de mi esposo. El amor y la muerte tienen la misma capacidad de atracción; querer morir para estar con quien has amado, aunque no creas en otras vidas; simplemente por estar en el mismo estado que él, en su misma condición. Durante el funeral, miraba a nuestros amigos, algo mayores que nosotros, que yo. Vi a su mejor compañero temblar. Se recompuso. Los viejos se estremecen en los funerales. No son tics de músculos cansados, como pensaba yo siempre;

son escalofríos. Es sentir la cercanía de la muerte, saber que la vida, finalmente, es una batalla que siempre se pierde. Y en ese momento, dejarías de luchar, y quisieras que un rayo te partiese en dos junto a ese ciprés, acabar con todo definitivamente, que reviente ya, dejar de volar a contraviento de una vez, porque eso es lo que es la vida: un vuelo a contraviento. Sin embargo, sales del camposanto y sigues existiendo; continúas llorando, te acostumbras al dolor como quien se acostumbra al crimen, sobrevives a la soledad y, después, la idea de la muerte ya no urge tanto. Y un día, cuando ya no lo esperabas, cuando todo había quedado a mil sueños de distancia, vuelve a refulgir una chispa que enciende de nuevo tu existencia. «A cualquier persona, viva o muerta», dijo, «siempre que cuente con una fotografía». Ese fue el detonante de una nueva explosión. Quizá solo en ese momento, ya en esta recta final de mi vida, tuve conciencia de mi pasado, de que en realidad siempre fui libre para elegir, que hice lo que quise hacer y que nunca he sido como mi madre o como mi abuela; yo sí había venido al mundo para mí. Había sido feliz, había disfrutado de la felicidad inconsciente de ser continuamente amada, la mayor que se puede gozar. Y aunque hay charcos que nunca se secan, pues no para de llover en el mismo sitio o, tal vez, porque no hay estío suficientemente largo para ello… a pesar de todo eso, digo, había sido muy feliz; y ahora no quería otra cosa que, simplemente, seguir siéndolo. «Encuentra a este. Al más alto», fue mi respuesta; el combustible de este loco fuego a deshora.

Intento rebajar la intensidad de mis emociones hojeando una revista que he comprado en el quiosco de ahí fuera. «La velocidad de las sensaciones de la piel al cerebro viajan a doscientos treinta kilómetros hora», leo que asegura un tal Man Schiele. Y por qué no se quedan, me pregunto; por qué no se instalan las buenas sensaciones de por vida, poder retenerlas selectivamente; porque no podemos hacer otra cosa que acudir al recuerdo, y este es tan caprichoso…; cuando no quieres recordar, ahí está él, fastidiándolo todo, y si quieres volver a sentir sus manos sobre tu piel, no consigues que se sostenga un solo segundo.

Pienso en cómo estarán sus manos; cuál será su aspecto ahora que frisa los ochenta. Tendrá rojo el borde de sus ojos pellizcados, y el pelo blanco nimbará su rostro salpicado de pecas. Quizá a los dos nos cueste reconocernos; quizá no. Me pregunto también cómo será en la actualidad, si su carácter habrá cambiado, porque… se cambia tantas veces en la vida. Los padres creen conocer a sus hijos, y se esfuerzan por convencerse de ello en un acto de vanidad, pero no es así. Tampoco los hijos conocen a los padres, mucho menos a los hermanos o amigos. Y a pesar de ello, el recuerdo de una persona persiste en una sola imagen, en una idea, en un concepto. Lo hacemos para no perdernos, pero esa figura es solo una proyección ilusoria. Ojalá la gente permaneciera igual mientras yo cambio, o al contrario, que yo fijase mi modo en medio del movimiento de los otros; el caso sería tener referencias. Pero todos mutamos continuamente. Hacer que la melodía de nuestra vida no suene a destiempo no está en nuestra mano; y sin embargo, nunca dejamos de intentarlo. Puede costar toda una vida, y cuando llega, sonar desafinada o afónica.

Tengo miedo a eso. Claro que tengo miedo. Pero entiendo que, a veces, solo se separan los cuerpos. Tiras y tiras de ti hacia adelante, intentando despegar su sombra de la tuya, y solo consigues deformar la estela de la vida. Comprendo ahora que hay que volver, aunque solo sea para recogerla.

XXVI

La abuela Blanca estaba más lúcida que nunca aquella mañana. Parecía haber despertado del sueño de la locura en esa noche entera escuchando la radio. Su vecina llamó a la puerta con una larga bandera monárquica y, entre las dos, la dispusieron ante nuestros atónitos ojos, entre su balcón y el nuestro.

—¡¡Por fin, doña Blanca, por fin!! —decía la mujer eufórica—. Ahora sí que han pasado. Se acabó. Se acabaron los rojos. ¡Viva Franco!

—Sí, hija, sí —exhalaba la abuela con una triste sonrisa—. Pero esa canalla roja ha dejado aquí un huérfano y una vieja loca. Y eso ya no tiene remedio.

—Bueno, doña Blanca —la consolaba poniéndole una mano en el brazo—. No es día hoy de tristezas. El tiempo lo cura todo, o al menos lo amaina. Ya verá cómo todo vuelve a ser como antes. Volverá a tener la cabeza en su sitio en cuanto la vea un médico como Dios manda, porque un médico rojo no es un médico de verdad. Y tendrá de nuevo su criada, su cochero… y volverá a vestir sus elegantes trajes y sus joyas los domingos para ir a misa a La Almudena. Orden y decencia, doña Blanca, orden y decencia.

—Lo que más deseo ahora es saber de la familia. ¿Cree usted que ya podremos comunicar con Salamanca?

—Claro que sí; si no hoy, mañana mismo. Nuestro Generalísimo es un bendito y para él la familia es sagrada, así que seguro que ha pensado en eso como algo primordial. Y ahora me voy, que tengo que coserles unos emblemas a los chicos. ¡Arriba España! —gritó con el brazo en alto y la mano estirada.

—¡Arriba España! —repitió la abuela con el mismo gesto.

Isidro, con los ojos como platos, se llevó el dedo a la sien y girándolo, le cuchicheó a Ventura que su abuela estaba cada vez peor, y éste no dijo nada, ni que sí ni que no; y es que Isidro no tenía muy buena vista, pero no hay peor ciego que el que no quiere ver.

Cuando se hubo ido la mujer, la abuela Blanca nos quitó las gorras de la cabeza y nos advirtió que a partir de ese momento no volviésemos a saludar con el puño cerrado. Nos dijo que nos pusiéramos ropa limpia y después se encargó ella personalmente de peinarnos uno a uno. Cuando me tocó a mí el turno, me cepilló el pelo a conciencia y me colocó una bonita horquilla suya sujetándome el flequillo.

—¡Ay! —suspiró, y me acarició la cara—. ¿Qué va a ser ahora de vosotros?

No entendí la pregunta. Para nosotros no había cambiado nada. Aquel día habíamos salido temprano, como siempre, para conseguir comida y alguna cosa que pudiésemos quemar. Luego, Ventura se había dirigido al puesto donde le daban los periódicos de «La Voz» para venderlo, pero ese día no había prensa que repartir. Bien es verdad que aquello era anormal, y que no éramos tontos y sabíamos bien que las cosas iban muy mal para los nuestros. Llevábamos tres días escuchando a los *enteraos* en la radio que la entrada de Franco en Madrid era ya inevitable. Un par de semanas atrás, por no aburrirnos y para pillar cosas tales como jabón, que daban a los niños en las escuelas, habíamos decidido volver a la que, a principio del curso, se empeñó en escolarizarnos aquella chica del Socorro Rojo. Sin embargo, a pesar de nuestros interesados propósitos, tuvimos que dejarlo porque apenas podíamos salir de casa; nos arriesgábamos a ir a las colas porque no había más remedio que comer, pero nada más, porque toda la Castellana y desde nuestro barrio hasta Sol fue durante días una cruz mortal, peor que un frente de batalla. Al principio, como el enemigo había entrado ya en Barcelona, la gente creyó que también en Madrid, y que se luchaba contra los facciosos; pero no. Tenía razón el americano: habíamos acabado atrapándonos, cortándonos y machacándonos entre nosotros, entre los nuestros, en nuestra propia ciudad.

Aquello empezaba a oler mal, más aún cuando el día anterior había aparecido Malatesta desencajado y dispuesto a huir. Sí, sabíamos que las cosas estaban feas, pero no tanto como para que la guerra acabase. Porque, además, no podía terminar así. Así no. No era lo previsto. Lo dispuesto para ese momento, desde hacía casi tres años, era brindar con champán.

Eso no se parecía en nada a la idea que yo tenía del final de la contienda; porque ese día, cuando salimos a la calle, aunque llevásemos nuestras mejores galas, que es un decir, y Ventura e Isidro tuviesen esa extraña pinta repeinados con la raya al lado, era ya casi la hora de comer y teníamos el estómago igual de vacío que cuando estábamos en guerra. Nuestro aspecto y el de la calle no eran para siempre, era solo una representación que duraría unas horas, como cuando hacíamos teatro. Aquella entrada de camiones y camiones repletos de soldados haciendo ese ridículo saludo fascista, la muchedumbre que los recibía a su paso, gente pletórica levantando el brazo, personas de sonrisa triste y mirada esquiva agitando banderitas mutiladas; una bandera que había perdido, de la noche a la mañana, el color que más me gustaba; no, aquello no era. Aquello no era terminante. Por eso, pese al alboroto de las calles y a que todo el mundo parecía estar de acuerdo y feliz gritando «*Han pasao*» y chapurreando canciones que no se sabían, nosotros no teníamos la sensación de que nada hubiese llegado a su fin. Para nosotros, todo volvería a su sitio en cuanto los echásemos de allí. No era definitivo. Solo si ganábamos lo iba a ser. Era vencer o morir, porque únicamente triunfando teníamos la oportunidad de brindar con champán y de que todo volviese a ser como antes. Sí, no estuvo mal que Auxilio Social nos diese pan, que llevábamos mucho tiempo sin probarlo, y tampoco nos disgustó, después de años, volver a ver iluminadas las calles y plazas de Madrid; pero todo eso no suponía más que un respiro, unos días para coger fuerzas, solo mientras los nuestros se reorganizaban en Valencia. Aún no sabíamos que habían cazado a Malatesta y estábamos convencidos de que volvería —porque se lo había prometido a su Winchester y Malatesta era un hombre de palabra— y junto a él y con todos los demás, haríamos la revolución. Esos malditos fascistas se iban a arrepentir de haber quitado nuestras pancartas de «No Pasarán», «Defendamos Madrid», «Madrid será la tumba del fascismo»…, de haber arrancado todos nuestros carteles y quemado nuestra preciosa bandera. Además, a esos que estaban ya destapando la Cibeles y la *fuente del Emboscado* los cogeríamos prisioneros y, encadenados de pies y manos, los obligaríamos a reconstruir las protecciones.

Así estábamos, con la sonrisa del que piensa que el que ríe el último ríe mejor, cuando de repente, un chico con boina, camisa azul y fusil al hombro nos sorprendió al ponerse frente a nosotros y saludarnos a la manera fascista.

—¡Arriba España! —dijo acentuando mucho la «i» del *arriba*.

Supongo que esperaba que le devolviésemos el saludo, pero nos quedamos quietos, serios y mudos. El muchacho empezó a reírse.

—¿Qué pasa? —dijo—. ¿No sabéis saludar a los salvadores de la Patria?

—No —dijo Ventura—. Pero si me enseñas…

—Hay que estirar el brazo hacia delante, con la mano firme, abierta. Así —dijo acentuando mucho la «i» de firme y la «í» de así.

—A ver… ¿cómo? —preguntó Ventura ofreciéndole el brazo doblado por el codo.

El soldado le cogió por la muñeca y al tiempo que se la estiraba hacia el frente, Ventura alzaba la pierna derecha hacia un lado para tirarse el pedo más fuerte que había oído yo en toda mi vida.

Tuvimos que correr muchísimo, pero le despistamos porque aquel paleto no conocía Madrid.

«Ratón, que te pilla el gato
Ratón, que te va a pillar,
Si no te pilla de noche,
Te pilla de madrugá».

Una y otra vez aquella canción en mi cabeza. La estaban cantando las niñas, frente al portal, cuando bajamos a acompañar a Malatesta hasta la calle el día que vino a dejarnos su Winchester. Le vi partir hacia ni él sabía dónde, mientras escuchaba de fondo a aquellas brujas que parecían reírse de su destino. Por eso, cuando le perdí de vista caminando calle abajo, con su gorra y su petate al hombro, me di la vuelta y les tiré una piedra. «¡Callaos de una vez, idiotas!», les grité.

Una y otra vez en mi cabeza. Esa odiosa cantinela, que se me grabó a fuego durante días, y la imagen de Malatesta alejándose por la avenida mojada, era lo único que podía recordar. Incluso volvía a sentir de nuevo la incómoda humedad de aquel día lluvioso y frío.

Ventura tiraba piedritas con su tirachinas una y otra vez, con furia. La muerte de Malatesta no es que nos hubiese afectado, es que nos había dañado el alma. Habíamos permanecido unos días aguardando acontecimientos, esperando confiados su vuelta y la de los demás, pero ahora él estaba muerto, y con él agonizaban también la esperanza y nuestros sueños.

Estábamos abatidos. ¿Y si todo había terminado de verdad? ¿Y si no había otro final para esta historia? ¿Y si, después de todo, no íbamos a brindar nunca con champán? Recordé la pregunta de la abuela Blanca y la entendí. ¿Qué iba a ser de nosotros ahora?

Pero… si realmente la guerra había terminado para siempre, mis padres podrían volver a casa. ¡Era posible que ya hubiesen vuelto!

Isidro y Ventura me acompañaron hasta mi calle. Hasta entonces no habíamos pensado mucho en el miliciano que dejamos allí, muerto en el sótano. No hablamos nunca de ello ni tuvimos remordimientos de ninguna clase. Jamás pensamos en él como en un hombre, un ser que pudiese haber tenido una madre, una novia… Solo en ese momento volvimos a recordarlo. «¿Estará ya en los huesos?»; preguntó Isidro. «Yo creo que sí»; contestó Ventura, y nos pusimos a discutir sobre si el bigote se quedaba pegado a la calavera o no.

En aquel momento yo estaba muy excitada. Había sentido el golpe de la emoción, ese puñetazo en la boca del estómago que te mete alguien invisible cuando te atreves a pensar en una hermosa posibilidad; era la oportunidad de ver de nuevo a mis padres, de reunirme otra vez con mi familia en «nuestro nuevo hogar». Había muerto de impaciencia durante el trayecto en el metro, pero cuando llegamos al portal, tuve miedo; miedo a la decepción, a otra caída de la esperanza, a que el vacío de una casa me vaciara también el corazón, que empezó a latirme con tanta fuerza que casi no podía respirar.

Me di cuenta de que apenas recordaba la cara de mis padres. Imaginé a papá, con un rostro poco definido, cogiéndome en brazos y diciendo que era increíble lo que había crecido; y a mamá comiéndome a besos, pidiéndome perdón por haberme abandonado. «No importa mamá, te perdono».

La puerta estaba cerrada, y la librería seguía teniendo la chapa que le puso el librero años atrás. Había olvidado coger mis llaves, así que miramos hacia los balconcillos desde la otra acera. Los del primero lucían limpios y con las persianas levantadas, pero los del segundo, los de mi casa, aparecían sucios y cerrados.

—Puede que no les haya dado tiempo a limpiar aún —dijo Isidro.

—Quizá no han podido volver todavía. No es fácil encontrar transporte ahora —aseguró Ventura.

De pronto, el portal se abrió y salió un chico con gorra militar.

—¿Le conoces? —me preguntó Ventura.

—No —le contesté sin mucha seguridad, pues lo cierto era que me sonaba un poco su cara.

Nos acercamos a él corriendo.

—Oiga, por favor —le dijimos—. ¿Sabe usted si están los del segundo?

—No, no están —respondió él, arrugando el entrecejo—. ¿Por qué lo preguntáis?

—Porque ahí vivía una amiga nuestra, y a lo mejor había vuelto —dijo Clark Gable.

—Pues aunque vuelva, que no creo, más os vale no juntaros con esa calaña.

—¿Por qué? —preguntó Ventura sin poder evitar mudar la expresión de su cara.

—Pues porque es la hija de un rojo cabrón que intentó aprovecharse de mi madre —explicó Lucas, el hermano de Chencho—. Más le vale no volver por aquí, porque le estaremos esperando.

XXVII

Tenía las manos mojadas y me corría agua por las mejillas; una mezcla de lluvia y sudor. Intentaba producir saliva aplastando la lengua contra el cielo de la boca, pero no había manera. Estaba seca. Lamí la culata de madera del rifle, asperjada de pequeñas gotas, y rápidamente volví a pegarla a mi cara, apuntando de nuevo hacia el lugar donde debía disparar cuando llegase el momento.

«Solo una vez, ¿me oyes?», me había advertido Ventura. «Y solo si estás completamente segura de que no te han visto. Tienes una oportunidad. Apunta bien, dispara una bala y lárgate de allí corriendo.»

Sentía cada latido de mi corazón. Trataba de tranquilizarme respirando profundamente, pero a los dos segundos comenzaban de nuevo a temblarme las manos. Si aquello seguía así, si no era capaz de sosegar, fallaría el tiro.

«No mires, no te asomes», me previno Ventura. «No te quedes para ver si le has dado. Tú corre y no te preocupes. Luego estamos Isidro y yo. Alguno tiene que acertar».

Pero quería ser yo, porque una niña española donde pone el ojo pone la bala, y yo era una española de raza. No podía defraudar. Además, no confiaba en que Isidro acertase disparando el *Winchester* desde la ventana de la habitación de su abuela, porque no tenía muy buena puntería; y si la cosa llegaba a Ventura era muy arriesgado para él, pues era el encargado de abrirse paso entre la multitud, esconderse bajo la estructura que habían puesto frente al arco para los periodistas, y disparar desde allí, más cerca, la *Star* del cajón con llave.

Volví a respirar hondo. Apunté de nuevo. Estaba lista.

¿Por qué tardaba tanto en salir? Ese maldito *filo de hundino* se hacía rogar «¡Franco!, ¡Franco!, ¡Franco!». La calle estaba abarrotada, y la gente que estaba allí en ese momento, en la calle Serrano, no era de la que fingía; eran la auténtica gentuza que no merecía estar en Madrid, porque Madrid era nuestro, de los nuestros, de gente como nosotros, como mis abuelos, mis padres, como Malatesta... y ahora estaba lleno de miserables traidores como la Luisa, su hijo Lucas, el tío de Isidro de Salamanca... Jugué por un instante con el cañón del rifle apuntando a aquella gente. No me hubiese importado disparar a cualquiera de aquellos facciosos que esperaban, entre los que seguramente estaría el asesino de Malatesta. Pero solo podía disparar una bala y esa era para el responsable de todo aquello, porque siempre había que buscar el principio del principio. «A mis padres los mataron los moros —se empeñaba Isidro—. Y a los moros los manda Franco». Mi caso era un poco más complicado pero llegábamos al mismo sitio. Podía pensarlo de carrerilla: mi padre estaba desaparecido por una guerra que había empezado Franco, y mi madre no estaba conmigo porque ya no volvió cuando yo me escapé para que no me evacuasen tal y como, con oscuras intenciones, pretendía un medicucho que conoció mi madre porque a mí me daban soponcios por culpa de los bombardeos de los aviones que mandaba Franco.

Todo cuanto podía haber sido nuestra vida era ya irrecuperable. No se nos pasó por la cabeza que de otra manera jamás nos hubiéramos conocido, no hubiésemos tenido la oportunidad de hacer ciertas cosas, de conocer a determinadas personas, de... ser libres como lo habíamos sido. No nos convenía pensar en nada positivo, pues lo que necesitábamos era crear inquina para tener el valor de vengarnos, de matar a Franco. Y vaya si la creamos.

—Veinte o treinta tiros en la cabeza, ¡pá pá pá pá! —apuntaba Ventura con un fusil invisible.

—¿Treinta tiros? —reía Isidro—. Tus padres eran andaluces, seguro.

—De Granada —fantaseaba él—. Malatesta era de allí,

y decía que es el único sitio donde se puede jugar con la nieve por la mañana y con la arena de la playa por la tarde.

Malatesta parecía ser la gran pérdida de Ventura, y su muerte a manos de la escoria mandada por Franco, el motivo de su venganza.

Se estaba preparando en Madrid el colosal acontecimiento: la esperada entrada del Generalísimo, y comenzaron por calzarle ese nombre a la Castellana. Rápidamente se pusieron manos a la obra para que todo estuviese listo en unas cuantas semanas. Dispusieron unas columnas en Colón, un puente en Cibeles y un gran arco con una tribuna desde la que Franco vería pasar el Gran Desfile de la Victoria en la Castellana, justo al lado de Marqués de Villamagna, nuestra calle. Entonces surgió «la idea».

—Voy a matarlo —dijo Ventura. Nos miró fijamente; primero a Isidro, luego a mí, y lo repitió—. Lo digo en serio. Voy a matarlo.

—Yo también —aseguró Isidro con esa mirada de filo de cristal y una firmeza que asustaba.

—Y yo.

—Tú no —se apresuró a decirme Isidro.

—¡¿Por qué no?! —le grité enfadada.

—Porque eres una niña. Y porque estás loca.

—¡Disparo mejor que tú, cuatro ojos!

—¡Basta! —nos silenció Ventura—. Isidro tiene razón, niña. Pero ni él ni tú; lo haré solo. No me importa lo que me ocurra, como si me llevan al paredón, me da exactamente igual. Pero yo no puedo soportar esta porquería.

—Si no me dejas estar contigo, te delataré —anunció Isidro.

—No harías eso.

—Lo haré. Te lo juro.

—¿Lo dices en serio, cabrón?

—Totalmente.

Ventura entonces le agarró de la solapa y le dio un

puñetazo. Se enzarzaron en una pelea en la que, golpe a golpe, iban descargando su frustración y su rabia contra el estado de las cosas. Ventura, encima de un Isidro vencido, preguntaba «¿Tienes bastante ya?», y él, desafiante y sin doblegarse respondió: «Si no me matas, lo haré. Lo juro». Iba a seguir pegándole cuando yo espeté bien alto: «Y yo también. Lo juro». Ventura me miró, jadeando, y dijo: «Tiene razón este mierda: estás loca, niña».

Planeamos todo mientras veíamos avanzar las obras de aquel arco, con su antipático pajarraco mirándonos de soslayo. Ahora éramos nosotros los emboscados, los que teníamos que disimular y levantar el brazo si era preciso. Ahora éramos nosotros «la quinta columna».

Me ardía en el pecho esa maldita insignia de *Franco, Franco, Franco* que nos había colocado el tío de Isidro, así, sin preguntar. Pero dentro de un rato, habríamos arrancado la raíz del mal, y podríamos arrancarnos también esa cochambre de la solapa del abrigo. En un momento, todo volvería a ser como antes, aunque ya no pudiésemos recuperar a Malatesta.

Es curioso, porque al acordarme de él en ese momento, en la terraza, por primera vez en semanas no evoqué el momento de su marcha, sino que volví a verle, con su maravillosa y blanca sonrisa, señalando al cielo, enseñándonos la luna encendida y explicándonos lo que era un eclipse. Había venido a buscarnos después de cenar, nos metió en un coche abarrotado de gente del comité y nos llevaron a las afueras de Madrid. «No te preocupes, preciosa, las bombas no hacen nada en campo abierto. Te tiras al suelo y ya está». Allí vimos cómo el astro iba menguando, cómo se hizo rojo y luego fue creciendo de nuevo. Fue algo verdaderamente mágico, aunque algunos dijesen que esas lunas de sangre no traían nunca nada bueno.

Miré a la puerta de entrada de la azotea. Yo había echado el cerrojo que puso Ventura justo esa mañana, pero tenía que estar atenta por si oía a alguien pretendiendo abrirla, porque si eso pasaba, debía lanzar el Mauser hacia el tejado vecino, descorrer el pasador y fingir que yo estaba allí porque me había enfadado con mi hermano. «Cosas de críos», pensarían. Pero era bastante improbable que alguien subiese en aquel momento. Todo el mundo quería verle la jeta a Franco, cuanto más de cerca, mejor.

Cuando nos enteramos de que el Generalísimo se hospedaría en el Palacio de la Huerta no podíamos creerlo. Realmente éramos los elegidos. La tía Queti vivía prácticamente en frente, y aunque la casa aún seguía ocupada, yo tenía la llave. Podíamos entrar en el portal y disparar desde la azotea. Así que, unos días antes, nos dejamos caer por allí. Sebastián, el portero, me reconoció nada más verme.

—¡Así que andáis por aquí! Pues me alegro mucho. Los mismos ojos que tu madre tienes —dijo sonriéndome—. ¡Ay, la pobre señora Queti, que en gloria esté, cómo me acuerdo de su triste final! ¿Y tu padre?

—No sé. Desaparecido.

—Pues a ver si ahora tu madre rehace su vida como Dios manda —dijo ese estúpido sin ningún miramiento.

Inspeccionamos el terreno y lo preparamos todo. La azotea resultó perfecta, pues estaba entre un edificio más alto sin solana, y otro a un nivel ligeramente más bajo, con el tejado al alcance de la mano. Allí, tras el murete medianero y bajo aquellas tejas había un hueco ideal para esconder el fusil; y eso hicimos dos días antes, pues ya desde la jornada anterior sería imposible entrar con un bulto sin que te registraran, aunque siempre contamos con la ventaja de que nadie sospechaba de unos niños bien peinados de aquel barrio, y de que cualquier cosa rara que hiciésemos era «cosa de críos». Metimos el arma en el escondite, envuelto en una sábana que, en su momento, debía colgar de una cuerda para que yo quedase oculta de posibles miradas desde otras terrazas más lejanas.

Y allí estaba yo —porque hasta entonces todo había salido tal y como esperábamos— de rodillas en el suelo, con la punta del cañón del Mauser metido por un agujero de la celosía del pretil, y apuntando directamente a la puerta por la que habría de salir Franco.

Habíamos oído campanas por la noche y seguimos escuchando campanadas por la mañana mientras el tío de Isidro, don Manuel, nos colocaba el emblema.

«No importa», cuchicheó Ventura. «Mejor. Así sospecharán aún menos».

El tío Manuel, llegó a la casa de su madre, la abuela Blanca, y se instaló para quedarse, junto con su mujer y su criada, hasta el día del Desfile de la Victoria. Tuvimos que tener cuidado con las armas; vigilar que la criada no abriese el armario de Isidro, pues estaba dando la vuelta a la casa por orden de la esposa de don Manuel.

«Toc, toc», sonó en la puerta del cuarto de Isidro.

—Adelante —dijo él sabiendo que tenía que ser su tío el que llamaba de aquella forma.

Apareció estirado, con sus zapatos y su pelo relucientes, como si utilizase el mismo betún para las dos cosas. Nos miró a Ventura y a mí como si fuésemos parte del mobiliario.

—Isidro, hijo —le dijo don Manuel—. Sabes que siento mucho lo de tus padres.

—Sí, tío.

—Has estado durante todo este tiempo viviendo como un salvaje… y no te lo reprocho, no tenías elección. No ha sido culpa tuya, sino de la barbarie roja. Pero eso va a cambiar rotundamente. En cuanto se celebre el Gran Desfile de la Victoria, nos iremos todos a Salamanca.

—¿Qué? —preguntó Isidro sin creer lo que estaba oyendo.

—Sí, hijo, sí. A Salamanca. A nuestra casa. ¿Te acuerdas de nuestra casa? No, eras muy pequeño. En fin, que allí la abuela se pondrá mejor y tú estudiarás mucho para ir a la Universidad. Abogado tienes que ser el día de mañana.

—No. Mi casa está aquí, en Madrid —repuso Isidro enérgicamente.

—¿Qué casa? ¿Esta casa sin muebles, esta indecencia de piso? —preguntó levantado la voz—. La abuela y tú vendréis con nosotros y punto. No hay más que hablar.

Se dio la vuelta y cerró de un portazo para demostrar su autoridad. Isidro se había quedado con la boca abierta para responderle algo que no le dio tiempo a decir. Estaba rígido y los ojos le brillaban de rabia. Pero Ventura, se estiró sus pelos de punta hacia atrás y empezó a chotearse: «*Abobado* has de ser el día de mañana», y entonces Isidro se dio cuenta de que en realidad no importaba nada lo que dijese su tío, porque esos planes nunca llegarían a cumplirse. Nos empezamos a reír los tres.

Don Manuel no se interesó en absoluto por Ventura y por mí. Su esposa sí.

—Y vosotros… ¿tenéis familia? —nos preguntó mientras observaba cómo devorábamos unos *huesos de santo* que trajo de Salamanca.

—Sí —contestó Ventura con la boca llena—. Tenemos padre. Es teniente del gran ejército nacional. Ya nos hemos comunicado con él, pero como ha tenido que estar en el desfile de Valencia y en otros, aún no hemos podido reunirnos.

—Después del Gran Desfile —dije yo.

—Sí —completó Ventura—. Queremos estar aquí para recibir a nuestro grandioso caudillo, al invicto, al más grande hombre que ha visto España, una, grande y libre.

No pude aguantar la risa y tuve que fingir que me había atragantado con uno de aquellos dulces.

Ahora, en la azotea, recordaba el sabor de aquellos pasteles y me daban nauseas. Debía ser por los nervios. Tenía ganas de vomitar el desayuno: un churro de los que había traído Ventura, junto con el periódico, por orden de don Manuel. «Hoy, Gran Desfile de la Victoria. Los madrileños se preparan para recibir calurosamente al salvador de nuestra Patria», rezaba el titular de aquel viernes diecinueve de mayo, declarado festivo. Nos habíamos levantado todos muy temprano porque queríamos conseguir un buen sitio… y realmente, yo lo tenía.

Ventura cogió la pistola, la cargó y se la metió en un bolsillo interior que tenía su abrigo. Dejó también cargado el fusil de Isidro. A las siete y media salimos todos de casa. Había estandartes y banderines por cualquier parte, y aunque habían pretendido que aquello fuese una gran fiesta en la que los madrileños estuviésemos cara al sol, lo cierto es que el cielo no hizo otra cosa que llorar por nosotros.

Pronto despistamos a don Manuel y su comitiva, y les perdimos de vista entre los ríos de gente con paraguas que intentaban colocarse en el mejor lugar posible. Era la última vez que estaríamos los tres juntos hasta después de haberlo hecho, así que, en un rápido pero emotivo gesto, juntamos nuestras manos y nos deseamos suerte. Isidro volvió a su casa, siguiendo el plan, para coger el Winchester y tomar posición en la ventana. Ventura me acompañó hasta la azotea de Serrano, y mientras colocaba en la puerta un cerrojo viejo que habíamos robado, insistía en que recordase bien lo que tenía que hacer. Luego me ordenó colgar la sábana, «date prisa; yo te cargo el máuser», dijo. Él también estaba nervioso. Me repitió una vez más que no me asomase por nada del mundo; y luego, durante unos segundos, fijó sus ojos en los míos con un gesto que no entendí. Me revolvió el pelo, «ya nos veremos», sonrió… y se fue.

El reloj de algún campanario dio la media; las ocho y media de la mañana. Estaba previsto que el Desfile diese comienzo a las nueve, así que, según Ventura, ya no tardaría demasiado en salir, pues habrían previsto un tiempo para saludar a sus lacayos y colocarse en su palco junto con su séquito de lameculos.

Quizá no había pasado tanto tiempo desde que eché el cerrojo tras Ventura, pero para mí fueron siglos. Me dolían las rodillas, intercambiaba el peso del fusil entre los brazos a cada rato, cada vez más corto. Llegó un momento en el que no aguanté y, sin sacar del todo el cañón del agujero, apoyé el fusil en el suelo un momento para descansar. De repente, el bullicio comenzó a oírse más alto. Empezaron las enérgicas voces de ¡Viva Franco! y yo supe que había llegado el momento. Iba a salir. Me volví a colocar rápidamente. Encañoné hacia la puerta. Posiblemente la gente de la calle ya le estuviese viendo, pues la muchedumbre alzaba los banderines, agitándolos con mucha excitación.

¿Y si nos pillaban? Poco habíamos hablado de ello entre nosotros, por no parecer cobardes. «Si lo hacemos bien, no hay nada que temer; pronto tendremos aquí de nuevo al comité, habremos vengado a los nuestros y seremos los héroes de Héroes del Romancero»; había dicho Ventura. Pero por mi cabeza pasaban cosas como la cárcel o el fusilamiento. «¡Bah! La cárcel no es tan mala. Y no se fusilan niños»; aseguró Isidro. Pero Malatesta acudió a mi cabeza diciendo «¡Miau!», y yo no era tan valiente como él; yo sí temía a la muerte, y quizá delatase a mis amigos si me tiraban mucho de la lengua.

Pero ya no había retorno; así que no fallar era mi deber y mi única oportunidad. El corazón me latía con tanta fuerza que me dolía el pecho. Lo sentía incluso en mi cabeza, en esas venas de las sienes que parecen querer reventar.

¡Ahí estaba! Estaba saliendo. Era fácil reconocerle, por su facha de botijo y porque ninguno de los acompañantes parecía tener valor para acercarse a él. Así que, entre eso y la boina roja que llevaba, hacía un blanco perfecto. Saludaba, orondo y empinado. Se fue el miedo. Apareció el odio. Realmente quería matarle.

Respiré hondo y aguanté la respiración. Le apunté directamente a la barriga, tal y como me había indicado Ventura que hiciese, pues si le apuntaba a la cabeza podía no darle, por el culatazo.

Firme. Ahora. No, me he movido. No veo muy bien por las gotas de agua en mis pestañas, pero ya es tarde para quitar la mano del gatillo. Ahora no. Pestañeo rápido. Lleno de nuevo mis pulmones. Apunto otra vez, justo al cinturón del uniforme militar. Aguanto sin respirar. ¡Ahora! ¡Vamos! ¡Sin pensarlo!

¡Pac!

Ha sido extraño. Pero no mires. No debo mirar. Rápido. Tira el fusil a ese tejado y largo.

Corrí el pestillo, abrí la puerta y me encontré frente

al abismo de la escalera, que justo en ese instante mutó y llegué a ver cómo se convertía en una de caracol.

XXVIII

«El arrojo y la pasión de estos niños, estos héroes de nuestra nación, han librado a España del yugo de la opresión fascista. Ellos, que han sufrido en sus inocentes vidas la miseria de estos casi tres años de cruenta guerra, que han sentido en sus tiernas carnes el frío, el hambre y la soledad, no se doblegaron un solo instante, y con su tremendo valor y determinación, nos han enseñado que ante las garras del opresor no hay que rendirse nunca. Aquí, en España, han dado una lección que no se olvidará jamás; pero este gesto, este hecho que pasará a la Historia, ha trascendido más allá de nuestras fronteras. Estos peque-ños camaradas, estos grandes compañeros de los que hoy España entera se siente orgullosa, han dado un ejemplo de coraje al mundo entero. Podemos afirmar sin miedo al equívoco que ellos han acabado con el fascismo en la Tierra, porque con su hazaña, les han hecho entender que no tienen futuro alguno. Puede decirse que estos tres niños han evitado una segunda Gran Guerra.

España ha sido el campo de batalla del mundo. Sí, camaradas, lo sabemos; hemos sabido siempre que no éramos más que el chivo expiatorio, la cabeza de turco, el conejillo de indias de unos y de otros; que cuando Alemania nos tiraba bombas le estaba diciendo a Francia lo que podía pasarle a París, y que cuando Rusia nos ayudaba con sus tanques, solo estaba enseñando las armas con las que se tendrían que enfrentar si lo hacían. Han estado lanzándose mensajes y matando poco a poco al mensajero, a España, al Estado Redentor. Sí, camaradas, eso ha sido nuestra España. Pero ahora, resucitamos sin rencor, y podemos afirmar que empieza un nuevo mundo, más justo, más igual, más hermoso. Esta «Declaración de la Paz Mundial» que hoy firmamos aquí en Madrid todas las naciones de la Tierra, es un firme compromiso no solo para los que vivimos, sino para las generaciones venideras; una preciosa promesa para nuestros hijos y una hermosa religión para nuestros nietos. Y a quien teme que se olvide, yo le digo que no conoce el valor de la palabra de un español; y si alguno osara incumplir, que no se tenga por español, porque no lo es ni tendrá el apoyo de ninguno de los nuestros, y que tampoco se tenga por ciudadano de ningún otro país, pues solo será una bestia inmunda que acabará aplastada. Hoy, miramos al futuro con ilusión, con la serena sonrisa que solo puede dar la ansiada sensación de paz, una paz de verdad, una paz para todos, no solo para unos pocos. Y todo gracias a estos chiquillos, que han sido el principio del principio de la nueva era; estos guerrilleros que no vacilaron un momento en sacrificar sus vidas si era necesario por la causa de la libertad, por la paz, por la justicia, por la cultura, por el progreso… ¡Y por la República!»

Ventura, Isidro y yo, escuchábamos en pie, firmes y orgullosos en la tribuna de la Castellana. Nos mirábamos de vez en cuando y nos sonreíamos mientras la Pasionaria pronunciaba aquel discurso a nuestra izquierda. Al otro lado, el presidente de la República, don Manuel Azaña, nos miraba con la cabeza muy alta, satisfecho, rodeado de los demás mandatarios del mundo: Francia, Inglaterra, Bélgica, Méjico, Rusia, Estados Unidos, Alemania, Italia… Detrás, altas personalidades de todos los países nos acompañaban.

Estábamos muy guapos los tres con aquellos abrigos grises de botones dorados que nos habían hecho a medida, y yo llevaba unos zapatos de charol negros con un poquito de tacón que no podía dejar de mirar.

Dentro del arco ya no estaba el pajarraco, sino la hermosa mujer de ojos profundos y tirabuzones negros que representa a la República, y en las columnas figuraban nuestros tres nombres, repetidos muchas veces. Habían quitado todas las banderas y estandartes facciosos y los tres colores lucían de nuevo por todas partes.

Comenzó el Desfile de la Paz. Pasaron ante nosotros soldados del Quinto Regimiento, revolucionarios del comité con la bandera rojinegra, milicianos del Batallón de la Pluma, excombatientes con patas de palo y muletas, entre los que se encontraba el bueno del librero… y busqué a mi padre entre los Milicianos de la Cultura que desfilaron con una gran pancarta, pero no le vi porque estaba desaparecido. Pasaron también las Brigadas Internacionales y otros soldados de todas las naciones, y cuando le tocó el turno a Estados Unidos, «el americano» se saltó las órdenes y nos saludó alzando el puño con una gran sonrisa.

Cuando acabó el acontecimiento, el presidente nos acompañó hasta un coche muy brillante y nos dijo que estaba a nuestra disposición, que el conductor nos llevaría a donde gustásemos. Solo acepté yo, pues Ventura e Isidro prefirieron ir en motocicleta.

El cochero salió del automóvil para abrirme la puerta de atrás, y resultó ser el chofer de don Pascual, que me guiñó el ojo. Le dije que me llevase a dar un paseo por Madrid y luego, a comer a Gaylord, por ejemplo.

Entré en el vehículo y allí, sentado a mi lado estaba ¡mi abuelo!, con un oso de trapo en una mano y una copa de champán en la otra. Me contó que no sabía nada de la abuela, que se enfadó porque se había reído de que jugasen al fútbol con la cabeza del Guindero y que con eso del amor libre, se había separado de él. «Un error, don Cosme, un gran error», dijo el cochero volviendo un poco la cabeza.

Pasamos por Cibeles, y allí estaban, encadenados, el portero Sebastián, don Manuel de Salamanca, don Pascual lechuguino y Lucas Nieto Torres. Los cuatro sudaban tinta poniendo ladrillos para restaurar la protección de la fuente. Mandé parar al conductor para bajarme y preguntar al medicucho por mamá, y en ese momento, apareció ante mí la Luisa suplicando clemencia para su hijo. «Te doy a Chencho si quieres, que os llevabais muy bien los dos, pero suelta a mi Lucas, te lo imploro». Pero a mí ya no me interesaba Chencho lo más mínimo, así que no le hice ni caso. Además, en ese momento, me dio un ataque de risa porque, como un relámpago, pasó Isidro en la motocicleta y lanzó un huevo a la cabeza de su tío Manuel.

De repente, oímos una sirena y echamos a correr hacia la boca de metro. En la entrada, tuvimos que abrirnos paso entre unas mujeres que lo cortaban porque estaban de procesión con la Virgen de Tetuán, y el pulpo sin cabeza casi nos aplasta con uno de sus tentáculos.

Allí dentro, mi abuelo y yo nos sentamos en un banco.

¿Mi abuelo? No puede ser. Mi abuelo está muerto. Un ataque al corazón. Yo lo leí en aquella carta.

Pasó por delante de nosotros el miliciano del sótano, arrastrándose por el panal del suelo de la estación, con el bigote medio desprendido. Un bebé lloraba a mi lado. Lo cogí. Era mi hermanito muerto, que estaba vivo. La novia de Frankenstein se reía de mí.

¿Podían resucitar los muertos? Si eso era posible, Franco podía volver.

No, por favor. Todo menos eso. Eso no. Deseaba con toda mi alma que aquello no pudiera suceder, que no hubiese sucedido. Busqué un genio entre el humo de la estación, pero no apareció nada semejante. Yo ya les era indiferente a genios y hadas. Era su venganza a mi olvido durante tanto tiempo.

Mi corazón comenzó a latir demasiado fuerte. ¿Se podía salir? ¿Podía estallar el pecho y salirse?

—Abuelo —le dije—. ¿Qué es un ataque al corazón?

—Anda, trae que te quite la espina.

—¿Puedes?

—Todo es posible, niña —dijo sonriendo—. España es el único país que se acuesta monárquico y se levanta republicano.

XXIX

Abrí los ojos, solo un poco. Vi luz, mucha luz, me cegaba. Volví a cerrarlos, pero ya supe que había estado dormida, que me despertaba en ese momento.

Intenté recordar lo último que había vivido. Mi abuelo, en el metro. No, eso era un sueño. Ahora lo sé. Ahora ya, sin saber por qué, soy capaz de distinguir bien el sueño de la realidad. La realidad es que estoy en una cama, no sé dónde, pero intuyo que no es la casa de la abuela Blanca. Tal vez no deba abrir los ojos. Quizá sea mejor volver a dormirse. No sé si me conviene despertar. ¿Qué había pasado?

Intento recordar. Estaba en la azotea. Disparé, sí, disparé. Pero no fue como siempre. Hubo algo extraño; pero yo no debía mirar, porque «la curiosidad mató al gato, acuérdate». Cuando me levanté y tiré el fusil al tejado vecino, la cabeza me daba vueltas. Abrí el cerrojo de la puerta con dificultad, no veía bien; la escalera, velada, giraba en espiral.

Debí desmayarme. Un soponcio de esos míos, seguramente. Pero… ¿le di o no? Si así fue… ¿quién me trajo aquí? ¿Cuánto tiempo llevo? Si fallé, ¿atinaría Isidro? Y si no, ¿qué habría sido de Ventura?

Oigo a gente hablando allí mismo, ni muy cerca ni demasiado lejos. Escucho. Intento adivinar en qué tipo de lugar estoy. Una mujer pregunta a otra que cómo la tratan, que qué tal le están dando de comer, que si necesita alguna cosa se lo puede traer en la próxima visita. Esta le contesta que lo único que quiere es salir de allí. Abro un poco los ojos y veo otras camas, con otras gentes. ¿Cómo son las enfermerías de la cárcel?

—Hola, niña —dice una voz de mujer.

Los abro del todo, y entre el rápido pestañeo, veo a una enfermera.

—Bueno, bueno —suspira—. ¡Ya era hora!

No sé qué hacer. Vuelvo a cegarme. ¿Y si finjo que me da otro soponcio?

Me da tortitas en la cara: «Venga, venga, vuelve». No lo soporto. Abro los ojos y la miro con odio, con ganas de devolvérselas.

—¡Bueno, ya estás con los vivos! —exclama—. Voy a avisar al doctor para que te eche un vistazo.

Se va. Miro alrededor y veo personas jóvenes y niños, algunos muy pequeños. No hay cárceles de bebés. Esto es un hospital.

Llega un médico. Me abre los párpados e inspecciona con la linternita, me escucha el corazón, me toma la tensión…, todo en silencio. Odio que no diga nada porque yo lo que necesito es saber. Intento averiguar por sus gestos, por su mirada, por sus movimientos, qué siente hacia mí; pues si noto algún desdén, un atisbo de desprecio por su parte, entonces sabré que algo no ha salido bien. Nada. Escribe en una carpeta y se lo da a la enfermera. «Alta», dice al fin.

¿Cuánto tiempo llevo aquí? ¿Y si pregunto? ¿Qué pregunto? Mejor no. Debo tener paciencia.

—Tus abuelos se van a poner muy contentos cuando vuelvan —me informa la enfermera sonriéndome—. Han salido a comer un momento, pero vendrán rápido. Ahora voy a avisar a un amigo tuyo que está fuera… mejor dicho, que vive en la sala de espera desde que entraste.

Supe que era Ventura. Estaba nerviosa y emocionada. Nerviosa porque por fin iba a saber lo que había pasado, y emocionada porque Ventura no estaba en la cárcel, estaba libre.

Le vi acercarse. Llevaba su petate al hombro, una mano en el bolsillo y en la otra mi maleta de cartón. En su cara pecosa, la sonrisa más bonita que yo había visto nunca.

—¡Vaya si tenías sueño, niña! —bromeó—. Has estado dormida diez años.

Le sonreí. Quise decirle, como hacía Isidro, que sus padres tenían que ser del sur, pero me di cuenta de que no tenía muchas fuerzas para hablar. Así que me ahorré esas palabras.

—¿Lo conseguimos? —le pregunté.

—Están aquí tus abuelos de El Barquillo —me dijo sin responderme—. Han estado buscándote desde que acabó la guerra. Si no te llega a ocurrir esto, quizá no te hubiesen encontrado nunca, quién sabe.

—Ventura. ¿Lo conseguimos?

—¡Y tu padre está vivo, niña! Me lo han dicho ellos. Le cogieron prisionero en el Jarama. Está en la cárcel, pero saldrá en unos años, ya lo verás.

No me interesaba nada de lo que me estaba contando. ¡Todo eso me caía tan lejos ya! Me di cuenta de que mi familia había quedado muy atrás. Fue terrible su pérdida, pero ahora solo era un lejano recuerdo. Había sido algo en qué pensar, en qué soñar, un objetivo para ir tirando…, pero ahora…

—¿Lo conseguimos? —insistí solo para oírlo, pues ya sabía cuál iba a ser la respuesta.

—No —dijo Ventura al fin, mirando hacia los lados.

Cerré los ojos. Tenía que haberme dormido de nuevo. No debí despertar. Pero ya no había remedio. Me acordé de Isidro. No estaba allí. Pregunté a Ventura por él.

—Se fue ayer a Salamanca —contestó—. Don Manuel me ofreció irme con ellos, a trabajar limpiando las cuadras de sus caballos. ¿Qué te parece?

Nos reímos los dos.

—Pero… ¿cuánto tiempo estará allí? —le pregunté.

—Su tío Manuel le contó que a sus padres los mataron los rojos, que les dieron el paseo los nuestros y no los moros como él pensaba… o quería pensar…, porque ¡bah!, yo creo que Isidro siempre lo supo. Es extraño este Isidro. Me hubiese gustado conocerle mejor.

¿Qué estaba diciendo? ¿Extraño Isidro? ¡Si éramos como hermanos! Y ahora él estaba allí, tan tranquilo, diciéndome que el chico con el que había pasado casi tres años, el niño por el que había llegado a hacer cosas increíbles, su compañero de vida, del alma, se había ido lejos y que no le hubiese importado conocerle más. ¡Pero si yo no podía imaginarme la vida sin ellos!

El extraño realmente era él. Ventura era el extraño para Isidro y para mí. Yo quería más a Ventura, pero entendía mejor a Isidro. Isidro y yo teníamos más cosas en común. Por eso, yo sabía que Isidro en Salamanca, lloraría. Lloraría mucho, nos echaría tanto de menos que incluso estaría a punto de hacer una locura. Pero nunca tendría valor para escaparse de la casa de su tío. Estudiaría leyes y nosotros seríamos por siempre un bonito recuerdo del que no hablar a nadie. Y para mí, sería exactamente igual, al estilo *barquillano*.

Pero para Ventura no. Ventura habría dado su vida por nosotros mientras estuvo, pero luego, cuando yo le pregunté qué iba a hacer él, se despidió de mí con un «yo estaré por aquí, como siempre».

No llego a comprender qué es lo que siente la gente como él; un precioso ser que te lo da todo, que es incapaz de abandonarte pero capaz de superar el abandono. Isidro y yo jamás entenderíamos esa forma de asumir los acontecimientos, ese no penar por el adiós. Ventura era un ser generoso, con las cosas y con las personas; y desprendido, de sus cosas y de sus personas.

Puede que la razón del desarraigo de Ventura sea el no haber sentido nunca lo que es la pertenencia a la familia, porque nunca la tuvo. Y a mí, que acababa de enterarme de que seguía teniéndola, ya no me importaba, pues mi familia ahora ya no eran ellos, sino mis dos hermanos, y nos estaban separando; uno estaba ya en otra ciudad y el otro me decía «ya nos veremos, niña», dejando allí mi maleta; y no había nada que hacer, ya no.

Aunque nadie me trató nunca como a la hija de un rojo, mi vida en El Barquillo no fue fácil al principio. Mis primas me parecían unas ñoñas, mi primo y sus amigos unos paletos ignorantes, la tía Fermina la sosa mujer de mi tío, el cual había luchado en el otro bando, con los enemigos de mi padre, y no era capaz de mantenerme la mirada, como si se avergonzase de algo.

Durante aquel verano, yo apenas abrí la boca, casi ni para comer. Parecía mentira después del hambre que había pasado. Decía mi abuelo que se me había hecho el estómago pequeño y que habría que ir poco a poco, pero que para el año siguiente estaría ya «lustrosa»: la misma palabra que utilizaban para el cerdo o las vacas.

Todos tenían alguna tarea que hacer, pero a mí me dejaron a mi aire, para que me recuperase. Cuando mis primas terminaban sus trabajos, me decían que si me iba a jugar con ellas. Diariamente la misma pregunta por orden de su madre, claro, pues ellas ya estaban hartas de que les dijese siempre que no. Mi primo ni siquiera se acordó de que aquella vez habíamos quedado en bañarnos en el río y hacer una balsa con troncos para cruzarlo. Siempre se iba con sus amigos que, de lejos, se reían de «tu prima la rara». Pero todos me respetaban, eso sí. Creo que en el fondo yo les daba miedo, quizá por ser la hija de un demonio.

Todo empezó a ir un poco mejor cuando llegó el otoño y empecé la escuela. Don Evaristo, el maestro, me trató muy bien desde el principio, y me permitió no cantar el «Cara al sol», aunque tenía, eso sí, que levantar el brazo al estilo fascista todos los días hacia el retrato del hombre que, aunque allí nadie lo sabía, yo había intentado matar. Al principio me dolía el pecho al hacerlo, pero luego se volvió tan habitual que ya no sentía nada, solo ganas de que empezase la clase. Quería conocer, aprender, recuperar el tiempo perdido. Y lo conseguí con creces. Tanto, que el maestro habló con mis abuelos y, repitiendo la historia de mi madre, les dijo que ese talento no podía perderse, que debía estudiar algo. Pero esta vez no había tía Queti y ellos no se lo podían permitir.

«Quizá cuando salga su padre...», dijo el abuelo sin ningún convencimiento. Sin embargo, yo me agarré a eso como a un clavo ardiendo, y esperé durante ocho largos años a que saliera lo que quedaba de él. Para entonces, yo ya sabía que era tarde para mí, para estudiar una carrera, pero tal vez papá me llevase a Madrid y podría buscar a Ventura. Quería encontrarle, decirle que no le había olvidado un solo momento, que le quería y quería casarme con él. Y él no podría negarse, pues ahora era yo la que tenía los preciosos ojos color avellana de mi madre. Aunque... podía ser todo una confusión, como me explicó mamá aquella vez mientras me bañaba:

—A veces, la gente confunde sus sentimientos. Cuando una persona te cae bien, te llevas bien con ella y te gusta estar con ella, puedes creer que la amas de verdad. Pero no, es solo amistad. Lo que pasa es que es fácil equivocarse.

Ya veríamos. Ya veremos.

Mi padre, muy enfermo, disfrutó tan solo de un par de semanas de libertad. Pero fue otro el que murió; aquel ya no era mi padre. Por eso, sentí más el desplome de mis sueños que su muerte. Resignada, me dediqué a leer los libros que me prestaba don Evaristo, mientras conducía las vacas a los prados para pastar y al río para que bebiesen. Hasta aquel día de la excursión a Salamanca, en el que la fortuna tuvo forma de hombre: Isidro, mi esposo, con el que seguí disparando a un objetivo común, la infelicidad, aunque Ventura cargase de nuevo nuestras armas con fogueo.

Aún no habían llegado mis abuelos cuando se fue Ventura. Me incorporé y me senté en la cama de aquel hospital. Cogí la maleta de cartón y la puse encima de las sábanas. La abrí. Vi las cartas de papá, el panfleto del Quinto Regimiento, el monedero de plata... Allí estaba todo menos la «Star» del cajón con llave de la cómoda de mi madre. En su lugar había algo nuevo, algo que yo no conocía: una cajita pequeña, hecha a mano, con la letra inconfundible de Ventura en la tapa. «Para la niña de la calle Robledillo». La abrí. Dentro, dos balas: la de Isidro y la mía; y un anillo, una alianza de oro. Me era familiar. La cogí y la observé. «Juan, 10-8-1929». Era el anillo de mamá. No tuve tiempo para sorprenderme del hallazgo porque rápidamente vino a mi cabeza el recuerdo de Ventura dando la mano a aquella mujer, con la cabeza vendada, que murió delante de él. Puse el anillo en la palma de mi mano y lo empuñé con tanta fuerza que me clavaba las uñas.

Vi acercarse a unas señoras de negro acompañadas de la enfermera, y me apresuré a cerrar la maleta.

Mi abuela me besaba y me acariciaba sin cesar. «Hijita, hijita»; me decía. «Lo que habrás pasado, Dios mío». Se tiró un buen rato haciendo eso, arrullándome contra su pecho como si fuese un bebé; y yo intentando, tímidamente, escabullirme. Me resultaba incómoda esa situación. Lo notó; se separó un poco, me miró fijamente a los ojos y me preguntó por mi madre. Yo no le contesté. Solo abrí mi mano y le enseñé el anillo. Ella debió entender porque no dijo nada más. Solo lloró. Solo lloró.

Yo no pude. No era capaz de sentir nada. No fui capaz de sentir nada hasta el invierno, ya en El Barquillo. Fue un día de enero, la mañana del día de mi cumpleaños, el primero que pasaba fuera de Madrid. Durante la noche había decidido que, a pesar de la escuela y don Evaristo, ya no aguantaba más. Se acabó; todo se había acabado. Salía de la casa cuando oí decir:

«Ponte el abrigo, que hace frío. No te vayas a acatarrar».

Me quedé paralizada en el umbral, con la puerta abierta. ¿Quién había dicho eso? Cerré los ojos. Vi a mamá planchando mi vestido azul, pronunciando esas mismas palabras, lo último que me dijo en su vida.

Me di la vuelta. Allí estaba mi abuela. Allí, en la penumbra, estaba mi madre envejecida. Corrí hacia ella, la abracé y rompí a llorar. Me tiré todo el día llorando, y puede que el día siguiente también; pero por fin, empecé a sentirme bien, a recordar aquel contacto olvidado, aquella sensación de estar en casa. Desperté de nuevo a la vida con los sonoros besos de mi abuela, con su calor y con su olor, a embutido y a humo, a leña y laurel.

Y decidí escribirlo. Escribirlo mientras espero.

La impresión de *La espina del gato* concluyó el 1 de marzo de 2017.
Tal día del año 1939, tras la dimisión de Manuel Azaña, Diego Martínez
Barrio pasa a ocupar, en virtud del precepto constitucional,
la presidencia de la Segunda República Española.